W0389342

# L'assassin du genre humain

DU MÊME AUTEUR

*(non exhaustif)*

## ŒUVRES LITTÉRAIRES

Et si c'était une nuit, *roman, Stock, 2023 et Le Livre de Poche, 2026*

La Société des Belles Personnes, *roman, Stock, 2020 et Le Livre de Poche, 2023*

L'Évangile selon Youri, *roman, Stock, 2018 et Le Livre de Poche, 2021*

Ce pays qui te ressemble, *roman, Stock, 2015 et Le Livre de Poche, 2017*

Les Nuits de Patience, *roman, Rivages, 2013 et Rivages/Noir, 2015*

Qui a tué Arlozoroff ?, *roman, Grasset, 2010 et Points Seuil, 2011*

Mon patient Sigmund Freud, *roman, Perrin, 2006 et Points Seuil, 2011*

Serial Eater, *roman, Rivages, 2004 et Rivages/Noir, 2008*

613, *roman, Odile Jacob, 1999 et Rivages/Noir, 2004*

La Damnation de Freud *(avec Isabelle Stengers et Lucien Hounkpatin), pièce en 4 actes, Les Empêcheurs de penser en rond, 1997*

Dieu-Dope, *roman, Rivages, 1995 et Rivages/Noir, 1997*

Saraka Bô, *roman, Rivages, 1993 et Rivages/Noir, 1994*

*(Suite en fin d'ouvrage)*

Tobie Nathan

# L'assassin du genre humain

*roman*

Stock

Couverture : Julia Bourdet

ISBN 978-2-234-09685-1

*À la mémoire du docteur*
*Philippe Gérin, mon ami,*
*mon frère choisi, mon alter ego,*
*lui qui m'a appris à aimer la France*

« Jeanne, ne sais-tu pas que la France est battue,
Que l'ennemi en tient une immense moitié,
Que c'est pire qu'au temps où tu chassas l'Anglais,
Que même notre ciel est clos et sans issue ?

Victorieuse toi, et te mêlant à nous,
Insensible au bûcher qui jusqu'ici rayonne,
Apprends-nous à ne pas nous brûler chaque jour
Et à ne pas mourir du chagrin d'être au monde. »

JULES SUPERVIELLE,
*Poèmes de la France malheureuse*

« Chante, chante ! Prends ta harpe, vide, creuse et légère,
Sur ses cordes fines jette tes doigts pesants,
Cœurs lourds de douleur, et chante le dernier chant,
Chante les derniers Juifs d'Europe sur cette terre. »

YITSKHOK KATZENELSON,
*Le Chant du peuple juif assassiné*

« Nous avons appris par la presse
Qu'un docteur tout petiot petiot,
Pour ses clients plein de tendresse,
Les chauffait dans un grand fourneau
Il n'faisait jamais d'ordonnances,
Son remède était radical...

Je vous jur' qu'en ces moments d'crise
Pour pouvoir trouver du charbon.
Monsieur l'Juge, il faut que j'vous l'dise
J'ai subi beaucoup d'privations.
Non, vraiment, c'est moi la victime,
N'croyez pas que j'sois un farceur,
Mais c'que l'on qualifie de crime
Mérit'rait la Légion d'Honneur. »

*Petiot s'explique !*
sur l'air du Pendu,
Paroles de JULES HUBERT

# Le Naufrageur

Paris, le lundi 18 mars 1946.

Paris avait été libéré depuis un an et demi et les Français avaient de plus en plus faim et de plus en plus froid. La vie était encore plus difficile que durant l'Occupation. L'hiver qui se terminait avait été glacial, plus que les précédents. Le charbon manquait, très peu d'appartements étaient chauffés. Il restait l'espérance : à Lille, on annonçait l'arrivée de quatre mille soldats polonais démobilisés qui viendraient bientôt travailler dans les mines du Nord pour augmenter la masse de charbon disponible.

Cette semaine, les Français auraient droit à 150 grammes de viande de conserve ou 100 grammes de charcuterie, les travailleurs de force à 100 grammes supplémentaires. Quant à la viande fraîche, on annonçait dans la presse que le ticket B3 de mars validé pour 100 grammes ne serait honoré qu'au fur et à mesure de l'approvisionnement des bouchers.

Ce jour-là, au palais de justice de Paris, s'ouvrait le procès du docteur Marcel Petiot, accusé de vingt-sept assassinats. La plupart des journaux, à cette époque il y en avait bien une cinquantaine, s'étaient fendus d'un papier en première page sur deux ou trois colonnes. C'est dire si l'affaire passionnait le public.

Il était à peine une heure de l'après-midi. L'appariteur avait d'abord installé les invités de marque, les personnalités en vue, les belles dames serrées les unes contre les autres, leur chef surmonté d'invraisemblables chapeaux. Il y avait des élus, des députés, des maires et des présidents, en veux-tu en voilà, présidents de cours, de tribunaux, de comités, et la grosse masse noire d'avocats qui, ne plaidant pas ce jour-là, n'avaient pas résisté à la promesse du spectacle. Ceux-là avaient eu droit aux premiers rangs, aux bancs et aux chaises rembourrées. Et la cohue de ceux qui arrivaient encore, obstruant les travées en quête d'une place assise. Les gardes qui les dirigeaient en criant faisaient virevolter les chaises au-dessus des têtes... Et les appels de rangée à rangée, les salutations, les cris, gloussements et embrassades... On aurait pu se croire à une première à l'Opéra ! Après l'installation des personnalités et des invités, les gardiens de la paix ouvrirent les deux portes du fond de la grande salle du palais et ce fut la ruée des petites gens, des quidams, de ceux qui faisaient la queue depuis le matin. Piétinements, bousculades, hurlements. La plupart se retrouvèrent debout, serrés comme des sardines derrière les bancs de bois. Une fois tout ce monde en place, ce fut l'arrivée des journalistes, la presse étrangère par la droite, d'Angleterre, d'Espagne, d'Italie, d'Amérique aussi, bien sûr, certains en uniforme avec une étiquette épinglée : « *War Correspondent* », la presse française par la gauche, des dizaines parmi les plus célèbres, le caustique Géo London, les yeux vifs et la bedaine proéminente, qui avait couvert tous les grands procès depuis 1920, sauf durant l'Occupation où il avait dû se cacher, étant juif. Une célébrité, celui-là, il avait même interviewé Al Capone dans les années 1930. On reconnaissait Pierre Bénard au souffle court, l'exceptionnel rédac-chef du *Canard enchaîné*, et Pierre Scize du *Figaro*, Jean-Pierre Gautier, la plume la plus assassine de Paris, et, cela va de soi, Madeleine Jacob, la langue de vipère communiste. Louis-Ferdinand Céline, le sulfureux écrivain collabo dont elle couvrit le procès au Danemark, l'appelait « la muse des charniers ». Grande tricoteuse devant l'Éternel, elle terminait ses robes en lainage durant les procès qu'elle suivait pour *Franc-Tireur* et *Libération*, des robes comme celle qu'elle portait ce jour-là, justement, qui ressemblait, je dois le dire, à une nappe campagnarde...

La salle s'impatientait, le brouhaha enflait, cette espèce de grondement qui précède les grands spectacles, comme avant le lever de rideau au cirque Medrano... Car tout ce monde papotait, échangeait des impressions, des infos, des rumeurs… « On m'a dit qu'il les violait avant de les dépecer… » « Comme Landru ! » « Il a un rire terrifiant, c'est pas pour rien qu'on l'appelle docteur… Satan. » « La magie noire, je vous dis, il récoltait le sang de ses victimes pour sa magie noire ! » « Il a des yeux perçants, il vous hypnotise n'importe qui en quelques secondes ! » On sortait des casse-croûte, on décapsulait des bouteilles de bière d'un litre.

Le silence s'est doucement fait depuis l'estrade. Les regards ont scruté les allées. Un homme en toge faisait son entrée, majestueux, et dans la foule on entendit un nom : « Floriot ! » Maître Floriot, en majesté, l'as du barreau qui allait défendre Petiot, s'avançait d'un pas de sénateur, suivi de ses assistants en file indienne, les *Floriot's boys*, comme on les appelait. L'homme était conscient de sa réputation. Effets de manche, sourires, regard alentour à la recherche des photographes… Les gens se levaient pour apercevoir la vedette, d'autres criaient : « Assis, assis, nom de Dieu ! » Il y eut même une jeune femme, une élégante, pour se dresser devant la foule, exhibant un journal illustré pour revendiquer son statut de maîtresse du maître.

Faisant face, les avocats des parties civiles, une quinzaine, assez ternes, en ordre dispersé, on pressentait qu'ils auraient du mal à s'opposer au commando Floriot… à l'exception de l'un d'entre eux aux allures de baroudeur, Pierre Véron, trente-cinq ans à peine, ayant gagné ses décorations et sa barrette rouge dans les combats clandestins de la Résistance – un vrai, celui-là !

– Messieurs, la cour !

À l'entrée des hommes en rouge, toute la salle se dressa d'un même mouvement. En tête, le président, Marcel Leser, les joues aussi rouges que sa robe, l'air jovial du moine porté sur la bouteille, suivi de ses deux assesseurs, puis de l'avocat général, même robe rouge, visage osseux, chevelure blanche coiffée en arrière, un faux air sévère, puis les sept jurés qui s'installèrent de part et d'autre, quatre d'un côté, trois de l'autre. Les spectateurs s'assirent à leur tour, du moins ceux qui avaient eu la chance de trouver une place.

Et puis ce fut un frémissement, l'objet de leurs noirs fantasmes prenait soudain corps. Par une petite porte, on venait d'introduire l'accusé, Marcel Petiot, le docteur assassin. Murmures effrayés, on se dressait sur la pointe des pieds pour l'apercevoir. L'homme, très brun, s'avançait lentement en regardant le public, cheveux noirs en bataille laissant apparaître un large front dégarni, la peau bistre, la bouche sans lèvres, figée dans un rictus de dédain. Ses yeux cernés de noir évoquaient le maquillage des personnages du *Cabinet du docteur Caligari*, ce film de Robert Wiene, sorti en 1920, qui mettait en scène un hypnotiseur fou expédiant un somnambule commettre ses crimes. Ah, les yeux de Petiot, on en avait tant parlé, des yeux qui transpercent, qui fascinent, des yeux inquiétants, diaboliques, qui vous envoûtent... La vérité était que Petiot avait acquis la maîtrise du regard fixe, sans parler, sans bouger, sans ciller, si bien que l'interlocuteur, gêné, finissait par détourner les yeux.

Le garde, qui dépassait Petiot d'une tête, lui retira ses menottes. L'accusé plia son manteau, le disposa sur le dossier de sa chaise, méticuleusement, et se présenta au public en tournant le dos au jury. Complet croisé de bonne coupe, large nœud papillon de médecin de famille. Dans la description du bonhomme, la presse du lendemain y alla de ses hyperboles : « bouche fine cruellement arquée », « tête de poète maudit », « mains d'étrangleur, énormes, rouges, au pouce retourné, aux doigts en spatule », rendant compte de la frayeur que produisit son apparition aux premières minutes du procès. En vérité, il était difficile d'être objectif tant les fantasmes avaient circulé à son sujet.

Devant le box, comme une nuée de pigeons, s'abattit aux pieds de l'accusé une meute de photographes. Les éclairs de magnésium crépitèrent, aveuglant la foule. Dans un premier geste, Petiot brandit ses mains en avant pour se protéger puis, soudain conscient de l'enjeu, bomba le torse, prit la pose, amorça un sourire.

– Allons, allons ! Messieurs, voyons ! S'il vous plaît ! feignit-il de se plaindre.

La foule se précipita pour jouir du spectacle. Des cris fusèrent. « Assis ! On ne voit rien ! » Au premier rang, Mme Gouin, l'épouse de Félix Gouin, l'actuel président du Gouvernement provisoire de la République, s'éventait, choquée par le désordre ambiant.

Après l'appel des quatre-vingts témoins, M. Wilmès, l'honorable greffier en fin de carrière, lut dans sa barbe majestueuse à la Jean Jaurès l'interminable acte d'accusation, d'une voix monocorde.

Petiot était accusé d'avoir volontairement donné la mort, et pour des motifs crapuleux, à vingt-sept personnes. En premier lieu des Juifs, les victimes les plus nombreuses, mais aussi des personnes qui sentaient sur leur cou le souffle de la Gestapo, des résistants, des truands, poursuivis par la police ou menacés par le milieu. Après avoir vérifié qu'ils étaient riches, il les attirait en leur promettant d'organiser leur fuite en Argentine, leur rappelant qu'ils devaient se munir de toutes leurs liquidités... Ces gens-là, après être arrivés chez Petiot, avaient disparu corps et biens, c'est le cas de le dire !

Pour les corps, d'après l'accusation, les fragments de cadavres découverts le 11 mars 1944 dans le calorifère du 21 rue Le Sueur, scalpés, les sourcils et les lèvres découpés, disséqués, brûlés à la chaux et en grande partie calcinés, étaient bien ceux des disparus. Quelques jours plus tard, au cours d'une audience, l'ingénieux Pierre Véron, avocat de la veuve d'une victime de Petiot, décrivit sa méthode d'une saisissante métaphore :

– Il existe une légende bretonne, vous la connaissez sans doute, celle des naufrageurs. Des hommes cruels, des bandits, allumaient sur les falaises du littoral des feux pour attirer les navigateurs en détresse à la recherche d'un port. Et les navigateurs, confiants, incapables d'imaginer une telle ignominie, se lançaient sur les récifs, détruisant leurs embarcations. Alors, les bandits, les naufrageurs, se précipitaient sur les épaves pour les piller. Ceux-là mêmes qui donnaient l'illusion du salut s'enrichissaient ensuite des dépouilles des marins qu'ils avaient égarés. Eh bien, c'est exactement Marcel Petiot, un faux sauveur, proposant un faux refuge à de pauvres gens pleins d'espoir qu'il assassinait après leur avoir promis le salut et qu'il dévalisait.

Assassin mais aussi détrousseur de réfugiés, pour preuves, les encombrantes pièces à conviction, soixante-treize valises amoncelées en une sorte de mur derrière le dos du greffier. Elles avaient été retrouvées chez un ami de Petiot, Albert Neuhausen, marchand de cycles à Courson-les-Carrières, dans l'Yonne, chez qui Petiot les avait laissées en dépôt. Arrêté par la police, Neuhausen avait reconnu avoir vendu des costumes des disparus, s'être lui-même habillé avec le contenu des valises, ainsi que sa femme et son fils.

Durant la lecture de l'acte d'accusation, Petiot regardait ailleurs, scrutait le public, observait lesdites valises... celles de Joachim Guschinow, le fourreur juif de la rue Caumartin, dont on a extrait les peaux de zibeline qu'il rêvait de vendre en Amérique, celles du docteur Paul-Léon Braunberger, médecin juif interdit d'exercice par les lois antisémites de Pétain, dont la femme brandit à l'audience le chapeau, celles des époux Wolf, Juifs allemands réfugiés en Hollande puis en France, dont on pouvait distinguer les initiales sur le linge récupéré, celles des époux Basch, des Stevens, des Anspach, autant de réfugiés juifs en quête de salut, des époux Kneller aussi, et de leur petit garçon René, seulement âgé de sept ans. On avait retrouvé dans l'une de ces valises le pantalon de pyjama de l'enfant, lui aussi disparu dans le four crématoire privé du sinistre docteur.

Le regard de Petiot passait des valises à la salle, s'attardant sur le visage des femmes, ne prêtant aucune attention au jury, encore moins à la longue litanie de l'acte d'accusation.

Le président perdit patience :

– Allez-vous finir par me regarder, à la fin ?

Petiot adressa une mimique navrée à la foule et se retourna lentement vers le jury.

Il y avait quelque chose du clown chez Petiot, qui ne manquera pas d'utiliser le tribunal comme un cirque, injuriant la cour, faisant rire la salle de ses pitreries et de ses saillies.

– Levez-vous, Petiot ! Il résulte des documents qui viennent d'être lus que vous êtes accusé de vingt-sept assassinats. Vous êtes passible de la peine de mort.

Petiot fixa le président Leser, un rictus de haine sur le visage.

Après cela, comme dans tout procès, on commença l'interrogatoire d'identité.

– Vous êtes bien Marcel, André, Henri, Félix Petiot ? Quel âge avez-vous ?

– Euh... quarante-huit... non ! Quarante-neuf ans, je crois.

– Vous êtes né le 17 janvier 1897 à Auxerre, dans l'Yonne, ce qui vous fait quarante-neuf ans et deux mois, de Félix Petiot et de Marthe Bourdon. C'est bien cela ?

Il ne répondit pas.

– Quelle est votre profession ?

– Docteur en médecine... et médecin de l'état civil.

– Médecin marron ! attaqua l'avocat général Dupin.

– Je ne vous permets pas ! le coupa Petiot.

Il ajouta aussitôt que si l'acte d'accusation qu'on venait de lire n'était pas entièrement faux, il l'était tout de même à quatre-vingts pour cent...

Il allait poursuivre quand l'avocat général tenta de l'interrompre. C'est alors qu'on vit poindre la nature de Petiot. Il se dressa, rouge de fureur, brandissant le poing :

– Soyez assez poli pour me laisser terminer ma phrase, Dupin !

– Je vous interdis de me parler sur ce ton, répliqua l'autre.

Avec une grimace de dégoût, il fit un geste de la main, comme s'il chassait un importun :

– Va donc ! Procureur de l'État français !

Puis, tournant le dos au jury, il contempla un moment l'effet produit sur la salle. Silence de mort. Tout le monde avait compris qu'il venait de rappeler que les hommes qui prétendaient le juger servaient, il y a peu de temps encore, la justice de Pétain. L'avocat général ne trouva rien à répondre. On le vit s'affaisser sur son fauteuil, accablé.

Parcourant le curriculum vitae de Petiot, le président s'arrêta sur son passé psychiatrique. Il fit remarquer que les conclusions des trois psychiatres qui avaient examiné l'accusé, les docteurs Gourioux, Genil-Perrin et Heuyer, étaient d'une justesse étonnante :

– « L'inculpé est un homme intelligent, de volonté forte, nettement pervers et amoral, exempt actuellement de troubles mentaux, et dont tout le passé psychiatrique est plus que suspect, ses contacts avec les psychiatres militaires ou civils ayant toujours lieu à l'occasion de difficultés avec la justice… Nous n'avons constaté chez lui aucun trouble mental digne de ce nom. Nous avons acquis la conviction qu'il s'agissait d'un amoral et d'un pervers… Les anomalies psychiques que l'on peut relever chez lui (amoralité et perversions instinctives) ne sont pas de nature à atténuer sa responsabilité pénale. »

– On prend souvent les génies pour des fous ! s'amusa Petiot.

– Pour être plus précis, les experts disent plutôt que vous ne l'êtes pas.

Plus avant, Petiot nia avoir jamais assassiné le moindre réfugié, les morts qu'on pouvait lui imputer étaient des salauds, des gestapistes et des collabos… Il en rajouta même une pleine louche :

– On me reproche vingt-sept assassinats, en vérité, j'ai tué soixante-trois personnes, tous Boches, nazis ou traîtres…

Et lorsque le président l'interrogea sur les corps retrouvés dans sa maison du 21 rue Le Sueur, il répondit :

– Regardez-moi, Leser, là, dans les yeux, d'homme à homme, les yeux dans les yeux… (Le président détourna le regard.) Croyez-vous que j'aie une tête d'assassin ?

– La tête, la tête… balbutia l'autre. Au final, ce sont messieurs les jurés qui décideront de votre tête !

Le lendemain, dans la presse, rapportant la première journée du procès, on pouvait lire dans *L'Aube* : « Cynique, ironique ou violent, Petiot tient tête au tribunal. »

Et dans *L'Aurore* : « Insolent et haineux, esquivant les questions précises, Petiot prétend diriger les débats. »

*Combat* titrait sur une citation de Petiot : « Je suis accusé de vingt-sept assassinats. Quand je serai acquitté, je parlerai des autres. »

*L'Humanité,* qui ordinairement négligeait les faits divers, chargeait plus encore la barque : « Petiot, 63 fois assassin, parle, insulte, s'agite… et se fait convaincre de mensonge. »

Incroyable théâtre où Marcel Petiot, dans la maison duquel on avait retrouvé les fragments d'au moins dix cadavres, selon l'expertise du célèbre médecin légiste, le docteur Charles Paul, et les cendres de dizaines d'autres, qui ne fut interpellé qu'à l'issue d'une cavale de six mois, signant sa culpabilité, avait décidé de faire le spectacle à lui seul.

# Jade

De nos jours à Paris, un matin d'été dans les couloirs du métro Luxembourg.

Un certain port de tête, la démarche sûre, le pas décidé... À peine vingt-deux ans, mais de dos, à ses cheveux tirés, son tailleur bleu marine, sa jupe au ras des genoux, ses chaussures plates, on lui en donnerait au moins trente... Elle laisse traîner derrière elle un parfum de roses aux épices. Jade se rend chez le professeur Nagral qui habite, lui a-t-il dit, une grande meulière à Saint-Rémy. « Vous ne pouvez pas vous tromper, c'est la plus grande maison de la rue et elle a un toit pointu. » Long voyage dans un RER B brinquebalant, plongée dans son traité de criminologie. Elle surligne un passage : « Comprendre un meurtre, c'est aussi comprendre le contexte politique et social dans lequel se sont déroulés les faits. »

Lors du dernier cours, elle avait eu le courage de lui demander de préparer un doctorat sous sa direction. Son sujet, elle l'avait longuement mûri :

« Personnalité et meurtres du docteur Marcel Petiot (1897-1946). Description de l'époque, analyse des faits. Essai d'interprétation. »

Le traumatisme est fait d'inattendu, de surprise, de frayeur, celui de Jade, elle s'en souvient, est survenu à l'instant précis où ses yeux ont croisé pour la première fois ceux d'Augustin Nagral. Elle a sursauté... Le sursaut, voilà une autre caractéristique du moment traumatique. Les anciens pensaient que c'était le signe de la fuite de l'âme hors du corps. Son âme s'était-elle échappée ce jour-là ? Qu'elle ait été effrayée, c'est certain. Mais par quoi ? Elle se souvient de son souffle coupé, de l'affolement de son cœur, d'une sorte d'étourdissement suivi de vertiges. Elle serait tombée si elle n'avait pas été assise. C'était il y a deux ans déjà, son premier cours de criminologie. Depuis ce jour-là, elle suit Nagral partout, assiste à ses cours, ses conférences, l'épie durant les instants fugaces qu'il passe au bar du café Les Facultés, rue d'Assas. Ne vous méprenez pas, Jade n'est pas une sorte d'érotomane qui se serait emmêlé la cervelle de fantasmes amoureux ! Non ! C'est seulement la présence de Nagral qui produit cet effet, comme si elle en était électrisée. Le reste du temps, quand elle ne se trouve pas en cours face à lui, elle n'a rien d'une névrosée. Elle mène sa vie d'étudiante en droit, comme il y en a tant, sérieuse, bosseuse et un peu snobe. Rue d'Assas, il y en a beaucoup qui lui ressemblent. On la voit discuter avec ses condisciples, se disputer sur des sujets d'actualité...

Pourtant, si vous interrogiez ses camarades, ils vous diraient que cette fille n'est pas comme les autres. Ils ne sauraient peut-être pas préciser sa singularité, mais des phrases leur viendraient, comme : « Pour qui elle se prend, celle-là ? » « Elle se croit supérieure, ou quoi ? » Ou bien encore : « Elle sait des choses, c'est certain, mais c'est pas une raison ! » Ses camarades ne la comprennent pas. Il est vrai qu'elle refuse de signer les pétitions, se montre insensible aux mots d'ordre, aux pensées automatiques, aux injonctions syndicales, à la modernité des temps. Un jour, elle a même fait scandale. Elle s'est insurgée avec virulence contre une jeune fille voilée accompagnée de trois hommes en keffieh : « Si tu crois que tu m'impressionnes avec ton habit de Belphégor... » L'autre s'est mise à hurler : « Alors quoi ? T'es juive ? T'es juive, c'est ça ? » La fille, on n'apercevait que ses yeux. Ils étaient clairs, ils étaient bleus. « Et toi ? T'es albinos ?... Connasse ! »

Jade avait expliqué, comme elle le faisait souvent, d'un ton magistral qui horripilait les autres : « Il y a des gens qui pensent à gauche, disons quinze à vingt pour cent ; il y en a qui pensent à droite, encore quinze à vingt pour cent... Et les autres qui, ne pensant rien, pensent comme tout le monde. C'est ça, une connasse d'albinos ! Comme toi ! »

Cette année, l'enseignement de master du professeur Nagral avait pour intitulé « La France et ses meurtres ». Et dessous, en plus petit, un sous-titre : « Existe-t-il une façon française d'empoisonner, d'égorger, d'assassiner par arme à feu ? » Dès son premier cours, Nagral avait cité *Les Techniques du corps* de Marcel Mauss : « On reconnaît un Anglais à sa façon de tenir sa fourchette… On reconnaît de prime abord un pieux musulman : même lorsqu'il a une fourchette et un couteau, il fera tout pour ne se servir que de sa main droite… Pour savoir pourquoi il ne fait pas tel geste et fait tel autre, il ne suffit ni de physiologie ni de psychologie de la dissymétrie motrice chez l'homme, il faut connaître les traditions qui l'imposent. »

Et Nagral avait ajouté, l'air princier : « Pour le crime, c'est la même chose. Il faut connaître les traditions qui imposent sa forme ! »

Tout au long de l'année, Jade avait suivi son cours avec passion. Elle avait écouté ses exposés sur la tribu tueuse de l'Inde, les Thugs qui adoraient Kali, Kali la Noire, la déesse de la mort, sur les Jivaros, les réducteurs de têtes d'Amazonie, les Dayaks coupeurs de têtes de l'île de Bornéo, la secte des Haschischins, les inventeurs au XII^e^ siècle, en Iran, de l'assassinat ciblé… Pour traiter la culture française du crime, il avait pris l'exemple de Landru, « Henri Désiré Landru », comme il l'appelait toujours, ce tueur en série qui avait commis ses meurtres durant la guerre de 14-18. Il lui avait consacré quatre conférences. Elle n'en avait pas manqué une miette, pas une parole, toujours au premier rang, notant chaque mot sur son cahier tout en l'enregistrant avec son iPhone, le reprenant ensuite, relisant, réécoutant à l'infini cette voix qui la pénétrait jusqu'au ventre si bien qu'elle aurait pu réciter des passages entiers de mémoire. C'est cet exemple qui l'avait inspirée, qui lui avait donné l'idée de consacrer une thèse au docteur Petiot.

Le RER est sale, les vitres, couvertes de poussière, à peine translucides, le wagon bondé.

Je l'aperçois, je m'écrie dans mon cœur : *Jade, ma petite Jade... Il est encore temps. Tu peux rebrousser chemin, descendre du train au prochain arrêt, téléphoner au professeur pour t'excuser, réfléchir un instant à ton avenir plutôt que t'engouffrer tête baissée...*

Elle repense à sa brève entrevue lors du dernier cours. Les partiels se dérouleraient dans une salle anonyme, elle le savait, surveillés par un appariteur. Les notes seraient affichées sur le mur du département de criminologie. Elle ne le reverrait plus. Elle ne pouvait supporter l'idée de le perdre. C'est alors qu'elle a osé, les étudiants étaient tous sortis, elle a osé se présenter à lui, lui a demandé de s'inscrire en doctorat sous sa direction... tout cela dit d'un seul trait, le cœur prêt à exploser.

Il a baissé ses lunettes, l'a regardée un long moment. Ses yeux étaient couleur de glycine délavée.

– Un doctorat ? Fichtre ! Avez-vous au moins pensé à un sujet ?

– Oui, oui, bien sûr !

Et elle lui a tendu un petit dossier. Elle pensait qu'il ne pourrait pas refuser. C'était un sujet en or, en parfait accord avec son cours.

– Non, pas ici ! Je n'ai pas le temps.

Il lui a proposé de la recevoir chez lui pour discuter plus avant...

Et le train fait un bruit d'enfer.

Saint-Rémy-lès-Chevreuse. Terminus. Longue marche, scotchée à Google Maps. Elle sonne à la grille. Elle attend des minutes, et encore... une éternité ! Essaie de voir à travers les barreaux. Elle entend des pas qui approchent, crissant sur le gravier. Enfin !

Une femme, les mains sur les hanches, la coiffure en bataille, a entrouvert le portail.

– Vous vous appelez comment ?

– Jade, madame, Jade Joselewicz ! J'ai rendez-vous avec le professeur.

Un chat en profite pour lui filer entre les jambes. Elle se retourne pour le regarder s'échapper sous une voiture.

Jade a un côté effronté, elle montre le chat du doigt :

– Et lui, il s'appelle comment ?

– Farouk !

– Ah, c'est un garçon...

– Non, répond la femme, plutôt transgenre, vous voyez ? Il n'y a pas si longtemps qu'on l'a opéré. Il n'a pas l'air de s'en être rendu compte. Toutes les nuits il s'en va courir la gueuse. Entrez !

Elle traverse le jardin. La maison est immense. Sur le côté, une tour ronde au toit pointu, rappelant un donjon. Sous son toit, des quantités d'alvéoles. Un pigeonnier... C'est quoi ce truc ? se demande Jade. Il élève des pigeons ou quoi ? Elle n'aperçoit aucun oiseau. La maison s'étale sur deux étages et un troisième de chiens-assis sous les toits. Elle contemple la façade et compte au moins douze fenêtres. Elle suit la femme qui traverse la pelouse, contourne la maison et là apparaît une seconde maison, dans le même style, un peu plus petite. On la fait entrer. Au rez-de-chaussée, un salon avec des rayonnages de livres et de revues. Deux petits fauteuils de cuir.

Il y a donc deux maisons. L'une pour habiter, l'autre pour travailler, sans doute... ou sinon quoi d'autre ?

– Si vous voulez bien patienter ici. Le professeur va vous recevoir.

Va-t-elle lui parler de son truc, cette bizarrerie qui, dans les moments de tension, lui fait voir en un flash ce qui surviendra à la minute suivante, dans l'heure suivante ? Une sorte de saute brutale dans le déroulement du temps. Parce que là, tout de suite, ça vient de se reproduire ! Elle a vu qu'elle lui dira un mot, qu'il lui tiendra longuement la main, qu'il lui jettera un regard ambigu...

Jade est née dans une famille bourgeoise dans le seizième arrondissement de Paris. Ses parents s'aimaient d'amour. Pour l'un comme pour l'autre, c'était un second mariage. Clotilde était veuve, son premier mari mort subitement, d'une rupture d'anévrisme alors qu'il avait à peine trente-deux ans. Quant à Samuel, il venait de divorcer. Au début, ils ont pansé leurs plaies ensemble, l'amour est arrivé ensuite. Jade est née trois ans après le mariage. De son premier lit, Samuel avait eu un premier enfant, un garçon, âgé de six ans à la naissance de Jade. Pierre vivait chez sa mère, son père n'en parlait jamais. Tout au long de son enfance, Jade n'avait jamais rencontré ce frère aîné, pas même croisé... jusqu'à ses dix-sept ans. Jusqu'à ce matin de juin, pendant qu'elle révisait son bac. Elle était seule, il a sonné à l'interphone, comme ça, sans prévenir. C'est Pierre !... Qui ça ?... Pierre, ton frère !...

Il est entré, le beau jeune homme aux yeux en amande, vêtu à la diable d'un vieux pantalon de velours et d'un pull qui en avait vu. Il s'est affalé sur le grand fauteuil du salon, celui de son père, a posé les pieds sur la table basse en poussant un long soupir.

Elle ne savait que dire...

– Vous êtes donc Pierre ?

– Oui ! Parce que j'étais la première pierre sur laquelle il devait bâtir son église, sa famille... Et puis il est parti, ce con ! Et vous ? C'est Jade, n'est-ce pas ? Il devait avoir une passion pour les pierres...

Elle connaissait son existence, malgré tout, nappée d'un brouillard de secrets. Sa mère lui en avait parlé quelquefois, toujours chuchotant. « Tu comprends, cet enfant a des problèmes... Il faut dire qu'il n'a jamais accepté les nouveaux maris de sa mère... Parce que, vois-tu, c'était la grande valse des maris... et quand je dis "maris", tu vois, c'est une façon de parler... »

Les mains du jeune homme tremblaient. Lorsqu'il a saisi le verre de whisky, des gouttes s'en sont échappées en clapotant.

C'était la première fois qu'elle avait ressenti ce truc étrange, de voir ce qui allait survenir l'instant suivant. En un éclair, elle l'a vu surgir de son fauteuil, se jeter sur elle pour l'embrasser. Devant cette image, elle a rougi. Puis elle a souri, peut-être pour s'excuser. C'est alors qu'il s'est cru autorisé...

Elle l'a repoussé, bien sûr, l'a raisonné, lui a parlé d'amour, qui, à ses yeux, était la condition première, même d'un simple baiser. Il avait ricané, lui lançant :

– L'amour, l'amour... tu sais ce que c'est au moins ? « L'infini mis à la portée des caniches. »

Il a attendu un moment, guettant sa réaction, avant d'ajouter :

– C'est du Céline. J'imagine que tu l'as lu...

Elle ne l'avait pas lu, non ! Céline faisait partie des auteurs interdits à la maison, tout comme Brasillach, Rebatet ou Paul Morand. Elle l'a gentiment reconduit à la porte. Il s'est laissé faire, le grand Pierrot désarticulé ! Il lui a juste glissé un mot avant de s'éclipser :

– Après ça, on est vraiment frère et sœur ! Tu ne m'oublieras plus jamais.

Et c'est ce qui s'est passé ! Depuis ce moment, depuis cette étreinte avortée, Pierre a hanté ses nuits, elle sentait sa présence, regardait sous son lit en entrant dans sa chambre, il apparaissait dans ses rêves, l'approchait, toujours par surprise, l'effrayait, l'embarquait dans de folles embardées automobiles… On eût dit qu'il gardait les portes de ses nuits. Et ça a duré ! Jusqu'à sa deuxième année de fac, jusqu'à ce qu'Augustin Nagral, son professeur de criminologie, vienne le déloger.

Le professeur ouvre la double porte donnant sur son bureau. Il porte à même la peau un cachemire au col échancré. À l'annulaire, une bague étrange, avec une pierre verte. « Jade ? » demande-t-il, comme s'il avait oublié son visage. Confuse, elle lui rappelle qu'elle vient lui présenter un sujet de thèse.

Il se ravise, s'avance vers elle, lui prend la main qu'elle tendait timidement pour le saluer, la garde un moment, plongeant cet étrange regard au fond des yeux de Jade.

– Oui, Jade Joselewicz, je sais ! Je peux déjà vous annoncer que vos notes de master sont excellentes. Entrez !

Il lui présente un fauteuil, ne s'installe pas derrière son bureau, vient la rejoindre dans le second fauteuil. Ils sont tout proches, à se toucher. Le cœur de Jade bat la chamade.

– Vous semblez émue. Voulez-vous un verre d'eau ? Un café ?

Elle pose ses notes sur ses genoux, pour se rassurer. Et, d'une traite, lui débite son sujet.

– Je veux travailler sur les crimes du docteur Petiot, dans la perspective de votre cours, monsieur ! Ce médecin marron a assassiné, durant l'Occupation, près d'une centaine de personnes, c'est ma propre évaluation, en vérité on ne connaît pas le nombre exact de ses victimes. Arrêté en 1944, jugé en 1946, à la va-vite, comme les procès de ces temps aux tribunaux encombrés, il a été condamné à mort et guillotiné. Il n'a jamais avoué des crimes pourtant patents, on n'a jamais su de quelle manière il avait tué ces pauvres gens, on n'a jamais retrouvé l'argent qu'il leur a subtilisé. Et quand, au matin de son exécution, l'avocat général Dupin lui a encore demandé de s'expliquer, d'avouer, pour soulager enfin sa conscience, il a répondu : « Je suis un voyageur qui emporte ses bagages. »

– Vous avez raison, Petiot est un cas unique. Il s'agit très certainement d'un tueur en série comme on n'en avait jamais vu auparavant. Mais je n'ai pas vraiment saisi… Que voulez-vous démontrer au sujet de cet assassin sur lequel on a déjà tant écrit ?

– Ce n'était pas un simple assassin, monsieur, non, une sorte de baromètre, un sociographe, comme on dit d'un sismographe qu'il enregistre les séismes, lui c'étaient les horreurs de la société qu'il enregistrait, il les absorbait comme l'air du temps. Ce temps où les plus débrouillards volaient, pillaient, assassinaient, où les autorités de Vichy mentaient, emprisonnaient, torturaient, où l'armée d'Occupation spoliait, déportait, fusillait, pendait…

# Maurice

1942. L'année s'annonçait mal pour les Juifs d'Europe.

Berlin, villa Marlier, belle maison de maître devenue centre de conférences, et le dimanche hébergement pour SS en goguette. Là, le 20 janvier, quinze nazis supérieurs mettaient au point l'*Endlösung*, la « solution finale », décidée six mois plus tôt par Hitler et Göring. Que du beau monde : les patrons de la SS, le général Heinrich Müller, chef de la Gestapo, le lieutenant-colonel Adolf Eichmann, chef de la division des questions juives, et une tripotée de hauts fonctionnaires, les secrétaires d'État des ministères les plus importants... Depuis lors, on a appelé cette réunion « la conférence de Wannsee », du nom du lac qui s'étale au pied de la villa, ce lac où les Berlinois aimaient se baigner les belles journées d'été. La mission de cette conférence, qui devait rester secrète, était claire : mettre en œuvre l'extermination de tous les Juifs d'Europe – et cela en un an ! Eichmann, le diabolique comptable, avait présenté les chiffres : en Europe vivaient alors onze millions de Juifs. Il n'y avait pas de temps à perdre ! La conférence avait été placée sous l'autorité de Reinhard Heydrich et donc sous contrôle de la SS. C'est d'ailleurs lui, ce grand échalas blond au nez trop long et un tantinet busqué (on lui a même cherché des ascendances juives, le pauvre !), qui dirigeait les débats. Lors de la discussion, la France apparaissait comme l'une des priorités, avec ses 700 000 Juifs, 330 000 en métropole et 370 000 en Afrique française du Nord. Il allait falloir s'activer... *Schnell !*

Et les ordres étaient redescendus dans les services, dans l'armée, dans la SS, en Russie, en Ukraine, en Pologne, où les *Einsatzgruppen*, les unités mobiles d'extermination, perpétraient déjà des massacres de masse, et à l'ouest, en Tchécoslovaquie, dans l'Europe occupée... Partout où les nazis faisaient régner leur ordre de fer, l'anéantissement physique des Juifs était devenu une priorité absolue, les trains *Nacht und Nebel*, « Nuit et Brouillard », les « trains de la mort » autrement dit, ayant même priorité sur les transports militaires de l'armée allemande.

En juin 1942, tous les Juifs d'Amsterdam avaient été convoqués par les autorités d'occupation. Ils allaient devoir « partir travailler en Allemagne », ces fainéants ! Maurice Wolf avait aussitôt compris le message, il savait ce que signifiait l'expression « travailler en Allemagne ». Avec sa femme et sa mère, ils avaient fui en Belgique. Là, il apprit qu'une grande rafle avait été fixée au 11 septembre, la veille de Rosh Hashana, le nouvel an juif. Il décida de passer en France, pensant que de là il aurait des chances de s'échapper vers l'Espagne ou la Suisse. Il ignorait qu'une autre grande rafle, celle du Vel' d'Hiv', s'abattrait sur Paris les 16 et 17 juillet 1942.

Le voilà donc à nouveau sur les routes, reprenant son interminable exil... En 1933, il avait quitté l'Allemagne à la toute dernière extrémité, quelques semaines après l'arrivée d'Hitler au pouvoir. Réfugié politique, il avait vécu à Paris avec sa famille, son père, alors encore en vie, sa mère et Lina, sa toute jeune épouse. Ses deux frères étaient partis en Hollande. À Paris, les nuages s'amoncelaient au-dessus de leurs têtes. D'abord les diatribes de l'extrême droite contre les Juifs, dans *Gringoire*, *Candide* ou *L'Action française*, l'antisémitisme ambiant de plus en plus virulent, tant à droite qu'à gauche, mais surtout l'affaire Stavisky et l'accusation de corruption, sans cesse répétée contre les financiers juifs. Ça commençait à sentir le roussi pour des Juifs étrangers, riches de surcroît ! La crise de février 1934 avec la ruée de l'extrême droite sur le palais Bourbon fut le signal, les Wolf décidèrent de quitter la France. En 1936, ils obtinrent un visa pour Amsterdam, où ils rejoignirent le reste de la famille.

Là, Saly Wolf, le père, reprit son affaire de commerce de bois, assisté de ses trois fils. Mais en 1940 la guerre grondait déjà. Usé par l'angoisse et les malheurs, il mourut d'une crise cardiaque. Maurice, l'aîné, s'occupa de l'affaire, alors que les deux autres frères réussirent à partir, l'un, ayant obtenu un visa, était allé aux États-Unis, l'autre était bloqué à Cuba. Ce qui restait de la famille Wolf vit débarquer les Allemands à Amsterdam, les stukas s'abattant sur le pays comme une nuée de sauterelles, les side-cars de la Wehrmacht déboulant dans les rues, mitrailleuse en batterie, annonciateurs de l'apocalypse, les panzers hérissant le poil des habitants au bruit de leurs chenilles et pointant vers les immeubles leurs phallus de mort. Fuyant de Liège à Bruges, de Bruxelles à Anvers, les Wolf se sentaient acculés. Maurice se souvenait que, peu avant sa mort, son père lui avait confié : « Nous venons d'ailleurs, nous irons ailleurs. Notre vrai nom n'est pas Wolf, tu t'en doutes. Au XVII^e^ siècle, notre ancêtre qui venait de Provence se nommait Zev. En ce temps-là, vois-tu, nous n'avions pas de nom de famille. On s'appelait Untel fils d'Untel. Son fils, Hirsch, fils de Zev, donc, premier à arriver en Allemagne, a seulement traduit le prénom de son père. *Zev*, qui signifie "le loup" en hébreu, est devenu *Wolf*, en allemand. À cette époque, nos ancêtres avaient entamé la grande migration d'ouest en est. Nous n'étions pas les seuls. Si notre famille s'est arrêtée en Allemagne, d'autres sont parties bien plus à l'est, en Pologne, en Ukraine, en Russie, certains même jusqu'en Chine... Aujourd'hui, mon fils, c'est le temps du retour. Nous sommes sommés par le Tout-Puissant de faire le chemin en sens inverse. Peut-être veut-il tous nous ramener à Jérusalem ? » Maurice avait retenu la leçon et comptait bien s'échapper vers l'ouest, encore fallait-il réussir à sortir de cette souricière...

Pour l'heure, ayant laissé sa femme et sa mère à Anvers, il testait seul la périlleuse traversée. Avec l'aide d'un passeur belge grassement payé, il avait franchi les lignes allemandes, pour se faire bêtement alpaguer par les douanes françaises à Charleville, en pleine « zone réservée ». Et cette zone était interdite aux réfugiés, interdite même au retour des autochtones, puisque destinée au repeuplement germanique.

Grand, élégant, vêtu d'un costume croisé de belle étoffe, tenant à la main une petite valise de cuir, il se présenta, à pied, en toute innocence, aux douaniers français, c'était le 23 juillet 1942. Valise ouverte, double fond déchiré, fouille au corps, insultes racistes, quolibets... Les douaniers découvrirent sur lui une véritable fortune : 4 900 dollars, 51 000 francs français, 18 000 francs belges, et des bijoux de valeur. En tout, l'équivalent d'un million d'euros d'aujourd'hui. Toutefois, ils ne trouvèrent pas les diamants cousus dans le col de sa veste. Maurice, naguère homme d'affaires prospère, était encore riche !

Il fit alors appel à un avoué plaidant de Rocroi, maître René Iung, qui est intervenu auprès des autorités douanières. L'homme de loi l'a aidé au-delà du raisonnable. Il faut dire que les Ardennais n'avaient rien oublié de la terrible occupation des années 1914-1918, des privations alimentaires, du travail forcé et des viols par milliers commis par les soldats allemands tout au long de la Grande Guerre. C'est pourquoi ils réagissaient à la nouvelle invasion en une sorte de résistance spontanée, quasi viscérale. Et puis, à tout prendre, le pauvre Maurice n'avait commis aucun délit à part celui de n'avoir pas déclaré ses avoirs en passant la frontière.

Déjà, des bruits circulaient sur la présence d'un financier juif détenu par le service des douanes. Du fait de l'entregent de Iung, l'affaire se dénoua miraculeusement en quelques jours. Le président du tribunal de Rocroi prononça une peine de prison équivalente à la durée de la prévention et Maurice fut relâché le jour même. Les deux femmes Wolf, la mère et l'épouse, arrivées entre-temps, avaient été cachées chez des religieuses à Charleville. Elles purent gagner Paris quelques jours plus tard, où Maurice les rejoignit.

D'une honnêteté scrupuleuse, l'avoué, Me René Iung, continua de négocier avec les douanes et obtint la restitution presque totale des sommes confisquées, y compris les dollars, exceptionnellement autorisés à être remis sans conversion.

Mais les Wolf étaient déjà partis. Il se promit de leur rapporter leur argent lors d'un prochain déplacement.

À Paris, en 1942, la vie n'était pas plus facile qu'en Belgique. Les Allemands étaient partout, l'hostilité palpable, surtout envers les étrangers. Et la famille Wolf sentait « l'étranger cosmopolite » à plein nez. La mère parlait seulement l'allemand et le yiddish, quant à Maurice et Lina, ils se débrouillaient en français quoique avec un terrible accent teuton. Il n'y avait que les Allemands pour ne pas s'en rendre compte, et les Wolf les évitaient autant que possible. Ils se gardèrent bien de se déclarer au registre des étrangers, ne sollicitèrent pas de titre de séjour. Ils se débrouillèrent pour obtenir de faux papiers français. Maurice Wolf devint ainsi Marcel Walbert, né le 3 janvier 1906 à Rouen, Lina devint Éliane, née le 11 août 1902 à Mulhouse. On pouvait comprendre Mulhouse à cause de l'accent alsacien mais pourquoi avoir fait naître Maurice à Rouen ? Quant à la mère de Maurice, à cause de sa méconnaissance presque totale de la langue, on l'avait faite native de Rotterdam en 1882 et on avait modifié son prénom Rahel en Renate. Ils ne devaient pas trop accorder d'importance à leur couverture, ils avaient même conservé leurs initiales et jusqu'à la consonance de leurs noms.

Ils furent hébergés quelques jours ici, quelques jours là. Finalement, en désespoir de cause, le 5 septembre, ils louèrent deux chambres à l'hôtel du Danube, au 55 de la rue Jacob. Ils pensaient que le quartier Saint-Germain, avec ses intellectuels et ses artistes, serait plus accueillant aux étrangers. En pleine guerre, Simone de Beauvoir tenait salon au Café de Flore et, entre 1941 et 1942, Sartre y écrivait *Les Mouches*.

Un jour de septembre, Maurice annonça à sa mère :

– Maître Iung va venir à Paris.

– Tu en es certain ?

– Il m'a écrit qu'il arriverait la semaine prochaine ou la suivante pour nous rapporter l'argent. Un brave homme !

– Que Dieu soit loué ! Il ne nous en restait plus suffisamment pour payer l'hôtel.

– Te souviens-tu comme tu te méfiais de lui ? Il nous a sauvés et voilà qu'il est parvenu à sauver l'argent qui nous reste.

– Attends seulement de l'avoir dans ta poche !

– Mamele, que faire ? On prend ce qui nous est offert. Les événements sont contre nous. Partout où nous allons, nous sommes poursuivis par les nazis. L'Allemagne, la France, la Hollande, la Belgique, encore la France... Il faut continuer à se battre, rester en vie...

– Ton père n'a pas tenu ! Le pauvre Saly, perdre tous ses biens, se retrouver dans la misère comme ces pauvres réfugiés que l'on voyait autrefois arriver de Russie et de Pologne, sales, puants et ne sachant parler qu'un allemand incompréhensible...

Et nous nous retrouvons à notre tour dans un pays dont nous connaissons à peine la langue, errant comme des romanichels, nous sommes devenus comme eux… des Juifs puants ! *Ach*, maudite vie !

Le cœur du vieux Saly n'avait pas résisté à l'humiliation, lui, l'honoré M. Wolf était mort tout à coup, en plein milieu d'un repas, à Anvers, alors que les Allemands bombardaient la ville. Tout cela était vrai, mais sa mère l'agaçait avec ses plaintes perpétuelles. Elle ne s'arrêtait jamais. Même ici, en pays étranger, sans famille, sans amis, sans argent, sans soutien, entourés de rapaces prêts à se ruer sur leurs corps pour les dévorer, elle trouvait encore la force de se plaindre. Et elle accusait… elle accusait sans cesse… Ce fou furieux d'Hitler, ce paysan mal dégrossi, qui régurgitait des insanités, comme les volcans rejettent la lave, et sa bande de va-nu-pieds, les SA, ces barriques de bière sur pattes, qui puaient l'alcool et l'urine, et tous ces Allemands, leurs voisins, ces lâches, naguère obséquieux, qui du jour au lendemain ne les saluaient même plus quand ils les croisaient dans la rue. Jusqu'à son mari, qui ne s'était pas rendu compte que le monde s'était mis à tourner à l'envers. Il ne s'était rendu compte de rien, *dem idiat*, cet idiot… C'était tout juste si elle ne l'accusait pas d'être mort pour se dérober à ses responsabilités.

Maurice n'avait rien à se reprocher. Il avait embarqué sa famille en une nuit dans le premier train en partance vers l'ouest, sans tergiverser pour sauver ceci, pour sauvegarder cela, comme tant d'autres... comme la famille Goldman, leurs cousins, qui ont vu leur magasin détruit, qui ont été roués de coups en pleine rue, fourrés par les SA dans un camion à bestiaux. Maurice avait appris qu'ils avaient été enfermés dans le camp de Dachau. Depuis, plus de nouvelles ! Il doutait qu'ils fussent encore en vie... Quant aux Katz, la famille de l'associé de son père, les SA sont allés les cueillir chez eux, en pleine nuit, les ont battus à coups de matraque, ont dévasté leur appartement dont ils étaient si fiers, les ont pillés jusqu'à la dernière petite cuillère avant de les jeter dehors presque nus, victimes sacrificielles offertes à une foule en délire. Eux sont morts, tous les cinq sous les coups des barbares, il le savait. Un rescapé de cette nuit de folie qu'on appelait « la nuit de cristal » lui a raconté leurs corps déchiquetés, baignant dans une mare de sang que les chiens errants venaient lécher...

Maurice eut un haut-le-corps en repensant à ces horreurs. Il finit par sourire à sa mère.

– Mamele, dis-toi que nous avons de la chance dans notre malheur. D'abord, nous sommes toujours en vie...

– *Ach*, mon fils, comme tu es naïf... Si tu crois que les intentions de la destinée sont perceptibles à de pauvres Juifs comme nous.

Au fond de lui, Maurice donnait raison à sa mère, mais il se refusait à plonger dans la dépression en sa compagnie.

– Aie confiance, Mamele, je trouverai le moyen de nous faire sortir de ce pays d'angoisse.

Sa mère ricana :

– Mon pauvre enfant ! Ne te réjouis jamais de tes acquis, même le jour de ta mort, le Malin peut encore venir te déposséder.

– Je sais que tu souffres, Mamele, mais tu ne devrais pas être aussi négative. Le malheur appelle le malheur.

– C'est que j'aperçois un autre malheur bien plus terrible qui nous guette, répliqua sa mère.

Elle baissa la tête, restant silencieuse un moment.

– De quel malheur parles-tu, Mamele ?

– De cette femme que tu t'es mis à fréquenter, cette *rumänisch zuhn*, cette putain roumaine...

– Que vas-tu imaginer, Mamele, c'est Ilse, tu sais, Ilse Gang, l'amie intime de Lina, qui me l'a présentée, m'assurant qu'elle pourrait nous trouver un appartement. Ce sera plus discret qu'un hôtel où nous ne sommes pas à l'abri d'une descente de police.

– Je sais ce que je dis, mon fils ! Quand le Diable ne peut passer au-dessus, il passe par-dessous.

Elle avait bien repéré le manège de cette Roumaine. Depuis qu'il avait fait sa connaissance, elle ne cessait de la croiser dans les escaliers de l'hôtel. Que pouvait-elle y faire sinon rencontrer Maurice ? Elle lui dit brutalement :

– La faute revient à Lina !

– Tous les malheurs du monde ne peuvent être imputés à Lina, Mamele…

– Je sais ce que je dis, va ! Une femme doit surveiller son mari, non par jalousie, je n'ai jamais connu ce sentiment, mais pour le protéger !

# Farouk

Saint-Rémy-lès-Chevreuse, de nos jours.

Cette fois, Jade a libéré ses cheveux et mis un jean. Elle a toujours souffert de sa modeste poitrine. Pour compenser, elle a enfilé à même la peau son tee-shirt presque transparent qui laisse apercevoir la pointe de ses tétons. Dans le RER, elle se demande pourquoi elle a fait ça. Elle tire jusqu'au col la fermeture de son blouson de cuir et se replonge dans la lecture d'un livre sur la collaboration. Elle a passé de longues journées boulevard Sérurier, aux Archives de Paris, où sont déposés six gros cartons avec des tas d'interrogatoires de police, de témoignages, d'analyses d'experts. Les archives Petiot... C'est répétitif, un peu rébarbatif, mais elle se dit que c'est ainsi qu'on fait ses classes, en souffrant devant de vieux dossiers. Ils sont difficiles à déchiffrer parfois, ces papiers datant de quatre-vingts ans... Elle se demande à quel endroit creuser, comment approfondir. Elle a lu des livres, aussi, sur Marcel Petiot, il y en a tellement, mais ils racontent tous la même histoire, à croire qu'ils se sont copiés. Et puis, un matin, elle s'est jetée à l'eau. Elle a commencé à écrire pour soumettre un début de réflexion au professeur Nagral. Elle a l'impression qu'il ne la prend pas au sérieux. Elle a mis tout son cœur dans ces quelques pages. Elle veut lui montrer qu'elle est capable de rapporter des faits, mieux de développer des idées. Voilà trois mois qu'elle ne l'a pas revu. Lorsqu'elle pense à lui, au plus fort de sa mémoire, surgit ce regard étonné qu'il porte sur chaque personne, sur chaque question, et ses yeux, ses yeux, surtout, d'un violet très pâle... Elle ne se demande pas s'il est beau, elle s'en moque ; elle se sent attirée, plus encore, aspirée comme en un énorme tunnel dont elle n'aperçoit pas l'issue... Elle se raisonne : sa seule beauté est celle de sa pensée ! Elle lui a expédié ses premières pages par e-mail, les a-t-il lues ? Par précaution elle en a emporté une copie papier dans la chemise cartonnée qu'elle tient sur ses genoux. À nouveau, il lui a donné rendez-vous chez lui dans la grande maison cachée à l'orée d'un petit bois. Pourquoi chez lui ? Elle se demande s'il ne veut pas l'introduire dans son intimité.

Elle reconnaît le chemin, mais les longues allées d'arbres au feuillage rougissant à l'approche de l'automne lui laissent l'impression d'une nouvelle première fois. Elle sonne à la grille.

Cheveux de fausse blonde noués en chignon à la va-vite, tailleur de prix sur un chemisier débraillé, la femme l'invite à entrer.

– Madame Nagral, je suppose ?

– Non, Mademoiselle la Fouine !

Jade la dévisage. Qui est cette femme si ce n'est celle du professeur ? Sa compagne ? Sa maîtresse ? Une amie ? Mais pourquoi se présente-t-elle ainsi, cheveux ébouriffés, chemisier dégrafé... Elle aurait au moins pu arranger sa mise avant d'ouvrir.

Décontenancée, Jade demande :

– Farouk n'est pas là ?

– Il dort dans le salon d'attente. Si votre tête lui revient, il acceptera une caresse, sinon gare au coup de griffes.

Elle a cru l'entendre murmurer : « Il est bien comme son maître, celui-là ! »

Lorsqu'elle entre, le chat redresse à peine la tête, la renifle de loin retroussant le museau et reprend aussitôt sa sieste. Elle patiente dans le petit salon auprès du tigre à longs poils dont les moustaches se trémoussent au gré de ses rêves. Malgré le capitonnage, elle entend parler derrière la porte. On crie maintenant, et de plus en plus fort. La porte s'ouvre à toute volée. Une autre femme, une autre bourgeoise, surgit en furie en s'écriant :

– Tu entendras parler de moi, tu peux me croire !

Elle passe devant Jade sans lui jeter un regard. Le chat s'est dressé, poils hérissés. Celle-là, sa tête ne doit pas lui revenir. Manifestement, il ne l'aime pas !

Nagral referme la porte sans prêter attention à la jeune thésarde. Petite blessure au cœur.

À cet instant, une nouvelle image s'impose à son esprit, une scène plutôt. Elle voit avec une précision photographique la femme qui vient de sortir, assise dans sa voiture, une Mini décapotable de couleur jaune, elle la voit en train de pleurer. Elle la voit tirer de son sac une boîte de médicaments, extraire un à un les comprimés de la plaquette et les avaler d'un seul trait. Puis elle sort une flasque d'alcool de la boîte à gants, en tète une longue goulée. L'image s'interrompt brutalement.

Jade n'y tient plus ; elle s'en va tambouriner sur la porte capitonnée.

Nagral est campé devant elle, souriant, un léger pull à col roulé couleur lilas, au camaïeu de ses yeux.

– La femme, hurle-t-elle soudain, la femme !

– Qui ça ? Antonia ?

– Oui ! Je ne connais pas son nom, la femme qui vient de sortir... Courez ! Elle est encore dans sa voiture. Elle vient d'avaler une tablette de Lexomil.

– Quoi ?

Et le voilà qui la bouscule pour s'élancer dans le jardin...

Une heure plus tard, Nagral est de retour. Jade s'est endormie dans le fauteuil en cuir, Farouk sur ses genoux. Elle sursaute, ouvre de grands yeux étonnés. Le chat s'étire, se fait un peu les griffes sur le jean de Jade, pousse un petit miaulement mécontent en direction de Nagral et s'en va lentement vers le jardin, très digne.

– Alors ?

– Alors quoi ? Que voulez-vous savoir ? Vous pouvez l'imaginer... Une explication houleuse, l'appel des pompiers, l'arrivée du Samu, le départ de l'ambulance sous le regard des voisins réunis sur le trottoir... Ce n'est pas la première fois, comme vous pouvez vous en douter. C'est réglé ! Enfin... jusqu'à la prochaine, je suppose. Oublions tout ça, voulez-vous, nous avons du travail ! Ah... j'oubliais... merci ! Vous lui avez sans doute sauvé la vie. Enfin, merci pour elle !

Il est en état de stress, pense-t-elle, mais on ne parle pas ainsi d'une femme qui vient de tenter de se suicider.

– Je tombe mal, je crois, hésite Jade, gênée. Voulez-vous que je revienne la semaine prochaine ?

– Non ! J'ai simplement besoin d'un verre.

Bar en merisier laqué, belle bouteille de Dalmore à l'effigie d'un cerf d'argent. Pendant qu'il ouvre la bouteille, il lui demande :

– Comment avez-vous su ?

– Que la femme se suicidait devant la grille de votre jardin ? Je l'ai vue.

– Vous ne pouviez pas la voir depuis le petit salon...

– Je ne sais pas, monsieur, je sais seulement que je l'ai vue.

Elle n'allait pas lui raconter son truc maintenant, cette étrangeté qu'elle ne s'explique pas… ces images qui apparaissent soudain, lui montrant quelques instants avant qu'ils ne surviennent les ennuis à venir.

– Soit, restons-en là. Nous n'allons pas nous attarder sur mes petits soucis familiaux. J'ai lu votre texte. Vous avez trouvé tout ça dans les archives ?

– Oui, monsieur. Je dois dire que j'y ai ajouté un peu de vie.

– Beaucoup, je crois… C'est bien ! Mais je ne saisis pas la direction que prend votre travail de recherche.

– C'est très simple. Je prétends appliquer à un cas concret les principes d'analyse que vous nous avez enseignés durant ces deux années.

– J'y suis sensible. Mais enfin, j'ai l'impression que votre intention est plus complexe… Que vous avez déjà l'idée de ce que vous voulez démontrer.

Elle se tait. Il a terminé son verre, elle n'a pas encore trempé les lèvres dans le sien. Il va pour se resservir, se ravise. Un geste vers elle pour lui proposer une nouvelle rasade de scotch. Elle fait non de la tête.

– Merci !

Il insiste un peu, pour la forme, et se ressert, remplissant son verre à moitié, qu'il avale d'un trait. À cran après la dispute avec Antonia et le chaos de sa tentative de suicide, son débit est plus rapide, saccadé. Elle a du mal à reconnaître la belle voix grave qui l'enchantait durant les cours. Malaise.

– Allez ! Pouvez-vous faire abstraction de la scène à laquelle vous venez d'assister ? lui demande-t-il d'un air sévère.

– Bien sûr ! Mais vous ? N'êtes-vous pas trop préoccupé pour m'écouter ?

– Allez-y !

– En quelques mots, voici l'idée que j'ai dans la tête. En fait, j'y pense tout le temps. En 1940, la France a été battue, humiliée, occupée, sa morale dissoute dans la misère, la corruption et la lâcheté, son identité diluée dans une idéologie de pacotille. Eh bien, je pense que, d'une certaine manière, Petiot était devenu la France, cette France décérébrée, rendue folle et perverse par sa défaite. Il l'est tellement que sa seule défense durant son procès fut de prétendre qu'il était un résistant, qu'il défendait son pays, qu'il n'avait jamais tué de Juifs, seulement des collabos et des Allemands. Tous, tant les juges que les journalistes et jusqu'au public qui assistait au procès, tous ont pris cela pour le mensonge effronté d'un pervers dépourvu de sens moral. D'un certain point de vue, c'était vrai. Au-delà de ce regard superficiel, je suis persuadée qu'au plus profond de cet esprit embrumé se déposaient les sédiments d'un pays en déliquescence.

Dans cette France-là, un pervers, un presque fou, totalement pris, possédé par les événements, pouvait commettre les pires abjections. Lors de son procès, il a lui-même revendiqué soixante-trois assassinats. Peut-être en a-t-il commis plus encore... Oui ! Petiot était « possédé », non par la folie mais par le désastre de son pays.

– Euh... Bon ! Un peu rapide, non ? Accordez-moi qu'il faudrait creuser encore pour étayer cette thèse. Comment un être humain, aussi singulier soit-il, pourrait-il condenser en lui seul les malheurs de tout un pays ? Je crois que vous...

– Vous trouvez que j'exagère ? Je n'ai pas beaucoup d'expérience, c'est vrai, seulement des intuitions, parfois une idée... quoique cette idée, monsieur, je vous la doive. Vous nous avez tant de fois répété que pour comprendre un crime, il fallait considérer l'époque. Je n'ai pas oublié votre cours sur Landru le tueur de 14-18. Je suis convaincue que certains fous – doit-on les appeler fous ? – ont souvent une vie sociale d'apparence normale. Non ! Ils sont capturés par les tourments d'un monde en train de disparaître. Rappelez-vous cet autre tueur en série, Andreï Tchikatilo, qui a sévi en Union soviétique durant les années 1980, celui qu'on surnommait « le monstre de Rostov »... Né en Ukraine, en pleine famine d'Holodomor, durant laquelle il avait vu des parents manger leur enfant le plus jeune, ensuite, en grandissant, alors que son père était prisonnier des Allemands, il avait dû subir les sévices d'une mère rendue folle par la faim et la terreur. Il était intelligent et doué d'une mémoire exceptionnelle, tout comme Petiot, du reste, tout comme les gens gravement traumatisés dans leur enfance, à ce qu'on m'a dit. Devenu adulte, ayant réussi de bonnes études supérieures, il a violé et assassiné, parfois dévoré, car il était aussi cannibale, au moins cinquante-deux adolescents et adolescentes, à Rostov-sur-le-Don où il demeurait et dans une grande partie du pays qu'il parcourait pour son travail. Ces terribles meurtres, il les a commis entre 1978 et 1991, dans une Union soviétique alors en plein déclin. Et tout s'est arrêté à la chute de l'Union soviétique, comme tout s'est arrêté pour Petiot à la libération de Paris, en 1944. Comme tout s'est arrêté pour Landru à la signature de l'armistice, le 11 novembre...

Moment de silence. Elle croit percevoir dans son regard une petite lueur d'admiration. Il sourit.

– Il me semble que Landru a encore commis un meurtre en janvier 1919... J'admets que c'est un détail.

Elle reprend :

– En 1992, Tchikatilo a lui-même déclaré durant son procès qu'il était devenu une « bête folle » par la faute de l'ancien système soviétique. Il s'est même décrit comme un pur, un gardien de l'ordre que l'État ne pouvait plus faire régner. Et lorsqu'un magistrat lui a demandé s'il gardait des traces de ses meurtres, il a répondu : « Mais pour quoi faire, c'étaient comme des avions ennemis que j'avais abattus. » Il ajouta même que la Russie devrait lui être reconnaissante d'avoir rempli une mission d'hygiène sociale en la débarrassant des prostituées, des clochards et des enfants déficients qu'elle avait engendrés.

Elle fouille dans ses notes, retrouve la citation exacte. Elle lui lit :

– Lors d'une interview, un journaliste lui a demandé : « Andreï Romanovitch, comment évaluez-vous ce que vous avez fait ? » Il a répondu : « Que pouvais-je faire, le pays tout entier était devenu fou... Moi, j'aurais dû devenir un grand homme politique, c'est ce que je voulais ! Regardez donc ce que fait le gouvernement, ce que fait le peuple... Le pays est perdu... Moi aussi ! » En vérité, des tueurs de cet acabit sont des chefs d'État ratés.

Il est plus de 20 heures, la nuit est tombée. Dans cette maison trop chauffée, prise dans l'excitation de ce qu'elle considère comme sa découverte, elle a retiré son blouson. Le regard de Nagral ne parvient pas à se détacher de son joli tee-shirt en lin.

– Vous êtes pressée ?

Elle rougit.

– Pas trop, sinon que refaire à pied le chemin de la gare en pleine nuit m'inquiète un peu.

– J'ai vu que vous aviez sympathisé avec mon chat.

Elle leva vers lui un regard curieux.

– Et ?

– Voulez-vous assister au repas du fauve ? Je dois vous prévenir que c'est assez... disons... assez particulier.

– Particulier en quoi ?

– Ce chat a une manie. Il n'accepte de manger que des proies vivantes qu'il a lui-même capturées. Il chasse, bien sûr, dans le jardin et les alentours de la maison, mais il trouve sans doute ses prises insuffisantes. Il vient sous mon nez hurler famine. Alors, je piège des souris que j'engraisse de blé et de fromage et que je libère devant lui. C'est amusant, vous verrez.

Devant l'air offusqué de la jeune femme, il lui explique :

– Savez-vous que le chat que nous connaissons est une évolution perverse d'un petit félin d'une exceptionnelle sauvagerie. Je dis « perverse » parce qu'il a évolué sous notre pression et non sous celle du milieu. Il a évolué vers de plus en plus de beauté, qui nous attire, de plus en plus de minauderies qui nous font craquer, de plus en plus de frottements, de caresses, qui nous font régresser... À l'état sauvage, un chat ne ronronne que durant l'enfance, seulement lorsqu'il aperçoit sa mère qui vient l'allaiter. Le chat domestique, lui, continue de ronronner toute sa vie, et seulement à l'adresse de l'humain qu'il veut séduire... Le chat est un prédateur-né qui a transformé son apparence en une sorte de peluche érotique... Mais il reste ce qu'il a toujours été : un tueur parfait. Venez ! Vous serez étonnée par l'habileté de Farouk !

# Gang

Paris, septembre 1942. Maurice n'en pouvait plus des plaintes continuelles de sa mère et Lina se morfondait sous ses couvertures, refusant de quitter l'hôtel, même quelques instants. Le port de l'étoile jaune avait été imposé aux Juifs depuis le mois de juin. Eux n'en portaient pas mais avec leurs faux papiers, s'ils étaient contrôlés, à leur allure, à leur accent, le policier ne tarderait pas à les soupçonner. Ils seraient traînés au poste, interrogés, on retrouverait leur véritable identité. Ne s'étaient-ils pas déclarés en 1933, lors de leur premier séjour, n'avaient-ils pas alors bénéficié du statut de réfugiés politiques ? Leurs dossiers devaient sommeiller dans des archives, au Service des étrangers. La supercherie dévoilée, ils seraient aussitôt expédiés au camp de Drancy... Et Dieu seul savait quoi d'autre après... Maurice avait entendu dire qu'on déportait les Juifs dans des camps de travail en Pologne. Sur le boulevard, il avait discuté avec un homme qui avait réussi à s'évader de Drancy. L'autre, encore saisi de terreur, lui avait affirmé qu'on ne travaillait pas seulement dans les camps en Pologne, qu'on y subissait toutes sortes de tortures et qu'il y avait de grandes chances qu'on n'en revînt jamais. Maurice avait mis cette affabulation sur le compte de l'angoisse dont souffrait manifestement cet homme. Mais depuis, ses paroles lui trottaient dans la tête. Il fallait à tout prix trouver un moyen de partir de ce pays piégé, cette Europe maudite. Pour l'heure, l'urgence était de se mettre à l'abri, quitter leurs chambres, sous-louer un appartement où ils attireraient moins l'attention que dans cet hôtel miteux où tout le monde observait tout le monde…

Une belle journée de fin septembre, ne supportant plus la détresse de sa femme, il la convainquit d'aller prendre le thé chez Ilse Gang, son amie de longue date, elle aussi installée à Paris depuis 1933. Lina refusa d'emprunter le métro, elle avait peur de la foule, des contrôles de police aussi. Ils marchèrent une bonne heure durant, sur les quais de la Seine. Les joues de Lina reprenaient des couleurs. Ils traversèrent la Seine au pont Alexandre III, remontèrent les Champs-Élysées jusqu'à l'Étoile, presque déçus d'être parvenus si vite à l'avenue Mac-Mahon, au numéro 24, où résidaient les Gang. Embrassades, cris et pleurs des deux femmes. Maurice avait peu d'affinités avec le mari, un Autrichien qui se prenait pour un Habsbourg, mais il savait faire bonne figure…

Il pensait au fond de lui qu'Ulrich avait abrégé son nom, qu'il devait s'appeler Gangwolf, « loup du chemin », ou peut-être Gangloff, ce qui signifie la même chose. Décidément, lui aussi devait avoir un ancêtre qui s'appelait Zev ! Alors, ce n'était pas la peine de se faire passer pour un aristocrate !

– N'auriez-vous pas, dans vos connaissances, quelqu'un qui accepterait de nous sous-louer un appartement pour quelques mois ? Nous aimerions beaucoup habiter votre quartier. Lina pourrait facilement revoir Ilse, reprendre un semblant de vie sociale... Ilse l'aiderait à s'acclimater, à surmonter ses peurs en attendant de trouver le moyen de partir... Si vous pouviez nous mettre sur une piste...

Ilse réfléchit.

– Comme ça, je ne vois pas... Mais attendez, je connais une jeune dentiste installée à Paris, rue Cambon, ce n'est pas très loin d'ici, vers la place Vendôme. Elle tire le diable par la queue, elle a certainement besoin d'argent. Peut-être accepterait-elle de vous céder son appartement pour quelque temps...

Elle écrivit sur un papier le nom et l'adresse de la dentiste.

– Rachel Gingold, 21 rue Cambon.

– Gingold ? Au moins, elle est comme nous.

– Comme nous ? demanda Lina.

– Je veux dire : juive. Elle n'ira pas nous dénoncer aux autorités.

Tout le long du chemin de retour, Lina n'ouvrit plus la bouche. Au rappel des dangers qu'ils couraient, la joie de retrouver son amie s'était évanouie, laissant place à cette terrible tristesse, pire, à un état de torpeur mentale. Le malheur transforme inévitablement la dépression en mélancolie stuporeuse.

Il ne réussit à rencontrer Rachel Gingold qu'à la fin du mois de septembre. En passant devant l'hôtel Ritz, place Vendôme, il avait eu un pincement au cœur. Lors de son tout premier séjour à Paris, dans une chambre de cet hôtel, il avait vécu des moments intenses avec une jeune étudiante férue de philosophie allemande. Il l'aidait à perfectionner son allemand, elle lui avait fait découvrir la passion. Il ne pensait qu'à elle la journée durant, et la nuit, encore, il en rêvait… C'était si fort que c'en était devenu insupportable. C'était quand déjà ? Il avait dû renoncer à la revoir de peur de sombrer dans la folie. Quand ? Deux ou trois ans après son mariage, peut-être… après que Lina, qui venait d'apprendre qu'elle ne pourrait être mère, avait plongé dans une interminable tristesse… La tristesse, déjà ! Foutue maladie ! Les psychiatres parlaient d'asthénie. Il jeta un regard sur la façade du Ritz. Un énorme drapeau nazi flottait au-dessus de la porte d'entrée, avec une croix gammée en son centre, comme une araignée géante prête à bondir sur lui Il sursauta quand il entendit siffler. Un sous-officier allemand, casqué, bottes cirées, luisantes comme un miroir, s'avançait sur la place au pas de l'oie, automate dont on venait de remonter le mécanisme. Au deuxième coup de sifflet, une compagnie entière de tambourinaires, de cuivres et de cymbales, sortis après lui de l'hôtel, se mit à battre le rythme de la marche. Il se rangea au creux d'une porte cochère et les regarda passer. Au moins les oies savent-elles voler, alors que ceux-là ne peuvent que battre le pavé.

Rachel Gingold lui avait donné rendez-vous dans un café place du Palais-Royal. C'était une petite brune avec des yeux clairs, en amande.

– D'où venez-vous ?

– De mon cabinet. Pourquoi ?

– Je veux dire, de quel pays ?

– Ça se voit tant que ça que je suis étrangère ? J'ai fait toutes mes études à Paris.

– Mais avant ?

– De Roumanie. Vous connaissez ?

– J'y ai voyagé pour affaires, surtout à Bucarest.

– Cher monsieur Walbert, l'interrompit soudain la jeune femme, je peux déjà vous répondre qu'il n'y a aucun appartement libre dans mon immeuble. Mais je vous promets que je vais me renseigner.

Elle se leva brutalement, lui tendit mollement une main et disparut en quelques instants, sans même terminer son verre de vin. Il se sentit mal. Pourquoi était-elle partie si vite ? Était-elle gênée ? Avait-elle perçu les idées érotiques qui encombraient son esprit ? Il régla les consommations et quitta le café, un peu triste à l'idée de retrouver ses dragons.

Quinze jours plus tard, il découvrit un billet dans le casier de l'hôtel, juste un petit mot, d'une écriture bien ronde : « RdV au même café, demain, 16 heures. Rachel Gingold ».

Début d'après-midi d'octobre, le froid commençait à descendre sur Paris. Arrivé en avance, il s'installa devant un café crème et ouvrit *Paris-Soir*. Il avait décidé de le lire intégralement pour revivifier son français. En première page, les Allemands remportaient des victoires décisives à Stalingrad. Rommel, en photo, saluant Hitler, déclarait : « Nous sommes arrivés aux portes de l'Égypte pour agir et non pour nous en laisser chasser. » Et l'ambassadeur d'Allemagne à Paris demandait aux Français de contribuer à la lutte de l'Europe contre le bolchevisme en s'enrôlant pour travailler dans le Reich. Dans les pages intérieures, son attention fut attirée par une série de témoignages anonymes de personnes relatant leurs mésaventures au passage de la ligne de démarcation. Tous s'étaient fait détrousser par les passeurs. L'article était intitulé « Ne croyez pas aux promesses des passeurs ». Il le relut à plusieurs reprises, sentant monter en lui une sourde inquiétude. En plus des nazis qui en voulaient à leur vie, il fallait aussi se méfier des escrocs qui en voulaient à leur argent. Il repensa à Me Iung qui ne donnait plus de nouvelles. Agacé, il finit par plier le journal et resta songeur, les yeux dans la vague, face à la porte d'entrée.

Il ne les vit pas arriver. Elles étaient pourtant voyantes, la petite brune accompagnée d'une grande rousse en manteau de fourrure. Rachel Gingold se dirigea vers lui sans hésiter, l'autre la suivait, un large sourire aux lèvres.

– Je vous présente mon amie Eryane.

Longue silhouette élégante, manteau et toque d'astrakan sur une cascade de cheveux savamment bouclés, gantée de blanc, elle était impressionnante. Il se leva pour saluer les dames, ne put s'empêcher le baisemain. Il murmura son nom, le faux : « Maurice Walbert... »

– Ravie de faire votre connaissance, monsieur Walbert !

Eryane avait une voix étrange, à la fois grave et chantante, dont on devinait les modulations. Elle s'assit tout en retirant son manteau dans un geste théâtral, répandant un intense parfum de patchouli. Elle lui fit penser à un film de Marlene Dietrich ou de Lauren Bacall.

– C'est très aimable à vous de vous déplacer, chère madame.

Les yeux de la femme étaient dissimulés derrière de grandes lunettes aux verres teintés. Elle le regarda de haut en bas, provocante un brin, avant de lancer d'une voix grave :

– Mais... monsieur Walbert, c'est un plaisir...

– Eh bien, s'exclama Rachel, je vous laisse discuter de votre affaire. Mes patients m'attendent.

Eryane prit d'abord soin de se présenter. Une émigrante à répétition, comme lui… Née à Czernowitz, ayant grandi en Roumanie, douée pour les études, elle souhaitait devenir médecin. « Mais vous savez, les années 1930, les quotas dans les universités », elle avait dû se rabattre sur des études d'infirmière. Elle avait essayé l'Allemagne, Munich, Berlin, mais comme lui elle avait dû quitter ce pays. L'Italie ensuite, mais là-bas aussi, les fascistes… Comment s'était-elle débrouillée avec les langues ? Il avait remarqué la qualité de son français ! Eh bien, comme tous les Roumains, elle parle plusieurs langues. Elle énuméra : le français, l'italien, l'espagnol, l'allemand, l'anglais… Elle comprend un peu le russe, aussi. Ce qui lui serait bien utile aujourd'hui que les Soviétiques ont envahi la Bucovine… Mais son pays, celui qui l'a vue naître, lui est à jamais interdit. Ses yeux s'embuèrent quelques instants… Elle s'essuya de son petit mouchoir de soie. Il lui demanda pourquoi elle avait eu à subir les quotas. Il souhaitait l'entendre de sa bouche. Elle était juive… Voilà, c'était dit ! Il se sentit rassuré. Et que faisait-elle en France ? Bah ! Elle se débrouillait… « Comme tout le monde par les temps qui courent… » Elle lui raconta qu'elle avait fait toutes sortes de métiers, vendeuse, secrétaire, interprète, qu'elle avait même été chanteuse dans des cabarets de Montmartre. En ce moment, elle s'occupait d'une vieille femme, une Polonaise âgée de quatre-vingt-deux ans, incapable de prendre soin d'elle-même. Elle lui prodiguait ses soins, lui tenait compagnie, lui lisait des livres...

Naïf, ce pauvre Maurice qui ne comprenait pas qu'une longue énumération cachait en général ce petit détail qui était l'essentiel. Elle ne lui avait pas parlé du seul métier qui lui rapportait de l'argent.

Mis en confiance, il lui parla à son tour, lui faisant part de ses problèmes, racontant son épouse, la cafardeuse, sa mère, la pessimiste aux idées sombres, et lui, l'inquiet, confronté à son impossible séjour en France – à son impossible séjour sur Terre...

Il se reprit :

– Rachel m'a dit que vous pourriez nous dénicher un appartement pour quelques mois, le temps de trouver le moyen de quitter le pays...

Elle n'aborda pas directement les questions d'argent, lui demandant seulement quelle somme il pourrait consacrer au loyer.

– Oh ! L'argent n'a pas d'importance !

Elle avait compris. Elle les connaissait, les bourgeois, elle les avait tellement pratiqués ! Celui-là devait être très riche.

Ils restèrent ainsi à deviser deux heures durant. Il pensait qu'elle le trouvait sympathique, elle était certaine d'avoir ferré le poisson.

# Eryane

Eryane, c'est ainsi qu'elle se faisait appeler, mais son vrai nom était Rudolphina Kahan.

Les mythes ne racontent-ils pas que le monde est né du chaos ? Sa vie était un mythe et commençait par un chaos. Très jeune, elle avait décidé de prendre son destin à bras-le-corps… de son corps, précisément ! Elle se savait attirante depuis l'âge de seize ans, à l'orphelinat de Bragadiru, où elle avait été placée après la disparition de sa mère, en 1912. Les garçons de l'orphelinat, graines de bandits, cherchaient à la coincer dans les couloirs sombres lorsqu'elle sortait de la corvée des lits, les bras chargés de draps sales, ou dans les sous-sols, lorsqu'on l'envoyait chercher le savon pour la lessive. Elle avait su les amadouer, ceux-là, des Roumains, des Ukrainiens et, ceux dont elle se méfiait le plus, les Tsiganes. Après quelques semaines, ils lui mangeaient tous dans la main. Elle se pensait à l'abri, et c'est le *popă*, un prêtre orthodoxe ventripotent qui venait leur enseigner la religion, qui l'avait eue, et à deux reprises, dans le dortoir, à l'heure de la classe. Elle pouvait le bénir, celui-là, il l'avait définitivement vaccinée contre toute idée de Dieu.

De toute façon, le dieu de ce *popă* ne lui disait rien, elle se savait juive.

À quoi peut servir l'intelligence lorsqu'on est totalement seul, sans famille et sans le sou ? Ça ne faisait qu'énerver les autres, les maîtres, les gouvernantes... parce que la belle Fina était douée en tout. Elle calculait de tête les divisions les plus difficiles alors que ses camarades devaient compter sur leurs doigts, retenait par cœur la leçon d'histoire aussitôt entendue et, par-dessus le marché, chantait à faire se pâmer les rossignols. Les soirées d'été, lorsque Boboko prenait sa guitare et qu'elle entonnait les ballades tristes des Tsiganes, qu'elle laissait monter sa voix dans les aigus, tous se taisaient, se berçant les uns contre les autres, leur cœur battant la chamade, jusqu'au dernier voyou.

Après la guerre de 14, l'Autriche-Hongrie avait sombré dans les poubelles de l'Histoire, toutes les provinces de Transylvanie, où elle était née, avaient été raflées à la Hongrie et à la Russie par la Roumanie. En 1920, après le traité de Versailles, la voilà donc roumaine ! Russe, roumaine ou moldave, elle s'en fichait ! Dans ces années-là, alors qu'autour d'elle se défaisaient les vieilles nations, elle apprenait les langues dans les lits des voyageurs, surtout des soldats qui revenaient du front. Elle se disait qu'il fallait en connaître le plus possible. Elle avait une telle mémoire ! Vingt-deux ans et belle comme une fleur sauvage une matinée de printemps, elle s'en donnait à cœur joie, de beaux Allemands en déroute, des Russes mélancoliques habités par le mal du pays, et des Français pinailleurs à la main baladeuse... Elle n'était pas farouche, la Fina !

Après les viols de son adolescence, elle avait décidé de ne plus jamais souffrir de son corps, d'en faire au contraire un instrument de conquête et un moyen de ne pas connaître la faim. Elle réussit tout de même à s'inscrire dans un cours d'infirmière, se disant que ça pourrait toujours servir, acquit les rudiments du métier en quelques semaines et n'y resta pas plus longtemps. Bientôt la Roumanie lui avait paru trop petite. Elle cherchait le moyen d'en partir. C'est à ce moment, en 1927, elle avait déjà trente et un ans, qu'elle tomba amoureuse pour la première fois. Nicu Petrescu avait beau être un représentant de commerce, circulant de ville en ville pour écouler le pétrole roumain, recevoir sa paie d'un patron qui l'appréciait, c'était tout de même un sacré voyou ! La nuit, après le travail, il traitait des affaires louches avec d'étranges commerçants allemands. Mais elle l'aimait, ça ne se commande pas... Elle le devinait comme elle, intelligent et sans scrupule. Et si beau ! Seule ombre au tableau, il aimait trop la politique, ça finirait par lui jouer des tours...

Une fois à la colle, Nicu n'avait plus supporté de la voir courir les hommes, cette passion qu'elle pratiquait comme un sport, pour son plaisir et pour son intérêt. Afin de lui permettre de gagner sa vie plus décemment, il s'était débrouillé pour la faire chanter dans les cabarets. Elle avait commencé petit, dans des bars borgnes de Bucarest, mais après leur installation en Allemagne, elle monta sur de véritables scènes à Munich et à Berlin. Elle y connut un certain succès. Là aussi, elle se faisait des à-côtés avec de riches bourgeois en goguette, à l'insu de son homme, qui s'en doutait malgré tout. Elle détestait son prénom, en particulier le diminutif, Fina, qui signifie « filleule » en roumain. Elle n'avait ni parrain ni marraine, elle s'inventa un nouveau prénom, Eryane, avec un *y*, pour attirer l'attention.

Berlin, 1933, Hitler avait pris le pouvoir, ils vivaient tous deux en Allemagne et Nicu continuait de fréquenter ses malfrats de la nuit. Elle découvrit que ses complices étaient membres actifs de la SA, la section d'assaut du redoutable Adolf. Ils écoulaient toutes sortes de marchandises dérobées dans les magasins de la Milice, des cigarettes, des fusils, et surtout les petits comprimés dopants, la Pervitine, une sorte d'amphétamine que l'on testait déjà en prévision de la guerre. Mais en mars 1934, leur commerce s'interrompit. Nicu lui expliqua que ses compères venaient de quitter la SA, l'armée illégale d'Hitler, et voulaient fuir le pays, partir le plus loin possible, en Amérique, en Argentine... Ils savaient que bientôt ça tournerait vinaigre. Lui protestait, on ne va pas mettre toute la filière par terre à cause de vagues rumeurs... Mais les autres exigeaient d'interrompre leurs affaires à l'instant, ils semblaient terrorisés. Et que va-t-on faire de la marchandise ? leur demandait-il. Tu aurais intérêt à t'en débarrasser au plus vite, répondirent les deux autres. Jette donc les caisses dans l'Isar et n'en parle jamais à personne. Le lendemain, Nicu le roué s'envolait pour l'Espagne sans prévenir qui que ce soit, pas même Eryane.

Son julot disparu, elle se retrouva seule, comme à la sortie de l'orphelinat. Elle vivota comme elle put jusqu'à la nuit du 29 juin 1934, cette nuit où Hitler fit irruption, pistolet au poing, à l'hôtel Hanselbauer, à Bad Wiessee, pour diriger en personne la décapitation de la SA. La purge dura trois jours, jusqu'au 2 juillet, à Berlin, à Munich et un peu partout en Allemagne. Plus de deux cents cadres furent éliminés durant ce week-end d'été, et en premier lieu le chef suprême, Ernst Röhm, le vieux compagnon d'Adolf... Après cela, tous les miliciens rejoignirent l'armée régulière et nul n'osa plus parler de la SA. Les deux compères de Nicu, évaporés juste à temps, avaient dû ouvrir un bordel en Patagonie. On appela ce fameux 29 juin « la nuit des longs couteaux » parce qu'Hitler prétendit ensuite que les SA préparaient un coup d'État pour le renverser, « aiguisant en secret leurs longs couteaux ». C'est à ce moment-là seulement qu'Eryane comprit pour quelle raison Nicu s'était envolé sans crier gare. Il n'avait aucune envie de terminer sous les balles des SS.

Décidément, il ne faisait pas bon traîner dans ce foutu pays. Elle s'était constitué un joli petit pécule dans les cabarets, s'était fait offrir, au fil des ans, fourrures et bijoux... Elle embarqua le tout dans deux grandes malles et prit le train pour l'Italie. Elle appliquait cette philosophie forgée durant ses années de misère : « Si le monde est plaisir, profiter du plaisir, si le monde est chaos, profiter du chaos ! » Une philosophie de survivante !

Elle prit du bon temps à Viareggio, mais là aussi, en Italie, le régime l'inquiétait. Trop de policiers, trop de miliciens, trop de réseaux et surtout trop difficiles à pénétrer. Soit l'on faisait partie des notables et à nous la belle vie, soit l'on finissait en prison... Elle décida finalement de s'établir en France où elle arriva le 8 janvier 1936. Elle s'y fit inscrire en bonne et due forme au Service des étrangers et loua un petit appartement du côté du boulevard de Clichy, rue Coustou. Ce n'était pas trop loin des cabarets coquins de Pigalle qu'elle fréquenta quelque temps, tentant d'y reprendre ses tours de chant, et où elle trouvait qu'il était plus rentable d'y recruter des galants. Elle avait vite compris qu'en France, le plus grand danger était de se faire ficher par la brigade mondaine, « la Mondaine », comme on disait alors. Pour éviter les visites des poulets, elle déménageait très souvent, passant de la rue Coustou au boulevard Pereire, à la rue Lecourbe, à la rue Mazagran et plus tard à la rue Faraday... Elle se voulait insaisissable.

Au début, elle noua des liens dans la communauté roumaine émigrée, fréquenta la représentation consulaire, l'association franco-roumaine de Timi-Soara. Elle eut même une relation avec un médecin, un ponte de la faculté de médecine de Paris, le professeur Haggi, juif originaire de Transylvanie comme elle. Il l'installa quelques mois dans une loge de concierge, rue Tronchet. Fort à parier qu'il eut du mal à se détacher de cette idylle torride, lui qui était un savant reconnu, marié et père de trois enfants. C'est à cette période, en 1938, qu'elle fit la connaissance de Rachel Gingold, la petite brune qui venait de Cluj, une jeune émigrée roumaine alors étudiante boursière en études dentaires. Elles devinrent amies.

Elle vécut ainsi, l'étonnante Eryane, apparaissant, disparaissant, au gré des événements, coquette tarifée pour bourgeois timides la nuit, accumulant des économies le jour, mais jour et nuit cherchant l'homme qui la reconnaîtrait... Elle avait deux points fixes, deux bouis-bouis, le bar Georgette et le Tronchet. C'est là qu'elle décompressait, qu'elle oubliait le dur métier de gourgandine devant un apéritif, bavassant avec les joueurs de belote et de 421 dans une opaque fumée de gros gris... On a oublié qu'à l'époque l'intégration des immigrés se faisait avant tout dans les cafés, autour de verres de gros rouge, ces rades où tout le monde finissait par suinter la même odeur de vinasse et rire des mêmes blagues salaces. La France a longtemps pratiqué le melting-pot dans la barrique. Au Georgette trônait un personnage, celui qu'on écoutait lorsqu'il élevait la voix, qui maniait l'argot avec l'accent du Midi. On l'appelait Henri le Marseillais, il connaissait son monde, siégeait dans le bistrot en roi des cloportes. Il y avait aussi Francinet, Edmond Pintard de son vrai nom, qui pratiquait tous les petits métiers d'artiste, souffleur, maquilleur, parfois même acteur. Et Fourrier, un coiffeur qui aimait tant les cheveux qu'il était devenu posticheur. Ces deux-là se retrouvaient parfois pour un boulot, tout près de la rue Tronchet, au théâtre des Mathurins. Fourrier avait de l'argent, on disait que son salon marchait bien, en tout cas il payait souvent la tournée. Dans ce café, à part quelque radeuse de passage pour un petit rhum, il n'y avait que des hommes et, tout comme à l'orphelinat, Eryane savait les tenir à distance. Un jour qu'elle racontait à Henri le Marseillais qu'elle avait fait des études d'infirmière, l'autre lui proposa de rencontrer un de ses amis, un médecin, qui venait parfois boire un verre au Tronchet. Ils se trouveraient sans doute des points communs... « Vu que vous maniez tous deux la seringue, vous pourrez vous entraver... mutuellement, comme qui dirait... »

Le lendemain, il lui présenta « le Saint-Père », comme on l'appelait parfois, le docteur Louis Théophile Saint-Pierre, quel beau nom ! Une particule lui aurait donné plus d'allure encore... « Imagine : Louis Théophile *de* Saint-Pierre, ça en jette ! » Ce n'était pas un médecin comme les autres, il avait vite compris qu'il gagnerait plus d'argent en pratiquant des avortements et en prescrivant de la morphine aux camés qu'en soignant des enrhumés. Il était grand, les cheveux clairs, de belle prestance dans ses costumes prince-de-Galles... Ils se plurent tout de suite. Dès le premier soir, ils ne quittèrent pas leur table, parlant, riant, buvant plus que de raison. Lorsque, l'heure du couvre-feu approchant, elle fit un geste pour prendre son sac, il posa sa main sur la sienne. « C'est pour moi ! » Ils partirent de là bras dessus bras dessous. Elle l'emmena dans son tout petit studio au sixième étage du 10 rue Pasquier où elle venait d'emménager.

En pleine nuit, après l'amour, elle lui demanda :

– Louis, connaîtrais-tu quelqu'un qui pourrait faire passer une famille de Juifs qui veulent quitter le pays ? Il y a gros à gagner...

– Gros à gagner ?

– Ce sont des riches, des très riches...

– Tu veux dire... un billet de dix mille ?

– Sans doute plus encore !

– Je vais me renseigner, ma chérie !

Et il l'entreprit à nouveau.

Il l'entendait soupirer et gémir. S'il avait regardé ses yeux, il aurait vu qu'elle fixait le plafond.

Lui était déjà amoureux.

# Au café Marly

Nagral lui a demandé de s'inscrire en doctorat à Sciences Po où il dirige un séminaire de recherche. Elle arrive par le boulevard Saint-Germain, étonnée par les dizaines de cars de police garés tout le long de la rue Saint-Guillaume. Devant la grande porte, un attroupement d'étudiants, ils crient des slogans auxquels elle ne prête pas attention. C'est si souvent, par ici... Et des caméras de télévision... Un journaliste lui tend le micro. Elle le repousse de la main avec un sourire. C'est alors qu'elle aperçoit la voilée fagotée comme un épouvantail, cette fille qui l'avait accrochée avant les vacances, rue d'Assas. Escortée par ses nervis en keffieh, elle fait le planton à l'entrée du bâtiment. Elle lui barre la route.

– Tu ne sais pas que c'est interdit aux Juifs ? C'est une école de gauche, ici. Fous le camp !

– Apparemment, elle n'est pas interdite aux débiles, aux sous-dimensionnés du bulbe, aux finis à la pisse...

Elle a un vrai bagage, la Jade, une flopée d'injures qui peuvent lui remonter comme ça du fond des tripes, du fond des temps peut-être... Mais elle n'insiste pas. Ce n'est pas le moment de se faire refuser l'inscription en déclenchant un scandale. Elle tient trop à sa thèse, elle y travaille sans cesse. Depuis que le professeur Nagral a accepté son sujet, elle passe des journées aux archives, des nuits à éplucher les documents, à lire des livres. Elle reviendra s'inscrire quand ils seront calmés, voilà tout. Elle se retourne pour repartir lorsque le journaliste qui a assisté à la scène lui tend à nouveau le micro. « Mademoiselle, mademoiselle... Vous vous sentez ostracisée ? » Elle accélère le pas en haussant les épaules et quitte le quartier par la rue de Grenelle. Elle sent son cœur battre jusque dans ses tempes. En marchant, une pensée fugace qu'elle veut tout de suite oublier, cette phrase qu'elle vient d'entendre, « Interdit aux Juifs », on l'inscrivait sur les murs, on l'écrivait dans les journaux, on la hurlait dans des foules fanatiques, cette même phrase, identique, en 1942...

C'est qu'elle est plongée jusqu'au cou dans l'année 1942.

Cette fois, il lui a donné rendez-vous à 13 heures, au café Marly, sur la terrasse, devant la pyramide. « Un endroit d'une beauté classique, qui vous ressemble », lui avait-il dit. Depuis, ces quelques mots lâchés au téléphone lui reviennent sans cesse. Elle se les répète à voix haute, le matin, devant la glace, dans l'autobus, bercée par les cahots, leur collant parfois une musique, comme un mantra. Parfois, elle y revient. N'était-ce pas une critique ? Il me trouve trop bourgeoise, vieux jeu... Elle se renfrogne. Mais se reprend : dans « beauté classique », il y a « beauté ». Les garçons lui ont souvent dit qu'elle était belle, elle n'y a jamais prêté attention... La beauté, ça ne fait pas partie de ses concepts. Et ça tourne encore dans sa tête... « Beauté » ne s'adressait peut-être pas à elle... seulement à l'endroit... « qui lui ressemble »... Lui reproche-t-il son côté « vieille France » ? anachronique ? Et voilà que ça repart...

On est en automne et il fait chaud comme en juillet, comme si les saisons s'étaient décalées. Seuls les arbres continuent de respecter le rythme des temps, perdant leurs feuilles rougies qui, elles, n'ont pas oublié le rendez-vous de l'hiver. Soudain, elle se sent joyeuse à l'idée de le revoir, saute en marchant, esquisse un pas de danse, ignorant le regard étonné des passants. Elle est en avance. Si elle savait siffler, elle laisserait échapper l'air qui lui tourne dans la tête... « Sous le ciel de Paris s'envole une chanson, hmm, hmm... » Au pont du Carrousel, elle traverse la Seine, admirant longuement l'architecture du Louvre, harmonie étirée, parfaite, véritable résidence de roi. Devant la pyramide, une interminable file de touristes chinois attend sagement. Même cette image, banale aux yeux des Parisiens, la réjouit. Elle sourit, s'engouffre dans les colonnades du Louvre, navigue entre les tables. Le café est bondé. Elle l'aperçoit enfin, tout au bout. Elle le reconnaît à sa chevelure grise, son pull violet. Son cœur bat plus vite, elle presse le pas…

Oh là !

Il n'est pas seul. Attablée face à lui, elle la reconnaît, la femme, l'hystérique qu'elle a vue surgir de son bureau en hurlant, la bourgeoise à la Mini. Comme un coup de poignard dans le cœur, et dans sa tête la chanson qui se poursuit : « Sous le ciel de Paris marchent des amoureux, hmm, hmm… » Il n'y a pas de chaise pour elle. Elle se force à sourire à Nagral. La femme sent une présence, se retourne brusquement, la toise de haut en bas, lui lance un regard furieux, puis se lève brutalement et quitte la table sans un mot en faisant tomber sa chaise. Jade n'ose pas s'avancer.

– Asseyez-vous, voyons !

– Elle n'était pas contente, la dame…

– Ce n'est rien, de petites affaires de famille, vous savez ce que c'est.

– Euh… Non !

– Je tenais à vous la présenter, elle s'appelle Antonia. Je lui ai raconté qu'elle vous devait une fière chandelle. Après tout, vous lui avez sauvé la vie, si on peut dire. Elle tenait à vous remercier, d'ailleurs. Mais bon ! Elle a encore fait une colère.

Jade est gênée, pourquoi tient-il tant à la mêler à sa vie privée ?

– Si c'est difficile, nous pouvons reporter notre rendez-vous, s'excuse-t-elle timidement.

– Allons, allons ! Oubliez ça !

Et ils commencent à discuter de la thèse de Jade.

De loin, on aurait pu les prendre pour un père et sa fille en train de bavarder autour d'un déjeuner, lui, large sourire aux lèvres, elle, volubile, expliquant ses recherches, développant ses idées, exhibant des documents...

– Vous avez trouvé tout cela dans les archives ? lui demande-t-il encore.

– Concernant la fameuse Eryane, la police a fait une enquête très fouillée qui a donné lieu à un rapport d'une vingtaine de pages présenté par l'inspecteur principal adjoint Poirier, le 30 novembre 1945.

– Et il y a tout cela dans le rapport ?

– Pas tout, mais beaucoup, oui ! J'ai lu des livres, aussi... Pourquoi me posez-vous toutes ces questions ?

– Je réfléchissais, comme ça... En matière d'histoire, on doit se méfier des images un peu mythologiques, vous comprenez.

– Vous voulez dire...

– Oui ! La belle Juive toxique, quasi démoniaque... Je crains que vous ne vous laissiez prendre à un mythe... euh... quelque peu moyenâgeux...

Jade est piquée au vif. La voilà accusée par son professeur d'absence de rigueur méthodologique.

– Mais monsieur, j'ai tout vérifié, il y a à peine quelques interprétations, pour donner un peu de chair au texte.

– Parce que je me demandais... peut-être, je veux dire...

Jade prend la mouche, se tourne vers lui et, le fixant droit dans les yeux :

– De quoi me soupçonnez-vous, monsieur ? De céder à la mode ? De copier des idées reçues dans des livres pas très sérieux ? De ne pas avoir assez travaillé ?

Elle a du répondant, la petite, pense Nagral. Il apprécie les femmes qui lui tiennent tête. Mais la question qu'il va lui poser est plus sournoise que celles que redoute Jade :

– Je me demandais si vous n'étiez pas trop impliquée dans cette recherche.

– Trop impliquée ? Que voulez-vous dire ?

– Lorsqu'on étudie sérieusement une question, ne faut-il pas observer une certaine distance avec son sujet... Enfin, je veux dire que ça ne doit pas nous toucher de trop près... Et si c'est le cas, être conscient de notre propre implication, s'en méfier, vous comprenez ?

Et voilà qu'il lui fait un long développement sur les défauts des jeunes chercheurs, trop enthousiastes, trop impatients, tirant des conclusions avant d'achever leurs investigations... Elle se demande ce qu'il a derrière la tête.

– Vous parlez de mon implication personnelle, genre est-ce que je suis la petite-nièce du docteur Petiot ou l'arrière-petite-fille d'une de ses victimes ? C'est ça qui vous inquiète ?

Il éclate de rire.

– Mais non !

– Quelle implication personnelle ? Mais aucune ! Seulement l'intérêt intellectuel pour une de vos idées, monsieur. Travailler sur le cas Petiot n'est pour moi qu'une illustration de ce que vous nous avez enseigné. Un meurtrier est une image condensée de son temps... Vous vous souvenez ?

– Que faisaient vos grands-parents pendant la guerre ? la coupe brutalement Nagral.

– Lesquels ? Euh... Du côté de ma mère, mon grand-père était magistrat. Oui, vous allez me dire... euh... qu'ils ont tous prêté serment au maréchal Pétain.

– Sauf un !

– Sauf un, c'est vrai. Le juge Didier qui s'est levé à l'appel de son nom et a déclaré : « Je refuse le serment. »

– Je vois que vous connaissez votre sujet !

– Mon grand-père a sans doute prêté serment comme les autres puisqu'il a exercé ses fonctions durant toute la guerre, sauf l'année 1944. On l'a alors rayé des cadres, sans doute pour avoir refusé une condamnation arbitraire commandée de plus haut. Mais en 1945, il a été rétabli dans ses fonctions. J'imagine qu'il n'a pas dû commettre des horreurs...

– Ça ne veut rien dire ! Après la guerre, il fallait bien trouver des juges... surtout qu'à cette époque, les tribunaux ne chômaient pas. Il y avait du boulot au moment de l'épuration, beaucoup de boulot ... Et du côté de votre père ?

Jade se détend. Au fond, elle est sensible à l'intérêt que lui porte son professeur, d'autant qu'elle n'a jamais parlé de sa famille à quiconque.

– Du côté de mon père... là, c'est un mystère. Mon grand-père paternel, il était tellement affaibli au retour des camps... Il paraît qu'il est resté muet durant des années. Par la suite, quand il a repris du poil de la bête, il répondait par onomatopées aux questions qu'on lui posait sur la période de la guerre. Je pense qu'il ne voulait pas parler de tout ça.

– Il a été déporté en quelle année ?

– Très tard. En 1944.

– Et avant ?

– Je pense qu'il a été très actif.

– Dans la Résistance ?

– Oui.

– Donc, si j'ai bien suivi, vous aviez un grand-père collabo et un autre juif et résistant...

– Collabo, vous y allez un peu fort. Quant à l'autre, résistant, il n'a pas vraiment raconté, ce sont mes propres déductions. Il faut dire qu'il n'a pas vécu très vieux, il est mort avant ma naissance...

J'ai bien questionné mon père à ce sujet, mais il souffre du même défaut que son père, la manie de la discrétion. C'est un taiseux, comme on dit. Quant à sa judéité, il a l'habitude de dire que si c'est une bonne chose d'être juif, c'en est une bien meilleure de ne pas le savoir.

– Vous vous rendez compte de ce que vous dites ?

Devant l'incompréhension de Jade, Nagral ajoute :

– La guerre, l'Occupation, la persécution de Juifs... On dirait que ça vous concerne un peu, non ?

– Peut-être, répond Jade, pensive, mais ce n'est pas ce qui m'intéresse. Je veux explorer cette idée d'une homologie entre une époque et un assassin. Elle me fascine, cette idée, votre idée... Vous comprenez ?

Nagral botte en touche :

– Je comprends. Et après tout, si vous êtes concernée, tant mieux ! Vous vous accrocherez d'autant plus à votre travail de recherche. Venons-en à votre texte. Vous trouvez que ça ressemble à une thèse ?

Jade ouvre de grands yeux :

– Non ?

– Peut-être à ce que devrait être une thèse dans l'absolu... J'imagine que la thèse de médecine de Rabelais était de cet acabit, celle de Frantz Fanon l'était, c'est pourquoi elle a d'abord été refusée par l'Académie. Lorsqu'elle a été publiée, elle a donné un véritable best-seller, *Les Damnés de la terre*... Mais, tout de même, le moins qu'on puisse dire est que vous n'avez pas adopté le style universitaire.

Il l'a touchée au cœur, la pauvre Jade. Décontenancée, elle reste sans voix.

C'est alors qu'il lui demande :

– Vous sentez-vous métisse ?

– Quoi ?

– Un père juif, une mère... euh... normale... je veux dire... pas juive... Vous vous sentez d'un côté, de l'autre ? des deux ? d'aucun ?

– Pourquoi une telle question ?

– Pour rien. Pour savoir si ça vous pose problème.

– Quelle sorte de problème ?

– Je ne sais pas... Des problèmes de choix amoureux, par exemple.

Jade commence à le trouver particulièrement intrusif, d'autant que ces questions résonnent en elle, la troublent... Raison de plus pour ne pas répondre ! Elle ne va pas s'aventurer à vider son sac devant lui. Après l'assaut saugrenu de Pierre, son demi-frère, elle ne s'est jamais laissé approcher par un garçon. Jusque-là, elle n'avait pas fait le lien avec ce que Nagral appelle son « métissage »... À la réflexion, Pierre est aussi un « métis ». Mais bon Dieu, ça ne le regarde pas ! Quel est le destin amoureux des métis ? Sous-entend-il qu'il leur est impossible de trouver des semblables ? Elle avale péniblement, sa gorge est cramoisie. Elle sent monter une sorte de dégoût, des nausées.

Elle va pour lui poser une question à son tour mais voilà que son truc la reprend, l'irruption d'images, ce phénomène qui se répète de plus en plus souvent depuis qu'elle a entrepris sa recherche. Elle voit l'autre femme, celle qui était venue ouvrir la grille du jardin lors de sa deuxième visite à Saint-Rémy. Elle la voit de dos, qui fouille dans les tiroirs du bureau de Nagral. La femme a trouvé quelque chose. L'image se met sur pause, acquiert de la netteté, devient d'une précision parfaite. Elle peut distinguer les plis de sa robe de chambre de soie, couleur saumon. Elle voudrait savoir ce qu'elle tient dans la main, lui demanderait presque de se retourner…

– Qu'avez-vous, Jade ?

Lorsque surviennent ces images, elle se fige, ne peut plus ouvrir la bouche, ses yeux s'agrandissent, ses pupilles se dilatent. Un jour, sa mère lui a dit que ça lui donnait l'air d'un chat, un chat surpris en pleine nuit dans le faisceau des phares d'une voiture…

– Jade ? insiste Nagral.

Elle ne répond pas. Elle ne peut revenir que très lentement et même ainsi, elle le sait, la migraine la guette. Elle reste immobile, les yeux grands ouverts, fixés sur une scène que les autres ne voient pas. Elle doit attendre que l'image s'estompe, que l'environnement sorte du brouillard, qu'il retrouve sa concrétude... Alors, seulement, elle peut revenir.

Inquiet, Nagral se lève, lui entoure les épaules, lui tend un verre d'eau.

– Mademoiselle Joselewicz...

Ah, le salaud ! Il n'aurait pas pu attendre un peu ? Ce coup-là, je n'échapperai pas à la migraine ! Il ne faut pas me réveiller trop brutalement...

– Oui, murmure-t-elle dans un souffle.

– Qu'avez-vous ?

– Ce n'est pas grave, ça m'arrive parfois.

Nouvelles questions de Nagral. « Avez-vous consulté un médecin ? » « C'est tout de même bizarre ces absences soudaines, non ? » Elle reste silencieuse un moment, se tenant les tempes.

– Ne vous inquiétez pas, ça va !

Nagral s'est assis. Coudes sur la table, les deux mains soutenant son menton, il la regarde avec inquiétude.

– Ça n'a pas l'air !

– Je peux vous poser une question à mon tour ? lui demande Jade.

– Mais oui, bien sûr.

– Comment s'appelle l'autre femme ? Celle qui est venue m'ouvrir la grille du pavillon de Saint-Rémy ?

– Qui donc ? Sabine ?

– Qui est Sabine ?

– Sabine ?

– Oui ! Sabine, Sabine, enfin ! Qui est cette femme ?

– Ben, c'est la locataire du 10 !

– Du 10 ?

– Oui. Vous êtes entrée par le 12 de la rue. Au 10, il y a une seconde maison. C'est Sabine qui l'occupe.

– La maison où vous m'avez reçue ?

– Non. L'autre, la plus grande.

– Qui est-elle ?

– Je pense que la réponse ne vous plaira pas, tente d'esquiver Nagral.

Jade se fait pressante :

– Répondez-moi, je vous en conjure.

Il est gêné, joue un moment avec son verre, avale les dernières gouttes de vin qu'il contient encore.

– Eh bien, soupire Nagral, puisque vous insistez… On peut dire que j'ai deux femmes. Attention, c'est une façon de parler, je ne suis marié ni à l'une ni à l'autre. C'est courant, me direz-vous, surtout de nos jours, n'est-ce pas ? Je crois même qu'on appelle ça « polyamour »… Le terme me convient car nous faisons cela en toute transparence. Du reste, je les ai logées au même endroit, ou presque…

Jade esquisse un sourire.

– Ah ! Et vous ? Où dormez-vous ?

Il ne répond pas.

– En ce moment même, Sabine est en train de fouiller dans votre bureau. Je me demande bien ce qu'elle y a découvert.

Et elle entend dans sa tête un couplet de sa chanson : « Près de Notre-Dame, Parfois couve un drame, Oui mais à Paname, Tout peut s'arranger… »

# Fourrier

Paris, octobre 1942.

L'amour autorise tout ! Regardez bien, derrière les actes les plus abjects, les violences, les meurtres, il y a toujours une histoire d'amour qui traîne.

7 heures. Eryane et Saint-Pierre avaient décidé de se pointer ensemble au Tronchet. Ils s'étaient installés à cette même table, celle du premier soir. Elle commanda une Suze avec très peu d'eau, lui un pastis… « Et tu ne me le noies pas, bouffi ! » Elle souriait, il la contemplait.

– Tu crois qu'il viendra ?

– Fourrier ? C'est certain, il vient toujours !

– Tu l'as prévenu ?

Il prit ses grands airs pour répondre :

– Ben non. C'est pas la peine !

Ils étaient face à face, elle le dos au mur, comme toujours, les yeux fixés sur la porte d'entrée. Il lui prit la main. Elle portait à l'annulaire une grosse améthyste dans le même ton que le bonnet de velours qui laissait échapper d'élégantes frisettes dorées. Décidément, le violet est sa couleur, il pensait au cadeau qu'il pourrait lui offrir.

– Salut, la compagnie ! s'exclama Fourrier en franchissant la porte du café.

C'était un petit bonhomme, entre cinquante et soixante ans, vêtu n'importe comment, d'un pantalon gris en accordéon et d'une veste vaguement marron, dont il ne pouvait fermer les boutons à cause de sa bedaine. Sur la tête, un béret basque enfoncé bas sur le front, et à la lèvre inférieure, une vieille cigarette éteinte qui ne se décidait pas à tomber. Ses yeux pétillaient lorsqu'il leur demanda s'ils lui offraient un verre.

– Fourrier, je te présente Eryane.

Il s'inclina dans un geste théâtral.

– Madame...

– Tu peux même lui faire le baisemain ! plaisanta Saint-Pierre. C'est une dame, une vraie !

Le médecin était habile. Il n'entreprit pas tout de suite Fourrier de leur affaire. Il lui demanda d'abord des nouvelles de son salon de coiffure. Les hommes adorent parler de leur métier. Eryane lui posait des questions. Oui, il était coiffeur, mais pas quelqu'un qui coupe les cheveux... pas même en quatre... Sourire. Non, lui, il a toujours eu la vocation... depuis l'adolescence, il a ça dans le sang... « La coiffure, c'est comme la sculpture ou la peinture, voyez-vous, c'est un art ! » Les autres coiffeurs ne pensent qu'à claquer leurs ciseaux, lui savait que les véritables outils d'un coiffeur, ce sont ses mains. Aucun peigne n'arrange aussi bien que les doigts. Il faut masser, lisser, revenir, arroser d'une lotion, revenir, couper un peu ici, un peu là... s'éloigner, regarder, revenir... C'est comme une danse autour de la tête.

– La danse du scalp ?

Ils rigolèrent.

– À propos de scalp, elle ne sait pas, la dame, que je fais aussi des postiches. Avant-guerre, ça marchait fort. Ça aussi, c'est un art ! Je les fabrique à partir de vrais cheveux, que j'assemble, que je teins de la couleur demandée, auxquels je donne une jolie forme. En sortant de chez moi, les chauves sont joyeux... et leurs femmes aussi !

– Je t'avais dit qu'il était exceptionnel, le père Fourrier !

– Je vois...

Fourrier en profita pour soutirer une ordonnance au docteur « pour une femme de mes amies », prétendit-il.

– Ses douleurs, toujours... des coliques néphrétiques, c'est terrible...

– La même chose ? demanda Saint-Pierre.

– Oui. Ça lui fait tellement de bien...

– Tu connais le tarif ?

– Mais tu peux faire un prix, tout de même...

– Pour ça, non !

Il sortit son bloc d'ordonnances et griffonna sur ses genoux, à l'abri des regards : *Chlorhydrate de morphine, 2 mg, au moment des crises. Pas plus de 2 comprimés par 24 heures*. Bon prince, il ajouta : *Opocalcium, 2 comprimés avant les repas*. L'autre sortit son portefeuille et compta cinq billets de mille. Il hésita, ajouta encore deux billets.

– Voilà ! Je ne peux pas faire mieux.

– Normalement, c'est dix mille. T'exagères ! Tu connais les risques… Bon, c'est d'accord… parce que c'est toi !

C'est alors que Saint-Pierre s'approcha de lui pour lui murmurer :

– Je sais que tu as une combine pour faire passer la ligne de démarcation…

Fourrier se recula d'un coup.

– Qui t'a dit ça ? Bon Dieu de merde !

– Allez, tout le monde le sait !

Fourrier blêmit.

– Mais non ! Dis-moi qui…

Saint-Pierre éclata de rire.

– T'inquiète, c'est Francinet !

– Ah, le con ! Il s'était engagé à fermer sa gueule !

– Promesse d'ivrogne !

– Bon ! Je vais te le dire, mais motus, hein ? C'est mon toubib.

– Allons bon !

– Ben oui… Il permet à des gens, euh… des gens qui veulent fuir le pays, tu vois…

– Des mauvais Français, ricana Saint-Pierre.

– C'est ça !

Il se rapprocha encore pour chuchoter, à peine audible :

– Des Israélites... Pas seulement, note bien... D'autres, aussi... des gars, qu'ont la bougeotte, auxquels la terre du pays brûle la plante des pieds, tu vois ce que je veux dire...

Il parla de son docteur, expliqua que c'était un type formidable, dévoué, qui ne faisait pas payer les pauvres, qui n'hésitait pas à venir à la maison quand on ne pouvait se déplacer. Un vrai médecin, à l'ancienne, qui s'occupe bien des malades... et des gens... et même ceux qu'il ne connaît pas... de tout le monde...

– Pas plus loin que la semaine dernière, tiens, il m'a raconté qu'il avait réussi à faire partir un de ses voisins, un fourreur... (À voix très basse.) *un Is... ra... élite...* qui avait emporté avec lui un million et des bijoux, des diamants, je crois... Eh bien, le fourreur, il était arrivé en Argentine avec les faux papiers que lui avait fournis le docteur... Et pas n'importe quoi comme fafs... Un faux nom, bien sûr, en espingouin, s'il te plaît, et tiens-toi bien... comme métier, il avait inscrit « Attaché commercial à l'Ambassade d'Argentine ». Avec ça, c'était imparable ! Comme tu dirais un passeport diplomatique... Eh bien, le fourreur, il était arrivé à bon port ! ou au bon air, si tu veux... Buenos Aires ! (Rire.) Il lui a même écrit une carte postale de là-bas. Il me l'a montrée, le docteur...

– Mais je ne comprends pas. Pourquoi votre docteur vous a-t-il fait de telles confidences ? l'interrogea Eryane.

– Parce qu'il a confiance en moi.

– Seulement pour ça ?

Fourrier lui jeta un regard en coin… L'a oublié d'être conne, celle-là, pensa-t-il.

– Bon ! Avec le docteur, on se connaît depuis longtemps, admit-il, 1935 ou 1936, je ne sais plus. À l'époque, il soignait mes rhumatismes. Et puis, un jour, comme ça, que j'avais lu dans le journal que des coureurs cyclistes s'étaient fait gauler en passant la ligne, et sans même le faire exprès en plus, il me dit : « Fourrier, vous êtes un brave homme… Avec l'Occupation, les Boches qui sont partout, y a des gens qui seraient plus heureux ailleurs, vous ne pensez pas ? » C'est sûr ! que je lui réponds. Si on pouvait tous partir et laisser les Fritz ici crever la bouche ouverte… Et c'est là qu'il m'a expliqué qu'il était à la tête d'une filière d'évasion. Mon sang n'a fait qu'un tour. (Il leva la main pour faire signe au patron.) Un autre muscadet ! Où j'en étais déjà ? Il m'a expliqué que ça coûtait un peu d'argent, fallait payer les papiers, les passeurs, graisser la patte des gendarmes… Ça coûte, tout ça !

– Combien ? demanda Eryane.

– Soixante-quinze mille ! Par personne, je veux dire… Je pense qu'il n'y gagne rien, mon docteur.

Il veut aider les pauvres gens poursuivis, vous comprenez, c'est...

Il prononça seulement de la bouche une parole incompréhensible.

– Quoi ?

Il répéta à voix basse :

– *La Ré... sis... tance !*

– Et vous, vous en êtes ?

– Ben... euh... Je suis avec lui, quoi ! Il m'a dit comme ça : « Fourrier, vous voyez plein de gens dans votre salon de coiffure. Si toutefois il vous arrivait de croiser quelqu'un qu'aurait besoin de partir, à condition qu'il puisse payer, bien sûr... »

Eryane releva un sourcil, elle savait le faire comme Marlene Dietrich, elle s'était longtemps entraînée devant son miroir.

– Soixante-quinze mille, ce n'est pas beaucoup ! s'exclama-t-elle. Si je compte le coût des faux papiers, celui des passeurs, et par-dessus le marché, il faut payer le transport... la voiture, le train, le bateau...

– Ah ça oui, ma'ame Eryane ! Il m'a raconté que le fourreur, là, il était descendu à Marseille, et de là il était parti à Casablanca sur un chalutier, et puis sur un paquebot, direct l'Argentine... la bien nommée...

Et il fit glisser le pouce contre l'index d'un geste qui évoquait l'argent.

– Vous voulez dire que là-bas, il gagne de l'argent ?

– Beaucoup, ma'ame Eryane, de l'auber, d'la braise… en veux-tu en voilà, du flouze comme s'il en pleuvait…

Il s'excitait tout seul, le père Fourrier.

– J'aimerais bien le rencontrer, ton docteur, lui dit Saint-Pierre. Je suis sûr qu'entre confrères on pourrait s'entendre.

– Ben non !

– Pourquoi non ?

– L'est très méfiant, le docteur ! Il respecte les règles du réseau, tu comprends… Je n'ai même pas le droit de te dire son nom. Mais pourquoi tu me demandes tout ça ? T'aurais pas des clients pour le docteur, des fois ? À moins que ce soit ma'ame Eryane qui serait intéressée…

Il avait flairé la Juive, le vieux filou !

La conversation en était restée là. Saint-Pierre était certain que Fourrier ne mentait pas. Eryane se méfiait. Il n'était pas né celui qui pourrait la lui faire à l'envers.

Voilà six ans qu'elle circulait dans la capitale qu'elle connaissait jusque dans ses bas-fonds. En fait, surtout les bas-fonds ! Pigalle et ses alentours, le boulevard de Clichy et jusqu'aux Batignolles, maintenant le quartier de la Madeleine, aussi, depuis qu'elle était montée en gamme et même l'avenue Montaigne et le début des Champs. Elle connaissait parfaitement la langue, elle qui était si douée, depuis les accents à la mords-moi-le-nœud des aristos du seizième jusqu'à l'argot du milieu qu'elle fréquentait tout autant. Étrangère, juive, en pleine occupation allemande, toute autre qu'elle se serait terrée ou aurait tenté de fuir. Elle se pavanait en plein jour dans ses belles toilettes, comme elle l'avait fait à Bucarest, à Berlin et à Munich... cosmopolite, c'est sûr, et même la reine des Cosmopolites ! Elle en imposait ! Eryane, c'est sûr, c'était quelqu'un !

– Je ne le sens pas, ton Fourrier ! confia-t-elle à Saint-Pierre lorsqu'ils furent à nouveau seuls.

Pour la rassurer, il lui dit qu'il allait se renseigner. Il avoua qu'il ne le connaissait que de loin, juste un compagnon de bistrot avec qui il aimait lever le coude en bavardant. « Parfois, on se rend des petits services... Tu reconnaîtras qu'il est marrant... » Il lui promit que le lendemain, il irait se balader vers la rue des Mathurins où l'autre tenait son salon de coiffure. Il trouverait certainement quelqu'un pour le renseigner.

Et des informations, il en obtint tant et plus.

Au numéro 27, dans le bistrot, accoudé au zinc devant un blanc-cassis, il posait des questions à l'Auvergnat, le père Rispal.

S'il connaissait Fourrier...

– Ben tiens !... C'est un drôle çui-là ! En dix ans, je crois bien ne l'avoir vu qu'une fois avec sa baronne, la Marguerite... Mais lui et la concierge de l'immeuble, m'ame Paumet, qui lève le nez bien plus haut que son cul, sont tout le temps fourrés ensemble. Et pour fourrer, je pense qu'il y va, le Fourrier !

Puis, se rapprochant pour ne pas être entendu, alors qu'il n'y avait pas un chat dans son rade :

– Je l'ai même entendue téléphoner, la concierge... Ben je vous le donne en cent, je vous le donne en mille, comment elle s'est présentée à la personne avec laquelle elle parlait... Hein ? « M'ame Fourrier », qu'elle a dit. Alors que tout le monde sait dans le quartier qu'elle s'appelle Paumet. Je n'ai pas compris à qui elle téléphonait, une boutique de fringues, je crois bien, du côté des Champs-Élysées... À croire qu'il est bigame, sacré Fourrier !

Saint-Pierre, qui ne manquait jamais l'occasion d'étaler ses connaissances, lui dit alors :

– Je suis certain que vous n'avez jamais entendu parler de Charles Fourier.

– Ben non, notre chiqueur-là, je crois bien qu'il s'appelle Raoul.

– Je sais bien, mais je vous parle de Charles, un écrivain et un penseur qui vivait au siècle dernier.

– Ah çui-là, s'esclaffa le père Rispal, au siècle dernier, j'ai pas eu l'honneur !

– Je disais ça parce que le Charles Fourier en question préconisait de vivre tous ensemble dans de grandes maisons où tout le monde pourrait coucher avec tout le monde...

– Ça devait être un sacré queutard que ce Fourrier-là.

– Peut-être, mais surtout un théoricien de la révolution. Il préconisait d'innover en matière de jouissance amoureuse…

– Comme si on pouvait innover là-dedans… Croyez-moi, mon bon monsieur, depuis le début du monde, lorsqu'une biroute aperçoit une motte, l'a qu'une idée, c'est d'entrer se réchauffer à l'intérieur, pas vrai ?

Et il éclata de rire en se frottant les mains contre son tablier.

Entra alors un locataire du 25, « le grand Jacques », comme l'a appelé le patron du bistrot. Aussitôt, Saint-Pierre offrit la tournée. C'est l'heure du casse-pattes, dit le patron. Il sortit une bouteille d'alcool fort, sans étiquette. Rispal avala son verre cul sec. Saint-Pierre en fit de même et faillit s'étrangler.

– Putain de bougnat, c'est quoi ton tord-boyaux ?

– Fait maison, confia l'autre, recette secrète du patron !

Jacques Poincelin, qui connaissait la maison, le but lentement, le savourant jusqu'à la dernière goutte.

– Hein que la concierge du 25, elle est portée sur la chose, rigola Rispal.

– La mère Paumet, s'exclama l'autre, elle pensait qu'à ça jusqu'à ce qu'elle rencontre le père Fourrier. Depuis qu'elle le tient par l'arbalète, elle étouffe un peu son nénuphar, si tu vois ce que je veux dire… Quoique, quoique… y a pas trois semaines, alors que je passais retirer le courrier, elle a d'abord écarté le rideau, puis quand elle a vu que c'était moi, elle a ouvert grand sa porte. Elle portait sa nuisette à ras le bonbon…

Excité par la discussion, le bougnat resservait les verres aussitôt vidés.

– Dis donc, le Jacques, tu dis qu'elle mène Fourrier par le bout du braquemard…

L'autre, baissant la voix, se rapprocha et à voix basse :

– Une autre fois, elle n'avait même pas fermé le rideau de la loge, elle embrassait le père Fourrier à pleine bouche. Et vas-y pas que je te lèche sa trogne ! Je suis passé sur la pointe des pieds, je ne voulais pas déranger. Note qu'après, j'ai réfléchi. Elle voulait sans doute qu'on la voie, qu'on aille le raconter à la légitime…

– Ah tu crois ?

– Ben pourquoi, sinon ?

– Elle veut la place, résuma Saint-Pierre.

– Surtout le pognon ! le reprit Rispal. Et il en a, le Fourrier ! J'savais pas que la coiffure ça rapportait autant de pognon.

– Ah ?

Et le bougnat reprit encore plus bas :

– Quand elle s'est installée, la concierge, je m'en souviens, elle n'avait pas un sou vaillant, je crois qu'elle venait de se séparer de son bonhomme. Dans le quartier, les gens l'ont aidée. D'ailleurs moi, je lui ai donné une de mes vieilles chaises. Je sais qu'un gars du cinquième lui a refilé une armoire dont il ne voulait plus. Elle n'avait rien, mais rien de rien... nib de nib ! Aujourd'hui, tu la vois marcher dans la rue, avec son manteau de fourrure et ses mocassins vernis. C'est pas pour médire, mais tout de même... Tu te demandes d'où vient tout ce fric...

– P't-être même que Fourrier n'est pas son seul client, ajouta Jacques avant de siffler son quatrième verre.

– Faut dire, faut dire...

Ils se regardèrent. Rispal dessinait dans l'espace une paire de roberts... L'autre lui répondit d'un large sourire.

– Ouais...

– Avec des pare-chocs pareils, je lui ferais bien un accident !

Sur le chemin du retour, Saint-Pierre, qui n'avait pas lésiné sur la gnôle, vacillait en marchant. Et quand il raconta à Eryane ce qu'il avait récolté, elle n'hésita pas à conclure :

– J'en étais sûre ! Fourrier est plein aux as ; il tient un filon...

– Un filon... comme tu y vas...

– Un filon qui lui rapporte. Il ne sait même plus comment dépenser son fric. Il entretient sa concierge comme une danseuse. Je peux te dire une chose, Louis : Fourrier ne s'intéresse qu'à l'argent !

– La belle affaire… Et alors ?

– Alors, alors… nous aussi, on veut profiter du filon !

*

Audition de Mme Lapalus

*10 avril 1945*

*Nous, Lucien Pinault,*

*Entendons serment préalablement prêté Mme Lapalus, divorcée Saint-Pierre, née le 29 janvier 1905, infirmière, demeurant 13 rue du Faubourg-Saint-Martin à Paris 10e.*

*Elle déclare :*

*« Je confirme en tout point les termes de ma précédente déclaration faite en juin 1944. Mon ex-mari, le docteur Saint-Pierre Louis, m'avait en effet déclaré vers la fin de 1942 alors que nous habitions 67 avenue de Versailles qu'il s'était chargé à diverses reprises de faire passer des gens à l'étranger par l'intermédiaire d'une organisation spécialisée. Il avait précisé qu'il y avait un docteur à la tête de cet organisme mais ne m'avait jamais indiqué le nom de ce docteur. Je suis en mesure d'affirmer que ce trafic lui rapportait beaucoup d'argent car plusieurs fois il m'a exhibé des liasses de billets de mille francs tout neufs qu'il me disait constituer le produit de services rendus aux personnes mises par lui en rapport avec l'organisme précité.*

*J'ai su également que mon ex-mari était aidé dans ce trafic par une femme sous le nom d'Ariane* [*sic*, il s'agit évidemment d'Eryane]. *Celle-ci, qui habitait 10 rue Pasquier, était sa maîtresse, j'en ai eu la certitude car il s'en est lui-même vanté et me l'a affirmé à plusieurs reprises. Une de mes amies, Mme Suzanne Quentin, domiciliée 14 rue du Faubourg-Saint-Martin, m'a appris que le docteur Saint-Pierre lui avait demandé d'héberger pendant deux ou trois jours un couple de personnes âgées de confession israélite. Ces gens-là ont quitté l'appartement de Mme Quentin en compagnie de deux hommes venus les chercher pour les emmener vers une destination inconnue. Par ailleurs, mon ex-mari m'avait également déclaré qu'il avait fait cacher des Israélites dans divers établissements médicaux, notamment la clinique Rémusat, une clinique de Saint-Mandé et dans la propriété d'une sage-femme, Mme De Salas, demeurant 8 rue Lamartine à Paris. Cette propriété se trouvait située à La Rolanderie mais je n'en connais pas l'adresse exacte.*

*Après la découverte des agissements du docteur Petiot, un nommé Henri Guintrand (Henri le Marseillais), ami du docteur Saint-Pierre, m'a dit que ce dernier craignait d'être inquiété dans cette affaire pour avoir été en relation avec Francinet.*

*Lors de ma dernière déposition, j'ai omis de rapporter un fait qui peut avoir une certaine importance. Le docteur Saint-Pierre m'avait dit en sep-*

*tembre 1943 qu'il devait partir en Hollande porter une valise contenant trois ou quatre millions de francs en dollars or mais il ne m'a pas fait connaître la provenance de cette somme importante.*

*Et signe après lecture*

*Le commissaire divisionnaire*

# Germaine

Paris, octobre 1942.

Le dimanche, à Nogent, sous une tonnelle, alors qu'un vieux crincrin crachotait le cynique « Ça sent si bon la France... » du grand Maurice, Eryane et Saint-Pierre discutaient affaires. Fourrier avait laissé entendre que toute opération pour faire partir des Juifs pourchassés devrait d'abord passer par lui. Oui, répondait Eryane, il était évident qu'il touchait une grosse commission, mais il ne fallait pas oublier qu'il travaillait pour quelqu'un, cet homme qu'il appelait son « docteur » et dont il refusait de donner le nom. Alors, s'ils parvenaient à découvrir son identité, à le rencontrer à l'insu de Fourrier, ils pourraient se passer de l'intermédiaire... Non ! répondait Saint-Pierre, Fourrier l'apprendrait nécessairement, ils seraient grillés dans tous les bars de Paris... Dieu sait quoi d'autre, il se vengerait, peut-être. C'était trop dangereux... Eryane se renfrogna, ne pouvant se résoudre à laisser son éventuelle commission à l'appréciation du vieux vicieux. Car elle comptait bien prélever sa part sur le prix du passage de la famille Wolff.

– Je vais trouver une solution, promit Saint-Pierre, avec un sourire de macho satisfait.

Elle n'en crut pas un mot, résolue à ne fournir les coordonnées de la famille juive qu'elle avait décidé de soulager de leurs billets qu'une fois certaine d'être de la partie… « et pas comme une demi-solde » ! Après tout, c'est elle qui rapportait l'affaire, non ?

Saint-Pierre avait un plan. Pour faire plaisir à sa belle, mais aussi parce que l'affaire l'excitait, il avait décidé de suivre la fameuse concierge, la « danseuse » du coiffeur. Eryane avait affirmé : « Je suis certaine qu'elle a d'autres clients, peut-être plus importants que Fourrier… » Et elle s'y connaissait ! Il pouvait toujours vérifier qui lui reniflait le minou…

Le lendemain, en début d'après-midi, il s'est repointé au boui-boui du père Rispal avec lequel il avait sympathisé. Il commanda son blanc-cassis et lui offrit de partager un verre avec lui.

– C'est pas de refus ! bougonna l'autre, mais sans cassis, ch'suis pas une gonzesse.

Manifestement, le bougnat n'appréciait pas ses airs de prince.

– Et toi ? demanda Rispal, tu fais quoi à part te renseigner sur les nanas aux gros nichons ?

– Je suis toubib.

– Tu m'en diras tant ! s'exclama l'autre, incrédule. Et moi, je suis le curé de Saint-Eustache...

– Ah bon ?

– Je déconne, je n'ai même pas été enfant de chœur et je te dirai qu'au patronage, lorsque le curé venait nous faire le catéchisme, j'étais si malade que j'en dégueulais...

– Je suis toubib mais je travaille dans une clinique. (Puis, se disant qu'il fallait bien lâcher quelque chose en échange :) Si des fois tu aurais besoin d'une seringue...

– Tu blagues ? Je ne suis pas malade, moi !

– Ou l'un de tes clients, je ne sais pas... C'est dur, le manque de came... Il y a bien des morues, celles qui battent le pavé de la Madeleine, des gagneuses qui auraient besoin de quelque chose, une seringue, un garrot, de la blanche, quoi... Tu piges ?

– Ah ouais ! J'en connais une. Elle a des cannes de serin... (Il exhibait ses deux auriculaires.) Fines comme ça, je te jure, et la peau grise. Un jour, elle m'a demandé si je connaissais quelqu'un qui pourrait la dépanner... Ah, si j'avais su... Et moi ? Je toucherais quelque chose si des fois elle repassait par ici ?

– Faudra voir.

Ils entendirent sonner la clochette de la porte d'entrée. Saint-Pierre se retourna.

– Ben v'là la belle Dédé qui vient siroter son ersatz...

– Vite fait su'l'zinc, Fredo ! dit la femme. Je ne peux pas traîner, je pars en livraison.

Elle portait sous le bras un gros paquet ficelé. Rispal le montra du doigt :

– Tu t'en vas livrer une robe de soirée dans les beaux quartiers ?

– Je pense qu'elle t'ira pas, le gros ! C'est un fuseau en satin pour une pensionnaire du One-Two-Two...

La montrant du pouce en direction de Saint-Pierre :

– Elle est marrante, la belle Dédé !

La femme, âgée d'une cinquantaine d'années, avait l'air d'une provinciale, manteau d'un autre âge, chapeau démodé sur une coiffure qui ne ressemblait à rien. Mais elle avait un sourire à faire se pâmer n'importe quel gorille de bistrot... Elle travaillait à la commande à l'atelier de confection qui se trouvait au premier étage du 25 rue des Mathurins, l'immeuble où habitait Fourrier. Parfois, elle y bossait jusqu'à plus d'heure, mais certains jours, elle devait rester chez elle, et sans salaire... C'était en fonction des commandes. Vivre à Paris, ça se mérite !

– Dis donc, la belle, l'autre jour, je discutais avec le docteur...

– Lui, là ? demanda l'autre, étonnée. Le bellâtre réfugié du seizième ? C'est un toubib, une sangsue ?

Elle parlait fort, avec un tel accent de titi qu'on aurait cru Lucienne Delyle.

– Oui ! On discutait de la mère Paumet. C'est-y pas vrai qu'elle s'envoie le père Fourrier ?

– Qui ça ? La Germaine ?

Et la femme éclata de rire.

– La concierge du 25, quoi ! Je ne connais pas son prénom.

– À son âge ! Elle doit avoir le même âge que moi, tiens... ou à peu près... Combien de fois je les ai surpris dans la loge qui se bécotaient. Et mmm mmm... et mmm mmm... L'autre jour, je l'ai même entendue qui lui disait... (Et elle se trémoussa en prenant une voix plus aiguë.) « Mon amouuur... mon chériiii... je t'aiiiime... »

– Non ? s'étonna le bougnat.

Puis s'arrêtant tout net en regardant par la vitrine :

– Ben tiens ! Comme on dit, on parle de la poule, elle sort du bois. La v'là qui part en chasse... C'est son heure !

Saint-Pierre jeta un billet sur le comptoir.

– C'est pour toi, l'Auvergnat ! Paie-toi pour les trois consommations et garde la monnaie !

Et il fila sur les pas de Germaine Paumet.

Le tenancier leva un œil perplexe et, désignant du doigt le dandy qui venait de franchir la porte :

– Je pense bien qu'il va tenter sa chance.

– M'étonnerait ! dit la femme. Une concierge, ça n'a pas l'air d'être son genre !

Il suivit Germaine Paumet jusqu'au 66 de la rue Caumartin. Elle regardait la porte d'entrée, se retournait, vérifiant que personne alentour n'aurait pu la connaître. Elle entra. Il attendit un moment sur le trottoir, regardant sa montre pour se donner l'air de celui qui s'impatiente dans l'attente d'un rendez-vous. Il laissa passer ainsi quelques minutes avant de s'approcher à son tour du numéro 66.

Une plaque apposée à l'entrée :

« Docteur Marcel Petiot. Consultation tous les jours sauf le dimanche. »

Le cabinet se trouvait au premier étage, si bien qu'en entrant dans la cour Saint-Pierre on pouvait avoir une vue sur la fenêtre du docteur. Elle était entrouverte.

Il crut entendre, assourdis, des cris de femme ou plutôt des gémissements, peut-être des suffocations… Il avait beau tendre l'oreille, il ne parvenait pas à distinguer les paroles, seulement celles d'une chanson qui tournait dans sa tête, la chanson sur laquelle il avait fait virevolter Eryane dimanche au bal musette : « Comment ne pas perdre la tête, serrée par des bras audacieux, car l'on croit toujours aux doux mots d'amour, quand ils sont dits avec les yeux… »

Ah, s'il était entré, petite souris, dans le cabinet du Dr Petiot, il aurait assisté à une scène que même lui, le grand, le célèbre Louis Théophile Saint-Pierre, Casanova des temps maudits, expert en amour et en liqueurs intenses, n'aurait pu imaginer...

À quatre pattes sur le lit de consultation, les pieds entravés de courroies, la Germaine, nue comme au premier jour, à l'exception des bas de soie retenus aux cuisses par des jarretelles, se masturbait en regardant le docteur... Lui, assis dans son fauteuil, complet veston et nœud papillon, lui donnait ses instructions : « Rythme ton ardente caresse au gré de mon balancement... » Il se balançait, le docteur, au son de la cravache qu'il frappait sur le bureau. Et elle y allait, la belle quadrupède, la travailleuse à la main alerte, lui faisant signe de la langue... Comme elle aurait voulu le sentir la chevaucher, peser sur son dos, chauffer son cou de son haleine... Les hommes, quand elle les sentait, elle savait les mener... et les tenir... La monture est maîtresse, la maîtrise du cavalier n'est qu'illusion. Mais le docteur ne l'approchait jamais, peut-être craignait-il les bactéries tournoyantes, à moins que, simplement, il répugnât à se mélanger à de vulgaires sauteuses... « Lentement, prolonge l'état d'ivresse... » Et elle ralentissait, le regardait encore, rouge d'excitation. Il avait le visage gonflé, les yeux exorbités. Elle pensait qu'il l'aimait avec les yeux... Des lèvres, elle lui adressait de loin : « Viens, mon chéri, viens ! » Et il frappait plus vite de la cravache, et plus fort. Et elle ahanait, poussait de petits cris énamourés... « Là, plus vite... plus longtemps... » Savait-elle seulement que, dans ses instructions, Petiot ne faisait que citer le « Sonnet pointu » d'Edmond Haraucourt ? Il ne l'aurait jamais avoué… À quoi bon ? Il la considérait illettrée, comme la plupart des gens qu'il côtoyait, comme sa femme, la jolie Georgette, la poupée à tête de porcelaine, comme ses patients qu'il trompait si facilement avec des poudres et des onguents de sa conception… Lui, l'homme au cerveau bouillonnant, qui inventait secrètement poisons, armes, pièges et machineries révolutionnaires, comment pourrait-il se mêler à tous ces rampants ? À ce moment, un autre vers d'Haraucourt revint à la mémoire de Petiot : « Et Dieu sentit l'horreur d'être seul dans sa gloire. » Elle aperçut la bosse enfler sous son pantalon. « Va ! Va ! Va ! » lui ordonna-t-il. Elle accéléra encore. Elle n'en pouvait plus. Elle ne parvenait jamais à jouir de cette gymnastique qu'il lui imposait… Mais il lui fallait faire semblant. Soudain, elle entendit : « Encore ! » et « Ha !… » Et elle ne put se retenir de lui lancer :

– Je t'aime !

– Tu n'as pas besoin de bêler, lui répondit le docteur.

Il se leva, se tourna vers la fenêtre et regarda dans la cour. Il aperçut un homme de grande taille, vêtu d'un pardessus de prix en poil de chameau qui se dirigeait vers le portail. Il n'y prêta pas attention. Germaine se rhabillait sans un mot, comme chaque fois.

Lorsqu'elle fut prête, il se retourna, sortit difficilement un billet de son portefeuille et le lui tendit. Elle regarda le billet sans le prendre... Il finit par lui en tendre un second. Il fallait toujours qu'il marchande ! Il allait pour la reconduire lorsqu'elle lui dit :

– Fourrier veut vous voir. Il prétend que c'est urgent.

– Il sait que tu viens aujourd'hui ? demanda-t-il, inquiet.

– Je lui ai dit que j'avais mal au ventre. Faites-moi donc une ordonnance.

Tandis qu'il griffonnait sur son bloc, elle lui demanda encore :

– Qu'est-ce que je lui réponds, à Fourrier ?

Il l'ennuyait, celui-là, avec ses demandes continuelles. Mais il reconnaissait que le bougre était populaire... des clients, des amis, des connaissances, c'était un être social. Réputé dans tout le quartier de la Madeleine et jusqu'aux Galeries Lafayette, il lui était indispensable pour diriger jusqu'à lui les patientes toxicos, les voyageurs aussi !

– Demain, midi et demi, et qu'il soit à l'heure ! C'est juste avant mes consultations.

Par-dessus, il pensait : Maudite soit la nature qui nous contraint à toutes ces contorsions !

Une fois Germaine sortie, il approcha de la porte d'entrée de son cabinet et caressa la petite statuette de bois posée sur son socle, représentant une sorte de faune trapu au sexe démesuré. Trois photographies de la statuette l'encadraient, comme pour multiplier sa force à l'infini. Dans la maison, nul ne savait que cette statuette avait été sculptée dans le bois d'un pieu, de ceux qu'on utilisait par chez lui, dans l'Yonne, pour soutenir les ceps de vigne, ces pieux qu'on appelait en patois des « pétiots ».

*

Extraits de l'audition de Mlle Legrand

*Le 30 novembre 1944*

*Nous, Lucien Pinault,*

*Constatons que, sur convocation, se présente Mlle Legrand, âgée de 53 ans, célibataire, sans enfant, vendeuse, demeurant 66 rue Caumartin à Paris 8e (l'immeuble où demeurait la famille Petiot), laquelle, serment préalablement prêté entre nos mains, déclare :*

*« J'habite depuis vingt-sept ans 66 rue Caumartin et je n'ai jamais fréquenté le docteur Petiot que je ne connaissais que comme voisin et chez lequel je ne suis jamais allée.*

*Il y a dix ou vingt ans que je connais Mme Paumet Germaine, j'ai travaillé autrefois avec cette dame à la maison de mode Verlaine, rue de la Paix, mais je l'avais perdue de vue depuis longtemps, une dizaine d'années.*

...

*Il y a environ un mois, plus exactement deux ou trois jours après l'arrestation du docteur Petiot, je suis allée voir Mme Paumet qui était dans sa loge en compagnie de M. Fourrier. En entrant je lui ai dit : "Alors, le docteur Petiot est arrêté, ce cochon-là !" Elle a répondu en prenant nettement sa défense : "Oh ! il n'est peut-être pas coupable, on prouvera son innocence." Révoltée par une telle réponse, je lui ai dit : "Tu en es arrivée là, tu me dégoûtes." Et je suis sortie immédiatement. M. Fourrier, qui était présent, n'a pas dit un mot au cours de notre conversation.*

*Avant cela, j'étais allée à diverses reprises rendre visite à Mme Paumet dans sa loge mais elle n'est jamais venue chez moi. J'ai su par elle que sa fille Éliane avait été soignée par le docteur Petiot.*

*Quelque temps après l'arrestation de Petiot, Mme Paumet, au cours d'une conversation, m'a laissé entendre qu'elle était devenue la maîtresse de Fourrier qui lui avait procuré sa place de concierge. De plus, les ayant rencontrés souvent ensemble, et par leur attitude, j'ai acquis la conviction que Mme Paumet était la maîtresse de Fourrier.*

*J'affirme que ni Mme Paumet ni sa fille ne sont jamais venues chez moi et si Mme Paumet a été vue rue Caumartin, j'ignore à quelle adresse elle pouvait se rendre car je ne leur connais aucune relation dans le quartier.*

*Je ne saurais dire avec certitude si Mme Paumet connaissait déjà le docteur Petiot. »*

*Lecture faite, persiste et signe*

*Le commissaire principal*

# Sabine

Saint-Rémy-lès-Chevreuse, de nos jours.

Cette fois, Jade avait emprunté la voiture de son père. Depuis Passy, où elle habitait, avenue Paul-Doumer, elle avait compté trois quarts d'heure s'il n'y avait pas trop de circulation. Le trajet lui prit plus d'une heure. Elle n'avait pas l'habitude de conduire et, au volant de cette BMW surpuissante, elle roulait très lentement de peur d'en perdre le contrôle. Ça l'énervait de se laisser dominer par une machine. Elle se promit de l'emprunter plus souvent jusqu'à la dompter, la maîtriser, lui faire cracher toute la force de ses quatre cents chevaux-vapeur.

Elle avait bien avancé dans son travail de recherche, épluché la quasi-totalité des archives disponibles sur Petiot, elle avait même retrouvé le certificat d'admission à Sainte-Anne de la mère du docteur, Marthe Petiot, née Bourdon. Lors de sa première hospitalisation, elle avait reçu du célèbre aliéniste Valentin Magnan le diagnostic de *psychose hallucinatoire chronique*. À cette époque, à Sainte-Anne, s'était renseignée Jade, les médecins luttaient contre les diagnostics qu'ils considéraient hérités du Moyen Âge tels que « délire mystique » ou « théomanie » (folie inspirée par Dieu), qui lui auraient certes convenu davantage. « L'importance, prétendaient-ils, n'est point tant de savoir si le sujet est *théomane*, mais plutôt de comprendre comment il l'est devenu. » Elle pensait : Oh, la belle affaire !

À lire les écrits sibyllins des docteurs, elle comprit que le problème de la « dame Petiot », comme ils l'appelaient dans le dossier, était moins simple que leur jargon satisfait ne le laissait supposer. Et Jade s'était insurgée lorsqu'elle avait lu : « Elle reçoit des messages d'êtres invisibles… » Et alors ? N'en recevait-elle pas elle-même ?

D'après les psychiatres, qu'on appelait alors « aliénistes », Marthe Petiot voyait des sortes d'angelots. Ils n'avaient pas remarqué qu'ils étaient identiques à ceux qui tourbillonnaient au-dessus de la tête de la Vierge dans le tableau représentant son assomption, ce même tableau devant lequel elle ne manquait jamais de méditer de longues heures durant, à l'église Saint-Eusèbe d'Auxerre. Mais à la différence des autres fidèles, les angelots qui étaient au ciel lui parlaient ; quant à ceux qui la suivaient sur le sol, qui s'agrippaient à ses jambes, lui griffaient les mollets, ils voulaient la retenir, l'empêcher de s'élever à la suite de la sainte Marie. C'était du moins ce qu'elle prétendait.

Elle avait toujours été ainsi, la Marthe, depuis ses sept ans, croyante très croyante, à la passion. Ses parents n'y avaient guère prêté attention, mettant ces singularités sur le compte de l'enfance. Mais lorsque, à l'adolescence, les êtres qui ne parlaient jusqu'alors que « le langage des oiseaux » se mirent à lui délivrer des messages, sa mère commença à s'inquiéter. « Ça lui passera, répondait le père, attends un peu qu'on la marie... » Elle était intelligente, la jeune Marthe, elle suivait bien en classe, ils la retirèrent pourtant de l'école dès quatorze ans passés afin qu'elle apprît au plus vite ce qui ferait d'elle une bonne épouse, la couture et la cuisine. Quelques années plus tard se présenta un prétendant, un jeune homme qui l'avait croisée dans sa jolie robe blanche à plusieurs reprises chez des commerçants. Il avait vainement tenté de lui parler... Elle s'enfuyait à toutes jambes pour se précipiter à l'église... Plus âgé qu'elle de huit ans, Félix Petiot était doux et fort bien élevé. De plus, il avait une situation stable, à la poste d'Auxerre. Devant les réticences de leur fille, les parents hésitèrent quelque temps.

Marthe ne voulait rien entendre. « Je suis bien trop jeune », hurlait-elle avant de partir s'enfermer dans sa chambre où elle se balançait d'avant en arrière en déroulant son missel à voix basse. Les parents insistèrent, la forcèrent quelque peu, lui promettant qu'ils veilleraient sur elle et que si toutefois le jeune homme ne lui convenait pas, eh bien, ils n'auraient qu'à se séparer… Ils finirent par la convaincre. Ils la fiancèrent. Elle n'avait que dix-huit ans.

Si la jeune fille avait accepté l'idée, elle n'avait pas réfléchi à la réalité du mariage, encore moins imaginé la nuit de noces. Quant à Félix Petiot, il était attiré à en perdre la raison. Ne désire-t-on pas d'autant plus l'objet qui se dérobe ? Tous les soirs en sortant de la poste où il était receveur, il se présentait chez les Bourdon, les bras chargés de gâteaux et de friandises. Les fiançailles n'en finissaient pas… Il dut attendre une année, puis une autre. Ils finirent par se marier, à l'église Saint-Eusèbe, précisément, dont elle connaissait tous les recoins. La nuit fatidique, se trouvant acculée aux portes de l'enfer, Marthe en perdit la tête. Les angelots se mirent à tourbillonner, la griffant, la cinglant de branches de rosier bardées d'épines… Elle entendait les voix qui répétaient inlassablement : « Attention, Marthe ! Tu es une putain ! La putain du diable ! » Au moment crucial, alors que Félix, quelque peu éméché, réussissait enfin à la pénétrer, elle perdit connaissance et ne revint à ses sens qu'au matin.

Bientôt, elle tomba enceinte. La grossesse améliora son état mental. Les voix la laissaient tranquille, elle ne parlait plus guère des angelots. Mais elle n'évoquait jamais sa grossesse, encore moins l'enfant qui s'annonçait. Elle mangeait de moins en moins, si bien qu'on n'aperçut ses rondeurs qu'au septième mois. Quand sa mère lui décrivait ce qu'il fallait faire pour l'accueillir, lorsqu'elle lui expliquait comment le langer, comment le nourrir, Marthe se bouchait les oreilles. Contre toute attente, l'accouchement se déroula sans difficulté dans la maison des Bourdon à Auxerre... « Comme une lettre à la poste », plaisantait Félix, le facteur. C'est quelques jours après la naissance, lorsqu'elle retourna dans l'appartement qu'elle partageait avec lui au 100 de la rue de Paris, que les voix revinrent, insultantes, la traitant de putain, de traînée, de cocotte, de bagasse, de mangeuse de viande crue... Elle se mit à hurler, persuadée d'avoir donné naissance à un enfant du Malin.

Marcel Petiot, qui deviendra le tristement célèbre « docteur Petiot », fils de Félix, Irénée, Mustiole Petiot et de Marthe, Marie, Constance, Joséphine Bourdon, naquit le 17 janvier 1897 à Auxerre.

Jade a envoyé à Nagral par e-mail le compte-rendu de ses dernières recherches. Elle est plutôt satisfaite de la synthèse qu'elle propose mais redoute l'œil critique de son professeur. Elle l'entend déjà : « Elle a des visions... tout comme vous, ma chère Jade... Mais peut-être entretenez-vous une vie sexuelle plus active que la dame Petiot, non ? » S'il me dit ça, fulmine intérieurement Jade, je suis capable de le planter là et de partir en claquant la porte.

17 heures. Sabine vient l'accueillir. Cette fois, sa mise est impeccable. Cheveux noirs, coiffure au carré, parfaite, à croire qu'elle sort d'un brushing, tailleur gris, fourrure de vair sur le col de veste du plus bel effet, jupe serrée s'arrêtant avant le genou, jambes longues, magnifiques, talons démesurés dessinant un cou-de-pied de rêve... Jade note machinalement tous ces détails comme elle le fait toujours depuis ce jour où Pierre l'a assaillie. Elle s'était dit alors que si on tentait de l'assassiner, il lui faudrait décrire son agresseur avec précision pour permettre son identification. Depuis, elle scrute minutieusement chacun de ses interlocuteurs.

– J'ai rendez-vous avec le professeur.

– Entrez ! Il m'a prévenu qu'il aurait un peu de retard.

Au loin, elle aperçoit le chat Farouk, juché sur le toit du pigeonnier. Il ne daigne pas se déplacer, sans doute n'apprécie-t-il pas la compagnie de Sabine... Elle conduit Jade jusqu'au salon de la première maison. Peinture s'écaillant au plafond, mobilier banal, mal agencé. Chaises dépareillées, table rustique dont on se demande ce qu'elle fait là... On dirait qu'il s'agit d'un emménagement soudain où l'on aurait réuni en un même endroit des meubles venus de partout. Seul le coin télé, avec son écran surdimensionné et ses profonds fauteuils de cuir, semble adapté à l'endroit.

– Vous habitez ici, au 10, m'a-t-on dit...

– Le professeur Nagral aussi, répond la femme. Je peux vous servir une tasse de thé, vous faire un café ?

– Un verre d'eau, plutôt. Je viens de conduire dans les encombrements...

La femme revient chargée d'un plateau. Pour elle, un apéritif, pour Jade, un verre d'eau fraîche. Une coupelle de pistaches. Elle lève son verre.

– Je vous disais que Nagral habite ici... ça, c'est en principe ! Sait-il seulement où il habite ? Il venait de divorcer lorsque nous avons acheté cette maison ensemble... Une fortune ! Je gagne ma vie, je vous dirais, mais tout de même. Ah ! Mais je ne me suis pas présentée...

– Je sais que vous vous prénommez Sabine.

– Sabine de Castelfort... (Elle ajoute :) De Castelfort, comme le vieil armagnac.

– Ah...

Elle a fini son verre, se lève pour préparer un autre cocktail. Depuis le bar, elle demande à Jade :

– Vous ne voulez pas partager un apéritif ?

– Je n'ai pas fini mon verre d'eau.

– Regardez donc : une bonne rasade d'armagnac, trois doigts de curaçao, du jus de citron et une cuillerée de miel. Vous m'en direz des nouvelles.

Jade lui montre son verre.

– Je vous remercie, ça va comme ça !

Et la conversation se poursuit, sans contenu, sans but. Jade pense que Sabine veut seulement lui tenir compagnie en attendant le retour de Nagral.

L'autre pépie sans cesse, additionnant les cocktails. Elle en est déjà à son troisième… Soudain, elle lui lâche :

– Je me demande ce qu'il fiche, cet enfoiré !

L'alcool commence à faire son effet, pense Jade.

– Ne m'avez-vous pas dit qu'il vous a prévenu de son retard ?

– Je ne parle pas de son retard mais de comment il gagne son fric. Vous n'allez pas me dire qu'avec son salaire de professeur il peut mener un tel train de vie. Il vient de se payer une voiture à trois cent mille euros… Trois cent mille… Vous y croyez, vous ? Et c'est moi seule qui dois payer les traites de la baraque… Connard ! J'ai fouillé dans ses affaires l'autre soir. Il reçoit des virements aux montants faramineux.

Jade est gênée. Dans sa vision, elle l'a vue fouiller le bureau de Nagral. Elle n'a pas envie de se mêler des problèmes du couple. Pour changer de sujet, elle essaie de la brancher sur son métier.

– Vous ne m'avez pas dit ce que vous faites dans la vie. Je veux dire… Vous aussi, vous travaillez dans la criminologie ?

– Ah non ! Pas du tout… (Elle éclate de rire.) Je devrais dire : presque pas du tout…

– Presque ?

Elle est psychiatre.

– Docteure Sabine de Castelfort, longtemps promise à un brillant avenir universitaire, jusqu'à ce que je tombe entre les pattes d'un séducteur des bas quartiers... Je dois dire qu'il m'arrive de faire des expertises pour les juges. Alors là, oui, un peu de crimino... seulement pour conclure mon rapport par : « Le mis en examen est parfaitement accessible à une sanction pénale. » Au fond, c'est tout ce que me demandent les magistrats, de les laisser juger en rond !

– Ça m'intéresse ! répond spontanément Jade. Ma thèse porte sur un assassin dont on n'a jamais su mesurer le degré de folie.

– Je sais : le docteur Petiot.

Décidément, sa thèse commence à ressembler à un travail en famille.

– Le professeur vous a mise au courant ?

– Bien sûr. En ce moment, il ne parle que de ça. On dirait que vous lui avez tapé dans l'œil. Méfiez-vous ! Vous allez finir dans son lit... Je connais son manège. Il commence par vous faire des compliments, vous laissant entendre qu'à ses yeux vous êtes la personne la plus intelligente qu'il a jamais rencontrée... Et un jour, après un verre ou deux, vous voilà basculée sur son canapé les jambes en l'air...

Jade sent le rouge lui monter aux joues. L'autre la regarde en souriant.

– Et une fois les jambes en l'air, difficile de retomber sur ses pattes !

Elle rit en se dirigeant vers le bar pour se confectionner un nouveau cocktail.

– Du Baileys… (Elle lui montre la bouteille noire barrée de l'étiquette rouge.) Il ne faut pas avoir peur d'en mettre ! Une petite rasade de vodka par-dessus, une bonne dose de crème de menthe… Moi, je n'ajoute pas de crème de cacao, c'est *too much*… Regardez un peu la jolie couleur… (Elle lui montre le verre de loin qui a l'apparence d'un lait-menthe.) Vous ne voulez vraiment pas essayer ? Allez ! Pour m'accompagner…

Jade est restée scotchée sur la phrase qu'elle se répète intérieurement : « Vous allez finir dans son lit… » Elle est désemparée. Elle ne veut pas penser à ça. Elle se répète que ce sont ses idées qui l'intéressent, pas l'homme. Sabine revient, portant son verre, le pose délicatement sur la table basse et s'effondre sur le sofa.

– Je crois que je suis pompette. C'est tous les soirs la même chose ! Je ne supporte pas la disparition de la lumière. Vous avez ça, vous aussi ? C'est le cas de beaucoup de femmes.

– Non, répond Jade. Enfin, je ne crois pas… Il faut dire que je m'endors très tard…

– Nous autres, femmes, sommes plus proches de la nature, à ce qu'on dit, des mouvements de la lune, du cycle des saisons… Plus écolos que les hommes, en fait…

Jade se dit qu'elle devrait la rebrancher sur son métier pour la faire redescendre.

– J'ai retrouvé le dossier psychiatrique de la mère du docteur Petiot. Elle a été hospitalisée à Sainte-Anne dans les années 1905, par là... Je crois bien qu'elle y est morte. Elle n'avait que trente-quatre ans.

– Intéressant, répond l'autre qui ne quitte pas son verre des yeux, fascinée par sa couleur.

– Dans le dossier, on trouve une longue discussion sur le diagnostic au sujet du délire mystique... Apparemment, ils n'aimaient pas ça, à Sainte-Anne...

– Attendez ! Il faut que je regroupe mes idées, surtout mes souvenirs des cours d'histoire de la psychiatrie, qu'on nous délivrait aussi à Sainte-Anne, du reste... Vous voyez qu'on a des choses en commun... Comment s'appelait le prof, déjà... Ah oui, Postel, Jacques Postel ! Voyons... Je crois qu'à cette époque, les psychiatres pensaient que le délire mystique était favorisé par un milieu familial saturé d'idées mystiques. Était-ce le cas de la femme qui vous occupe ? Bon ! Vous n'en savez rien... Ils avaient aussi remarqué que c'était généralement à la puberté que, sous la pression de la pulsion sexuelle, s'échauffait soudain l'exaltation mystique.

– Oui, c'est bien ainsi que c'est relaté dans le dossier.

– Dans mes souvenirs, considérant que cette « maladie » était fortement contagieuse, mes valeureux prédécesseurs préconisaient l'internement de la patiente... Oui ! C'étaient généralement des femmes ! Pourquoi ? Je n'en sais rien. Sans doute dans le droit fil des sorcières qu'on brûlait à la Renaissance. Nous, les femmes, n'aurions jamais dû nous laisser faire... Non ? Je comprends toutes celles qui aujourd'hui veulent y revenir... à la sorcellerie, je veux dire... Vous n'êtes pas de mon avis ?

– Si, euh... Je ne sais pas. C'est un peu factice, non ?

– La justification de l'hospitalisation était qu'une fois internée, privée par conséquent de son public, la délirante mystique renonçait progressivement à son délire. Les hallucinations devaient disparaître, les pensées folles devenir moins prégnantes. Malheureusement, après cela, la malade, ayant usé ses capacités mentales, sombrait progressivement dans la démence... Si vous voulez mon avis, après avoir été violentées, enfermées, avoir subi les douches froides et les camisoles de force, avoir été traitées avec des produits soporifiques qui n'excluaient ni le chloral ni la morphine, ces pauvres femmes finissaient par renoncer, elles lâchaient tout, y compris leur désir de vivre.

– C'est triste ! dit naïvement Jade. C'est certainement ce qui est arrivé à Marthe Petiot.

– Peut-être. À moins qu'elle n'ait été atteinte de tuberculose, il y avait de véritables foyers dans les asiles, ou une autre maladie infectieuse, une pneumonie, une entérite...

Jade se recroqueville, comme si elle était atteinte dans son corps des maux que lui décrit Sabine. Puis, se reprenant, elle lui demande :

– Est-ce que ça veut dire que les psychiatres de l'époque ne s'intéressaient en aucune manière au contenu du délire ?

– Ah ça, non ! Hors de question ! Et cela depuis Charcot ! Voulez-vous que je vous dise pourquoi ?

– J'aimerais beaucoup !

– Ils voulaient récupérer la clientèle des curés. S'ils prêtaient attention au contenu du délire, c'est-à-dire à Dieu, ses saints, ses anges, aux démons et au Diable, alors il leur aurait fallu renvoyer ces patientes aux curés, voire aux prêtres exorcistes. Ils perdaient du coup leur raison d'être… et leurs clientes ! Charcot, fils d'un modeste sellier, a fini très riche. Il s'est même acheté un hôtel particulier sur le faubourg Saint-Germain. Vous voulez savoir comment il se l'est payé ? Avec le fric des bourgeoises hystériques. Je peux boire un peu maintenant ?

Elle a l'air d'une enfant qui réclame sa friandise.

– Euh… hésite Jade. Ne croyez-vous pas que vous avez assez bu pour accueillir la nuit ?

Sabine éclate de rire.

– Vous feriez une excellente psychologue !

– Dites-moi encore… S'ils avaient reçu Jeanne d'Arc, par exemple, qu'auraient-ils dit ?

– Folle. Délire mystique.

– Sainte Thérèse d'Avila ?

– Folle. Même diagnostic.

– Sainte Thérèse de Lisieux, Bernadette Soubirous ?

– Pareil ! La même chose ! Même faute, même punition… Je vous dis qu'on ne devrait pas se laisser faire… Tous ces psychiatres étaient des hommes, bien entendu… Lasègue, Falret, Charcot, Gilles de la Tourette, Clérambault… que des mecs !

– Encore une question… Je peux ?

– D'accord, mais je bois un peu de mon délicieux cocktail.

Elle avale les trois quarts de son verre.

C'est alors que le phénomène reprend Jade, plus intense, plus lumineux. Ses yeux sont écarquillés, elle s'immobilise, comme paralysée, droite sur son siège. Elle voit l'arrière-salle d'un bistrot. Au moins une dizaine de personnes attablées, ce ne sont que des hommes. Ils rigolent, lèvent leur verre. Elle ne comprend pas ce que c'est… une réunion, les membres d'une association, un club sportif ? Parmi eux, comme si la caméra faisait un zoom, elle aperçoit à présent Nagral en gros plan. Il se lève, le verre à la main. Il parle. Elle aimerait entendre ce qu'il dit, mais ne peut pas. Ses visions ne comportent que des images, c'est comme un film muet, en noir et blanc. Nagral tend son verre, les autres aussi. Apparemment, ils trinquent. Au-dessus d'eux, une large banderole. Les lettres se détachent, nettes, elle peut lire :

*« Le Juif est la plaie de l'Humanité, l'ennemi de toutes les nations. »*

Et dessous, une signature : Charles Fourier.

Elle est saisie, veut crier. Elle ouvre la bouche, aucun son, juste un bruit de moteur de voiture, qui dilue lentement la vision.

Sabine tente de lui faire boire un peu d'eau, porte le verre à ses lèvres. Mais Jade est raide, comme pétrifiée.

Elle entend au loin : « Jade… Jade… »

Dehors, on gratte contre la vitre : Farouk, qui vient réclamer sa pitance. C'est ce qui la tire définitivement de sa torpeur. Le chat gratte encore…

Timidement, elle balbutie :

– Ouvrez-lui la porte !

– Pourquoi ? Ce chat ne m'aime pas. Il devrait aller gratter à la fenêtre de l'autre maison… On lui ouvrirait là-bas, ce tigre de salon… Ça va mieux ?

Jade se tient la tempe.

– J'ai un peu mal à la tête.

– Vous devriez consulter. Votre truc, là, ça évoque les absences épileptiques.

– On m'a déjà dit ça. J'ai fait des électroencéphalogrammes, on m'a scannée dans tous les sens. Les médecins étaient comme vous, ils m'ont parlé du « petit mal »… Apparemment, il n'y a rien de tout ça…

Elle se tait, essaie de se retenir de raconter, elle serre les lèvres. Mais, comme toujours, elle ne peut pas et finit par lâcher :

– Vous savez à quelle réunion se trouvait le professeur, ce soir ?

– En partant, je crois bien qu'il m'a dit se rendre à son club.

– Il y a là de drôles de gens !

– Quoi ? Vous les connaissez ?

– Je les ai vus.

– Vous les avez vus ?

– Ils ont l'air un peu...

À ce moment, Sabine s'effondre, la tête dans les bras, secouée de sanglots. Elle balbutie :

– Je lui ai dit cent fois de ne pas fricoter avec ces gens.

– Qui sont-ils ? Où se réunissent-ils ?

– Dans un bistrot près du bois de Boulogne, à Bagatelle.

Elle se redresse, digne, essuie ses larmes.

– Officiellement, il s'agit d'un club littéraire, une sorte d'association. « L'amicale des lecteurs de Louis-Ferdinand Céline », ou quelque chose comme ça. Mais j'ai l'impression qu'on n'y parle pas que de littérature... de politique, plutôt, ou pire encore... je ne sais pas...

Le moteur d'une voiture vient de s'arrêter.

Une clé tourne dans la serrure. La porte s'ouvre très lentement. Jade voit d'abord entrer le chat qui minaude, la queue dressée, se frottant contre le chambranle de la porte de la cuisine. Puis apparaît Nagral, livide, le visage défait. Il titube et vient s'effondrer sur le sofa.

Sabine le regarde avec commisération.

– Ce n'est pas la peine de te demander ce qui t'est arrivé...

– Je crois que j'ai un peu trop bu...

Il s'adresse alors à Jade, la bouche pâteuse :

– Mademoiselle, vous avez pu parler avec Sabine de l'avancée de votre thèse ? Parce que ce soir, je ne pourrai pas vous consacrer un moment de discussion... Vous comprenez, il est bien tard...

En sortant de la maison, devant la grille, garée juste derrière la BMW de son père, elle aperçoit une magnifique voiture de sport, l'avant défoncé.

Ce n'est que de la ferraille ! pense-t-elle.

C'est une Ferrari.

# Herbert

Dans *L'Émancipation nationale*, journal du PPF de Jacques Doriot, on pouvait lire le 7 février 1942 : « Paris a rendu au Vel' d'Hiv' un inoubliable hommage à la Légion des Volontaires français anti-bolcheviks [*sic*]. Jacques Doriot a dit ce qu'il a vu en U.R.S.S. Le grand écrivain Louis-Ferdinand Céline a assisté à la réunion... Le voici suivant avec attention l'exposé de Jacques Doriot... »

Puis une photo de Céline en compagnie de sa femme avec ce commentaire : « "Ce que j'ai vu en U.R.S.S." L'auteur des sensationnelles *Bagatelles pour un massacre* y retrouve ses propres impressions de visiteur perspicace de l'U.R.S.S. »

Paris, le lundi 26 octobre 1942.

En première page de *Paris-Soir*, on apprenait que l'amiral Darlan, en visite au Maroc, avait reçu du sultan l'assurance de sa fidélité absolue au maréchal Pétain et de toute la population du protectorat. On pouvait aussi lire qu'à Stalingrad, les troupes allemandes, rue après rue, caracolaient de victoire en victoire, et qu'en Égypte Rommel bombardait sans relâche une armée anglaise en déroute. À Vichy, Laval, comme chaque jour, exhortait les Français à « la Relève », qui expédiait des ouvriers trop crédules trimer en Allemagne pour un salaire de misère en échange de la libération de prisonniers de guerre qui ne revenaient jamais. Et à Lyon, Jacques Marcy, l'envoyé spécial du journal, s'étonnait du plaidoyer en faveur des Juifs prononcé par le primat des Gaules, qui en avait appelé à la charité et à la fraternité des chrétiens. Le journaliste y allait de son commentaire : « N'en déplaise aux ecclésiastiques, on peut parfaitement être un bon fidèle et considérer les Israélites comme un élément nuisible, inassimilable dans notre pays. »

Il était 9 heures au café Georgette. Eryane replia son journal en hochant la tête.

– Tiens, dit-elle au patron en le lui tendant. Pour un franc, tu peux faire le tour du monde sans bouger le cul de ta chaise… Le Maroc, l'Égypte, la Russie, Lyon et même Vichy pour tes rhumatismes…

– Toujours caustique, m'ame Eryane, y a tout de même un peu de vrai dans ce qu'ils racontent…

– Peut-être. Mais beaucoup de propagande…

– Sans doute, m'ame Eryane, sans doute ! Que voulez-vous, c'est la guerre !

Ô, elle le savait que c'était la guerre, la guerre et un foutu désordre ! C'est dans ces moments que la chance sourit aux audacieux. Un mois plus tôt, elle partageait alors avec son amie Hansi Scherrer un appartement au 10 de la rue Faraday dans le dix-septième, c'était quelques jours avant de rencontrer Saint-Pierre, elle avait sympathisé avec un officier allemand. Elle s'était décidée à l'aborder alors qu'il venait rendre visite au locataire du premier, un Italien nommé Manfredonia. Jusque-là, elle s'était tenue à distance, l'Italien fricotait avec la Gestapo de l'hôtel Lutetia, elle le savait, et puis il était si laid... Mais depuis quelque temps, cet homme, jeune, pas plus de trente-cinq ans, venait régulièrement le voir. Il était grand, le corps athlétique, des manières d'aristocrate. Elle avait reconnu à son accent qu'il n'était pas allemand mais autrichien. Ce jour-là, le croisant d'un peu trop près dans l'escalier, elle s'exclama en allemand : *Bitte entschuldigen Sie, Offizier*, « S'il vous plaît, excusez-moi, monsieur l'officier »... Il s'inclina profondément devant une dame aussi élégante : « J'étais plongé dans mes pensées, chère madame, lui répondit-il, sans cela je me serais effacé pour vous laisser le passage. » Elle continua de descendre et, sans le regarder, ajouta : « Vous ne faites pas mentir la réputation de bonnes manières qu'ont les Autrichiens ! » Il fit aussitôt demi-tour et la suivit jusqu'à la rejoindre sur le trottoir devant l'immeuble.

– Comment avez-vous su que j'étais autrichien ?

– Cher monsieur, j'ai fait toutes mes études à Vienne.

– Permettez-moi donc de vous offrir un café. Nous pourrons échanger au sujet de mon pays.

– Peut-être une autre fois, monsieur l'officier. Pour l'heure, je dois me rendre à mon travail.

– Si vous le permettez, je ne manquerai pas de venir vous le rappeler, madame...

Derrière son carreau, Suzanne Petit, la concierge, laissa retomber le rideau qu'elle avait discrètement relevé en maugréant : « Ah, celle-là ! Rien ne l'arrête ! »

Eryane partit d'un air résolu, claquant les talons qu'elle portait haut pour accentuer les mouvements de ses hanches. Elle sentait presque physiquement le regard de l'officier hypnotisé par le gracieux fessier que lui dessinait sa gaine. Un imperceptible sourire l'accompagna jusqu'à la station de métro...

Herbert Welsing n'attendit pas deux jours pour venir frapper à sa porte. Et la relation s'était nouée ainsi. Oh, elle ne se laissa pas facilement conduire au lit. Elle minaudait, faisait des caprices, prétextait des rendez-vous de travail, et l'autre insistait plus encore. Petit à petit, elle découvrit un homme doublement utile. D'abord, il travaillait pour l'Abwehr, le service de renseignement de l'armée allemande, tout comme Manfredonia, et il semblait détester les SS, et plus généralement les nazis. Elle se dit que cet homme pourrait un jour la protéger, peut-être même lui porter secours… Lorsque, plus tard, il l'emmena boire un verre à l'hôtel Lutetia, elle fut impressionnée par tous ces uniformes, ces bottes rutilantes, ces gants de cuir gris, ces casquettes… Elle venait de trouver la formule magique pour survivre parmi les nazis et les antisémites : « L'abri le plus sûr se trouve dans l'antre du monstre. »

Herbert ne manquait jamais de l'inviter dans sa chambre. Elle mit quinze jours à céder. C'est là, sur l'oreiller, qu'il lui fit des confidences. Il avait soutenu une thèse, qu'il prétendait brillante, sur la pensée politique de Hegel. « Hegel, un philosophe, vous connaissez ? » Elle répondit avec humour : « En général, j'évite de fréquenter les Allemands. » Il était prêt à s'enflammer, elle sut lui imposer une certaine distance, espaçant les rendez-vous, sans jamais vraiment se refuser… Eryane, c'était une virtuose !

Le dimanche 25 octobre, la veille du jour où elle devait rencontrer le docteur-passeur, elle fit comprendre à Herbert qu'elle se rendrait à un rendez-vous qui risquait de se révéler dangereux. Naturellement, il lui proposa de l'accompagner. Elle refusa mais le prévint que si elle venait à disparaître, il devrait la rechercher sans attendre. Il répondit par une simple proposition : « Si vous rencontrez des gens qui pourraient intéresser nos services… Enfin ! Je ne vous en dis pas plus, apportez-nous des informations de qualité et vous gagnerez beaucoup d'argent. » Elle lui promit d'y réfléchir. Après tout, pourquoi pas : les résistants de Fourrier d'un côté, les Allemands de l'Abwehr de l'autre, et moi, la petite Eryane, entre les deux, prélevant ma dîme ici et là...

Le lendemain, donc, au café Georgette, elle s'impatientait en attendant Fourrier qui devait l'y retrouver pour la présenter au fameux docteur dont elle avait appris le nom par Saint-Pierre, son amant en titre, qui lui non plus n'arrivait pas. Après deux ans d'Occupation, ces foutus Français n'avaient toujours pas appris l'exactitude allemande... À 9 h 30, ce fut d'abord Francinet, qu'elle connaissait à peine, qui s'installa à sa table.

– On y va ?

– J'attends Saint-Pierre.

– Pourquoi ? C'est toi qui voulais rencontrer le docteur, non ?

– Mais je n'y vais pas sans mon mec !

Francinet leva le bras, théâtral.

– Ben dis donc ! Sans ton mec... Okay ! Okay ! Alors, attendons le marlou ! Holà, l'hôtelier ! Un muscadet, c'est madame qui régale !

Puis, à voix basse, à l'adresse d'Eryane :

– Je ne suis pas sûr que Fourrier appréciera.

Elle haussa les épaules.

– Pas de Saint-Pierre, pas d'affaire !

Une demi-heure plus tard, les voilà partis tous les trois vers l'échoppe du coiffeur. Le muscadet aidant, Francinet avait retrouvé sa verve de théâtreux. Dans la rue, il déclamait de l'Apollinaire à tue-tête : « Des plaies des ulcères des croûtes / Groin de cochon cul de jument… Ta mère fit un pet foireux / Et tu naquis de sa colique… » Et il éclatait de rire en reprenant les paroles d'Eryane comme s'il s'agissait d'un poème : « Pas de Saint-Pierre, pas d'affaire ! » Et Saint-Pierre de s'esclaffer avec lui.

La joyeuse équipe parvint ainsi au 25 rue des Mathurins, devant l'échoppe du coiffeur. En vitrine, joliment agencés, des perruques aux coiffures sophistiquées, des personnages de porcelaine représentant barons et marquis, des chapeaux d'un autre temps jetés là comme par le vent… Les apercevant, le petit bonhomme rondouillard sortit à leur rencontre.

– Doucement, les gars, ici je suis un commerçant respectable…

– Et ailleurs ? lui demanda Francinet.

– Ailleurs, c'est ailleurs ! Vous deux, vous restez dehors !

– Ah ça, il n'en est pas question ! protesta Eryane.

Ils finirent par s'entendre : Saint-Pierre garderait la boutique, les deux autres entreraient avec Eryane dans l'arrière-salle, que Fourrier appelait son atelier. Il régnait un sacré bazar dans cette pièce où la lumière ne filtrait que d'une petite lucarne à ras de plafond. Devant le grand miroir aux bords biseautés s'étalaient pêle-mêle pots de pommade et fioles de parfum, de toutes tailles, de toutes couleurs, vasques profondes en zinc émaillé et bols de métal pour mélanger les teintures, miniatures de statuettes grecques sur lesquelles s'enroulaient des colliers de pacotille, ciseaux, peignes et brosses. Au mur, une grande photo de Fourrier avec son tablier, posant devant la vitrine, hilare.

– C'est la caverne d'Ali Baba, ma parole ! s'étonna Francinet.

– Les instruments d'un vrai métier ! Y en a qui errent, y en a qui bossent !

– Tu vois que tu pourrais écrire pour le théâtre... Y en a qui errent, y en a qui bossent, / Sirènes, ondines ou Carabosse...

– Arrête, Francinet, c'est sérieux !

L'autre se mit à siffloter alors qu'Eryane examinait les flacons, reniflait les parfums, essayait les pommades sur le dos de sa main. Dix minutes s'étaient à peine écoulées lorsqu'ils virent la porte arrière de l'atelier, celle donnant sur la cour, s'ouvrir lentement dans un grincement.

Et l'homme entra.

Longue gabardine sombre un peu fripée, costume gris de rond-de-cuir, mais un nœud papillon, couleur grenat, qui en jetait. Il avait des yeux étonnants, largement cernés de noir, comme s'il avait été maquillé. Il examina soupçonneusement Francinet, salua Fourrier d'un signe de tête et s'arrêta devant Eryane. Elle se sentit gênée par sa présence. Il se tenait trop près, presque sous son nez. Les humains qui ne se connaissent pas respectent une certaine distance, une zone d'intimité, sauf pour se défier ou pour s'aimer. De plus, il puait de la gueule. Elle finit par lui dire :

– Je m'appelle Eryane.

Il resta un long moment à la fixer sans dire un mot.

– Eryane, quel drôle de prénom, vous n'avez pas su choisir entre Ariane et Irène... Eryane comment, s'il vous plaît ?

– Eryane Kahan.

– Ah ah ! répondit-il, ayant aussitôt compris qu'elle était juive. Et moi Eugène ! Vous pouvez m'appeler docteur Eugène, comme tout le monde.

En revenant de son investigation, Saint-Pierre lui avait pourtant assuré qu'il s'appelait Petiot, Marcel Petiot. Elle s'abstint de le lui faire remarquer, se disant que connaître son vrai nom lui donnait un coup d'avance.

Et il commença à marcher de long en large dans cette petite pièce qui ne mesurait pas plus de quatre mètres de côté. Il tenait les mains dans ses poches, la tête baissée, on eût dit Napoléon avant l'assaut à Austerlitz. Les autres contemplaient sa déambulation, impressionnés. Il s'arrêta soudain face à Eryane. Cette fois, elle soutint son regard sans ciller. Il avait le cheveu noir, la coiffure désordonnée, une barbe de trois jours. Il entreprit de l'examiner de la tête aux pieds, de ce regard expert que savent prendre les médecins, et soudain :

– Je peux vous faire confiance ?

Il n'attendit pas sa réponse.

– Car je suis à la tête d'une organisation... (Et d'un air grandiloquent :) Je dirige le réseau, vous comprenez ?

– Vous permettez à des personnes poursuivies de s'échapper hors du pays...

– Chuuut ! Moins fort ! Vous ne savez pas que les murs ont des oreilles ? Mon organisation se charge de tout. Ils me confient des photos d'identité, je leur fournis des papiers... des papiers, comment dire... diplomatiques ! Ils n'ont rien d'autre à faire que me confier leurs photos. Le jour venu, quelqu'un vient les chercher en voiture. Ils resteront quelques jours, pas plus de trois, qu'ils se rassurent, dans un lieu secret que je ne peux révéler.

Il parlait à toute vitesse, débitant les informations de manière saccadée, comme une mitraillette.

– Pendant ces jours-là, et les semaines durant lesquelles ils voyageront, ajouta-t-il, ils n'auront plus de contact avec quiconque, sauf avec moi... et les membres de l'organisation, bien sûr !

– C'est la Résistance ? Je veux dire... votre organisation fait partie de la Résistance ?

– Chuuut ! Vous êtes folle ? Ne prononcez jamais ce mot !

– Pardonnez-moi, dit Eryane, tout de même surprise par ses airs de conspirateur qu'elle trouvait excessifs.

– Je les fais partir pour l'Argentine. Ce n'est qu'une fois arrivés qu'ils donneront de leurs nouvelles.

– Monsieur Fourrier m'a dit que le « passage » leur reviendrait à soixante-quinze mille francs par personne.

– Quoi ? s'excita soudain l'étrange docteur Eugène. Soixante-quinze mille ? Qui lui a dit soixante-quinze mille ? Sept cent cinquante mille tant qu'il y est ! (Et s'adressant à Fourrier :) Je vous ai déjà prévenu, espèce d'escroc, il n'y a pas de commission ! Rien ! Zéro ! Vous ne comprenez pas ? Je fais œuvre d'humanité. Pour ma part, je ne touche pas un sou. Je travaille pour la France. La France, vous comprenez ?

Il s'approcha de Fourrier, le saisit au collet avec vigueur. L'autre, effrayé, tourna au rouge pivoine.

– Je vous le redis, Fourrier, si vous me refaites un coup pareil, ce sera... ni une ni deux... (Et il répétait :) Ni une ni deux... Ils se chargeront de vous, soyez assuré !

Puis, se tournant vers Eryane :

– Non ! Les frais s'élèvent à cinquante mille, pas un sou de plus... Cinquante mille par personne, bien sûr !

– Dites-moi, docteur Eugène, je ne suis pas très fortunée, mais je pourrais réunir une telle somme pour moi-même. Savez-vous ce que pourrait faire là-bas, en Argentine ou dans l'un des pays autour, une femme comme moi, dynamique, entreprenante, mais désargentée ?

– Quelles langues parlez-vous ?

– Déjà je parle l'espagnol.

– C'est un atout !

– Je parle aussi l'italien, l'allemand et l'anglais. Par prudence, elle ne mentionna pas le roumain, sa langue maternelle.

Le docteur Eugène s'assit et l'invita à s'asseoir à son tour. Il n'y avait que deux chaises, Fourrier et Francinet restèrent donc plantés comme des piquets. Le docteur se pencha vers elle, compréhensif.

– Voyons... vous pourriez travailler comme traductrice dans une administration ou secrétaire dans une agence maritime, c'est certain. Mais pour quelle raison voudriez-vous partir ? Vous n'êtes pas poursuivie... Et puis une femme comme vous, intelligente, débrouillarde, parlant toutes ces langues... vous seriez bien plus utile ici, dans notre organisation. Restez avec nous ! Je suis sûr qu'on pourrait même vous payer... Réfléchissez !

– Mais... vous venez de dire à Fourrier que vous étiez opposé à l'idée de prélever une commission sur l'argent des malheureux réfugiés.

Il fronça les sourcils, prit un air sévère.

– C'est évident ! Il ne s'agit pas de l'argent des réfugiés. Si vous acceptez de travailler avec nous, je vous paierai sur des fonds spéciaux, vous comprenez... (Puis, à voix basse :) Des fonds spéciaux qu'on m'expédie d'Angleterre...

– D'Angleterre ? Et cet argent arrive comment ? demanda Eryane qui n'en croyait pas un mot.

– Par parachute !

– Ça alors ! Et vous savez où atterrissent les colis ? Faudrait pas qu'ils tombent entre les mains des Boches...

– Il y a des gens à nous postés partout, ne vous inquiétez pas !

– Ah bon !

Puis, à brûle-pourpoint, voulant manifestement écourter l'entretien :

– Qui sont les personnes qui souhaitent partir ?

– Trois Hollandais, expliqua Eryane. Trois Juifs, pour l'heure munis de faux papiers, mais faux, très faux... Je veux dire difficiles à croire. De plus, ils sont terrorisés, logés dans un hôtel à Saint-Germain.

– Ils ont les moyens de payer ? Parce qu'ici, on ne blague pas. Il y a tellement de pauvres gens qui veulent s'enfuir.

– Ah ça, oui ! Pour payer, ils peuvent payer !

– C'est bien. Faudra leur dire qu'ils devront réaliser tous leurs avoirs, je ne sais pas, leurs bijoux, peut-être, ou leurs fourrures, ou quoi d'autre qui aurait de la valeur... En Argentine, tout coûte très cher, ce n'est pas comme en France. Il vaut mieux avoir le maximum d'argent liquide, de préférence en devises. Ils n'auront qu'à les cacher dans la doublure de leurs manteaux...

– Mais avant cela, docteur Eugène, ils posent une condition…

Il s'écria, soudain furieux :

– Ah ces Juifs ! Tous pareils ! Des profiteurs, comme toujours, perpétuels parasites des bons chrétiens… On leur sauve la peau, mais ils veulent d'abord poser leurs conditions… Oh, ma chère ! Et quelles conditions, s'il vous plaît ?

– Ils veulent vous rencontrer avant.

Il rugit et se remit à marcher de long en large.

– Me rencontrer, me rencontrer… Savent-ils au moins que je suis un homme très important ? On ne rencontre pas comme ça le docteur Eugène ! Le chef du réseau…

– Comprenez-les, insista Eryane, ils ont connu tellement de malheurs dans leur fuite. L'Allemagne, la Hollande, maintenant la France… Ils veulent savoir à qui ils ont affaire.

– Oh là là ! Vous m'en direz tant ! Des Juifs errants… Errants, et puis quoi ? Ils le sont tous et depuis le début des temps… Ils vont, ils viennent, du fric plein les fouilles, alors que nous, on est là, à trimer pour sauver notre pays… Ah ben dis donc ! Partout où ils passent, ils ramassent, et ceux qui s'opposent à eux…

Il se retourna vers Francinet qui n'avait pas ouvert la bouche.

– Hein ? Ben ils trépassent ! Vous appréciez la rime, Francinet ?

Le grand escogriffe, toujours raide dans son long pardessus, se força à sourire. Fourrier, depuis qu'il s'était fait tancer, boudait en rangeant ses instruments de travail. Quant à Eryane, malgré son intuition, elle ne parvenait pas à percer l'homme à jour, juste une petite voix qui lui murmurait à l'oreille que ce gars-là, ah non ! l'était pas franc du collier...

– D'accord, d'accord ! finit par consentir le docteur Eugène. Je leur ferai une visite, en bon docteur des familles, cela va sans dire. Le docteur Eugène, toujours au secours des nécessiteux... Où logent-ils ?

– Pour l'instant, ils ne souhaitent pas communiquer leur adresse. Je vais bientôt les accueillir chez moi. Je vous préviendrai lorsqu'ils seront installés. Pourriez-vous me donner votre numéro de téléphone ?

– Ma pauvre dame, vous n'avez aucune notion des règles de secret auxquelles nous sommes tenus. Vous ne m'appellerez pas ! Vous ne m'appellerez jamais ! C'est moi qui vous ferai signe, par l'intermédiaire de cet imbécile de Fourrier ou de ce grand dadais de Francinet...

Sortant de là, Eryane se rendit directement à l'hôtel Lutetia où elle demanda à parler au capitaine Herbert Welsing.

*

Extrait de l'audition de Suzanne Petit

*13 avril 1945*

*Nous Lucien Pinault,*

*Continuant notre information,*

*Entendons serment préalablement prêté Mme Petit née Metgy Suzanne, 48 ans, concierge, demeurant 68 boulevard Saint-Germain à Paris 5<sup>e</sup>, qui déclare :*

*« J'ai connu Mme Kahan Eryane alors que j'étais concierge rue Faraday au numéro 10. Cela se passait en 1941. Elle avait un appartement qu'elle partageait avec une dame Scherrer. Elle payait un loyer mensuel de 1 400 frs, pour moitié avec Mme Scherrer.*

*Le docteur Saint-Pierre venait chez elle très souvent, presque tous les jours. Mme Kahan m'avait dit être doctoresse et travailler avec le docteur Saint-Pierre.*

*... J'ai également vu un homme venir voir Mme Kahan. Je reconnais cet homme sur la photographie du nommé Herbert Welsing que vous me présentez. Cet homme venait voir surtout un nommé Manfredonia, un Italien qui travaillait pour le compte des Allemands. Je précise que je ne l'ai jamais vu chez Mme Kahan mais il est permis de penser que c'est chez Manfredonia qu'elle avait fait la connaissance de Welsing.*

*... Elle m'a parlé de sa vie personnelle et précisé qu'elle avait été très riche. Quant à moi, je la*

*considérais comme une aventurière et je n'avais pas confiance en elle. »*

*Et signe après lecture*

*Le commissaire divisionnaire*

# Céline

Paris, boulevard Saint-Germain, de nos jours.

Elle sursaute lorsqu'elle voit le nom de Nagral s'afficher sur l'écran de son iPhone. Impressionnée, elle hésite à décrocher, les yeux fixés sur l'appareil qui tremblote entre ses mains.

– Jade ? Je ne vous dérange pas, j'espère. J'ai une requête à vous adresser.

– Dites-moi d'abord : vous allez bien ?

– Mais oui ! Pourquoi ?

– L'autre soir, vous avez eu un accident de voiture. Vous avez été blessé ?

– Quelques contusions, ce n'est rien.

– Vous aviez l'air effondré en arrivant...

– Ce n'est rien, je vous dis.

– Pourquoi êtes-vous arrivé si tard ? Où étiez-vous ?

– Avec une bande d'amis... D'ailleurs, vous le savez, Sabine vous l'a dit.

Depuis sa discussion avec Sabine, une idée s'est glissée dans l'esprit de Jade, elle s'impose, revient tournoyer autour d'elle comme un moustique. Et si son sujet de thèse concernait bien plus Nagral qu'il ne le laisse paraître ? Pourquoi l'a-t-il ainsi cuisinée sur sa judéité ? Et avec quelle insistance ! Et cette banderole aperçue durant sa vision, qui revient sans cesse devant ses yeux… Les Juifs, « la plaie de l'Humanité, l'ennemi de toutes les nations »… À la suite de cette soirée à Saint-Rémy, elle s'est plongée dans une biographie de Céline. Elle n'a pu s'empêcher de relever les similitudes des parcours de Petiot et de Céline. Tous deux ont été blessés durant la guerre de 14. Après l'armistice et les difficultés à surmonter leurs traumatismes, ils se sont engagés dans des études de médecine, presque en même temps. En tant qu'anciens combattants, tous deux ont bénéficié d'une procédure accélérée leur permettant de terminer leurs études en trois ans. Petiot a obtenu son doctorat en 1921, Céline en 1924. Peut-être se sont-ils croisés sur les bancs de la faculté, qui sait ? Et surtout, elle a remarqué quelque chose de semblable dans leur personnalité, à la fois acerbe et plaintive, cynique et désespérée… et cette même gouaille, cette passion du verbe, de l'invective, de l'injure… l'un dans ses écrits, l'autre durant son procès, sans doute aussi dans sa vie secrète… Au point que les deux personnages sont venus se superposer dans son esprit. Docteur Destouches, docteur Petiot…

Du reste, Céline avait lui-même perçu cette similitude. À de nombreuses reprises, il se compare à Petiot, comme dans cette petite phrase du *Château* que Jade a soulignée et qu'elle compte bien ressortir à Nagral :

« *... je me suis fait plus de tort jamais prendre un rond aux malades que Petiot de les faire cuire au four !... grand seigneur je suis, voilà !... grand seigneur de la Rampe du Pont*[1]*...* »

Céline avait peut-être oublié qu'il arrivait aussi à Petiot de ne pas prendre un sou à ses malades.

Jade se redresse, soudain combative.

– Une bande d'amis ou une association antisémite ? lui demande-t-elle.

Elle sent qu'elle est peut-être allée trop loin, que cette fois Nagral ne lui répondra pas.

– Mais c'est un véritable interrogatoire, ma parole ! finit-il par protester. Non, il ne s'agit pas d'une association antisémite, mais d'un club de lecteurs qui apprécient les écrivains pour leurs qualités littéraires et non pour leurs opinions politiques.

Le ton est cassant. Elle se tait, lui aussi... Ça dure ainsi une minute ou deux. Il entend ses pas sur le trottoir. Par ce bel après-midi d'automne, il y a du monde sur le boulevard Saint-Germain, des habitués, des journalistes, des intellos, des touristes.

Il lui demande :

– Où vous trouvez-vous exactement ?

1. Louis-Ferdinand Céline, *D'un château l'autre*, Bibliothèque de la Pléiade, p. 9. Il faisait allusion au pont de Courbevoie de son enfance.

– J'ai traversé la place. Là, je suis devant une terrasse. Attendez…

Elle lève la tête.

– Devant le Flore…

– Très bien ! Vous entrez, vous montez à l'étage, vous commandez ce que vous voulez, je vous rejoins dans un quart d'heure.

Toujours sa manie de donner des ordres, pense-t-elle. À ce moment, elle a envie de tout envoyer valser, et lui avec. Mais elle veut des explications, va pour lui en demander, se reprend. À quoi bon ? Il s'en tirera par une pirouette… Il vaut mieux lui poser ses questions en face.

– Je vous attendrai un quart d'heure, pas davantage !

Le garçon de café est indifférent. Même s'il s'agissait d'Albert Camus en personne, il ne ferait pas plus d'effort. Sans prononcer une parole, il sert le chocolat chaud à l'ancienne, le verse d'un joli pot en faïence à l'enseigne du café, dépose une coupe de crème Chantilly et un grand verre d'eau. Pour finir, il glisse la note sous une petite assiette.

– Madame attend quelqu'un, je suppose…

Elle hausse les épaules. Comme si elle ne pouvait pas se payer elle-même une tasse de chocolat ! De son sac, elle sort son dernier texte, celui qu'elle vient d'envoyer à Nagral. Elle est certaine que les événements de 1942 se sont passés exactement comme elle les a décrits. Il va encore lui reprocher d'interpréter, de « broder », c'est pourquoi elle a ajouté l'interrogatoire de Suzanne Petit. Plus elle avance, plus elle se rend compte que son intuition ne la trompe pas. Et ces visions qui la traversent soudain et qui, toutes, se révèlent ensuite parfaitement exactes, seraient-elles aussi des interprétations ? ou des « broderies » ? Comment va-t-il expliquer la précision de l'image qu'elle a conservée de cette banderole ? Elle se reprend : va-t-elle seulement oser lui révéler sa vision ? Elle réfléchit, le crayon entre les lèvres. Lui reviennent les questions qu'il lui a posées. Elles n'étaient pas absurdes, elle le reconnaît. Pourquoi s'intéressait-elle tant à l'affaire Petiot ? C'est même pire que ce qu'il pourrait imaginer, ça tourne à l'obsession. Lorsqu'elle rentre, elle habite toujours chez ses parents, elle file aussitôt dans sa chambre poursuivre ses lectures ou examiner les documents qu'elle a photographiés aux archives. La nuit, elle est scotchée à son ordinateur jusqu'à ce que ses yeux finissent par se fermer. À table, elle n'ouvre pas la bouche, ne répondant pas aux sollicitations de sa mère qui insiste pour connaître le nom de son amoureux. Une fois, elle lui a même parlé d'une amoureuse, pensant que si elle ne disait rien, c'était peut-être que cet amour n'était pas « avouable ». Pourtant, sa mère la devine, elle le sait… Irait-elle jusqu'à soupçonner une liaison avec son professeur ? Et si elle avait raison ? Et si elle était secrètement amoureuse de Nagral ? Mais non ! Elle sait tout de même reconnaître ses propres désirs ! Elle aime la pensée de Nagral, une pensée en marche, son originalité aussi, sa capacité de travail… mais c'est tout ! Ses parents sont inquiets, elle le voit bien. Sa mère lui a même lâché un soir : « Jade, voyons… Pourquoi tu ne nous dis plus rien ? Ce n'est pas à ton âge qu'on commence une crise d'adolescence ! »

Elle a fini par réagir hier, lorsque son père, pour la première fois, a évoqué son grand-père. Quelqu'un lui avait parlé de Bogdan, Bogdan Joselewicz, c'était le nom de son grand-père. Ils étaient en train de dîner, le père s'est adressé à sa fille… Elle qui farfouillait dans des archives, pouvait-elle le conseiller ? Que devait-il faire ? S'engager comme son ami dans une recherche concernant son père ? « Ça te ferait certainement du bien d'en apprendre un peu sur l'histoire de ta famille », lui avait-elle répondu. La réplique de son père l'avait surprise : « Tu es ridicule ! Ma famille est aussi la tienne ! » Elle se sent tellement loin de tout ça…

Pourtant, elle y est plongée jusqu'au cou. Et ce professeur qui fricote avec des néonazis peut-être, des antisémites en tout cas…

Elle sursaute lorsque Nagral pose une main sur son épaule. Elle ne l'a pas vu arriver, se retourne, se lève vivement.

– Vous m'avez fait peur !

– Les gens qui ont des visions n'aiment pas être surpris…

Il regarde la tasse de chocolat d'un air de dégoût, appelle le garçon et commande « une coupe ». L'autre lui présente la carte qu'il ne regarde même pas : « Le meilleur, voyons ! »

– Pourquoi avez-vous dit cela ? proteste Jade.

– Parce que je sais qu'ainsi il m'apportera une coupe de Dom Pérignon.

– Je ne parle pas de votre champagne, mais de votre remarque.

Des doigts, elle mime les guillemets :

– Sur mes « visions »...

– Ben, répond Nagral, l'air innocent. Si quelqu'un voit tout à l'avance, c'est qu'il n'aime pas les surprises... C'est logique, non ?

Elle n'insiste pas, en vient tout de suite à son texte :

– Vous avez lu ?

– Bien sûr. Je lis toujours.

– Et...

– Vous n'avancez pas vite, c'est le moins qu'on puisse dire. Vous vous attardez sur les faits, vous fournissez toutes sortes de détails, peut-être un peu trop... mais pour les idées qui devraient être la chair de votre texte... je ne vois vraiment pas où vous les développez.

– C'est vrai, reconnaît Jade. Mais je veux d'abord être sûre de restituer la vérité historique avant de déployer la théorie...

– Admettons ! Et sur votre « théorie », comme vous dites, vous avez avancé ?

– Je sais une chose : une époque ne produit pas cinquante personnages comme Petiot ; je pense même qu'elle n'en produit qu'un seul. L'Occupation a été le règne des gangsters, des escrocs, de la racaille, comme ceux de la Carlingue, la bande de Lafont et Bonny, mais il y avait aussi ceux de Neuilly ou de la rue de la Pompe, de la rue Flandrin, ou encore ceux de Marseille, les Spirito, les Carbone... Il y en avait partout, jusque dans les villes de province, Limoges, Dijon, Bourges... Escroc, voleur, Petiot l'était évidemment, mais il n'était pas que cela. Et les idéologues rendus à moitié fous par l'ambiance, on les comptait par dizaines, ils se répandaient dans les journaux, vendaient leurs livres à des dizaines de milliers d'exemplaires... les Morand, Brasillach, Abel Bonnard, Drieu la Rochelle, Benoist-Méchin, sans parler de Céline, qui les dépassait tous, tant par son talent que par ses excès...

Elle s'interrompt, guette sa réaction à l'évocation de Céline. Il n'a pas bronché, sirotant tranquillement sa coupe de champagne. Elle reprend :

– Petiot était cela aussi, une sorte d'idéologue en action. Mais il n'était pas que cela... Et les assassins, poursuit-elle, ils pullulaient, comme dans toute guerre, ceux qui tuaient sur ordre, et ceux qui en profitaient pour tuer pour leur propre intérêt, ou pour régler leurs comptes. Ils étaient armés de MP40 allemands ou de STEN de fabrication anglaise, de baïonnettes utilisées comme poignards ou de pistolets Mauser... Petiot était un assassin mais on n'a jamais découvert son arme. Il se vantait, pourtant, y compris durant son procès, d'en avoir inventé une qui aurait pu changer le cours de la guerre.

– Et alors ? Où voulez-vous en venir ?

– Je veux dire que Petiot était tout cela à la fois, escroc, idéologue, assassin... Si on les compare, Céline était incomplet... Idéologue, bien plus que Petiot, j'en conviens, escroc, peut-être un peu, mais assassin, je ne crois pas... Petiot, lui, avait réellement incarné l'époque. Jusqu'au désordre qui rendait les Français fous d'angoisse... Ce désordre, il l'incarnait jusque dans ses vêtements et la récalcitrance de sa coiffure... Il était ce pays qui avait perdu frontières et morale, qui n'avait plus d'identité, il était cet instant où l'histoire peut balancer d'un côté ou de l'autre... Il était cette minute en suspens... Il était tout cela et jusqu'au bout, jusqu'à l'extrême limite, jusqu'au jour de sa décapitation... Petiot était un homme au souffle suspendu !

Nagral est séduit par la pensée de sa jeune élève. Il s'exclame :

– Alors, allez-y ! Si vos idées sont aussi avancées, foncez ! Écrivez-la, votre « théorie » ! Qu'attendez-vous ? Que vous manque-t-il ?

– Le motif conscient de Petiot.

– N'est-ce pas l'argent ? L'appât du gain ?

– Il doit y avoir autre chose, plus puissant, plus prenant, plus absolu. C'est ce qui a manqué à Céline pour passer véritablement à l'acte...

– Quoi ?

Elle a bien une idée, mais ne veut pas aller plus loin dans la discussion. Elle change brutalement de conversation.

– Êtes-vous un adorateur de Céline ?

– Adorateur ? Vous parlez de lui comme si c'était un fétiche.

– C'en est un ?

– Mais non, voyons !

– Pour moi, lâche-t-elle, Céline est nul, rien qu'un Petiot raté, un Petiot avec une dimension en moins.

– Si je peux me permettre une remarque, vous avez le côté excessif de votre âge, d'un côté les bons, de l'autre les méchants. Vous manquez un peu de nuance... Tiens, je vais vous raconter une anecdote au sujet de Céline. Ce devait être au début de l'année 1942. Il était invité par Otto Abetz en personne à un dîner à l'ambassade d'Allemagne à Paris. Parmi les convives, les intellectuels en renom de l'époque, Jacques Benoist-Méchin, Drieu la Rochelle, le peintre Gen Paul... Eh bien, à un moment de la soirée, Céline, qui avait dû abuser du champagne, s'est livré à un numéro extravagant. Se dressant soudain, il prit l'accent allemand pour annoncer, dans une sorte de délire verbal dont il avait le secret, que le Reich de mille ans était foutu, *kaput*, anéanti, rayé de la carte, que d'ailleurs Hitler était déjà mort, assassiné sans doute par quelque bandit communiste et que celui qu'on voyait gesticuler dans les films de propagande n'était qu'un sosie, un Juif... L'ambassadeur était scandalisé. Il demanda à Céline de se calmer, mais l'autre, piqué au vif, força le trait, prédisant que la terre s'ouvrirait pour engloutir les villes et que l'Allemagne allait disparaître comme Sodome dans un orage de soufre et de flammes. Otto Abetz hésita un temps, songeant d'abord à le faire arrêter. Il jeta un regard vers le peintre Gen Paul, son compagnon de beuverie, qui leva les épaules d'un air contrit. Il en conclut que Céline était un peu fou, surtout quand il se trouvait sous l'emprise de l'alcool. Il appela la garde pour le reconduire chez lui, mais Céline se cramponnait à la table, poursuivant ses vaticinations, prédisant que les Russes défileraient sous la porte de Brandebourg et qu'on ne retrouverait rien d'Hitler, pas un poil de sa moustache. Cet homme, voyez-vous, qui écrivit les pires infamies, était aussi capable de défier les nazis au cœur de leur tanière.

Et il ajoute :

– C'est Benoist-Méchin qui le raconte dans ses mémoires. Avez-vous lu Benoist-Méchin ?

– Sûrement pas !

– Vous ne pouvez pas faire l'impasse sur un pan de l'histoire culturelle de la France. Benoist-Méchin était un intellectuel de très haut niveau et Céline, sans doute le plus grand romancier du XX^e siècle…

Nagral fait signe au garçon de café, demande une nouvelle coupe de champagne. Moment de silence. Il ne la regarde plus, perdu dans la contemplation des plantes qui foisonnent dans l'encadrement de la fenêtre. C'est elle qui reprend la conversation :

– Vous vouliez me voir, m'avez-vous dit au téléphone…

– …

– Vous n'êtes plus là ?

– Oui ! Euh… Je voulais vous demander…

– Quoi ?

– Vous connaissez Sabine maintenant.

– Euh… Je la connais, je la connais…

– Elle vous aime bien, en tout cas. Elle me l'a dit ! Vous avez sans doute remarqué qu'elle avait tendance à abuser de l'alcool…

– Et pas qu'un peu. Proposez-lui une cure de désintoxication !

– Je n'en ferai rien, grands dieux ! Elle en sait bien plus que vous et moi là-dessus. Après tout, c'est son métier… Non ! Elle souffre surtout de solitude. Vous savez, Sabine est une personne réservée, qui ne se lie pas facilement. Je ne suis pas souvent là et, comme je vous l'ai un peu expliqué, quand je suis à la maison, je ne suis pas toujours avec elle…

Jade s'est promis de ne faire aucun commentaire sur le comportement de Nagral. Elle se demande ce qu'il va lui demander.

– Et alors ?

– Si vous pouviez venir passer quelques soirées avec elle... Vous êtes libre de refuser, notez bien... C'est une proposition gagnant-gagnant, comme on dit. Sabine pourrait vous aider dans votre compréhension psychologique du personnage de Petiot, elle est très compétente dans son domaine, vous savez, et vous, vous l'aideriez à résister à l'alcool. Qu'en pensez-vous ?

– Vous voulez que je fasse la garde-malade ?

– Pas la garde-malade, non, la psychologue plutôt. Elle dit que vous êtes douée pour ça. Très douée, même ! Et vous seriez défrayée, cela va de soi.

– Je ne sais pas...

– Promettez-moi d'y réfléchir.

– Si vous me dites ce que vous fabriquez dans votre groupe de fascistes...

– Vous êtes gonflée ! En quoi cela vous regarde-t-il ? Ceux qui, comme vous, ont des visions sur les autres, savez-vous comment les Antillais les appellent en créole ? Des *gadézafè*... Vous ne devinerez jamais ce que ça veut dire... « Regarde dans les affaires »... Les affaires des autres, bien entendu !

– Qui sont-ils, ces adorateurs de Céline ?

– Qu'est-ce que je vous disais !

– Je ne tiens pas à perdre mon directeur de thèse avant d'avoir soutenu… Je vous sens en danger.

– En vérité, ce sont des amis.

– Des amis qui ne vous veulent pas de bien, à ce que semblait dire Sabine. Que faites-vous avec des gens pareils ?

# Pauline

Paris, novembre 1942.

Un froid glacial s'était abattu sur la France. Le thermomètre avait dégringolé du jour au lendemain. Il gelait partout. Le 8 novembre, les Alliés avaient débarqué en Afrique du Nord. Pétain fulminait, en appelait à la cohésion nationale. Le 11 novembre – avait-il volontairement choisi ce jour-là ? –, furieux de la défection de son cher amiral Darlan passé aux Alliés, il s'attribuait le commandement en chef des armées françaises, « des forces de terre, de mer et de l'air »... Une armée fantôme à laquelle il n'avait pas accès. Les Américains s'installaient en Algérie et au Maroc. Martial, Pétain télégraphiait à ses militaires là-bas : « J'avais donné l'ordre de se défendre et je maintiens cet ordre ! » Comme s'ils en avaient les moyens ! Par mesure de rétorsion, il exigea de retirer le drapeau étoilé qui flottait au-dessus de l'ambassade des États-Unis à Vichy et deux policiers français, recouverts de leur capeline, se gelaient les fesses devant le portail. Le lendemain, Hitler expédiait ses troupes envahir la zone qu'on appelait encore « libre ». Les panzers avaient déferlé en direction de la Méditerranée. Dans la foulée, le Führer adressait un message aux Français reproduit dans tous les journaux. S'il avait ordonné à ses armées d'occuper le sud de la France en rupture de la convention d'armistice du 22 juin 1940, c'était pour défendre les frontières du pays qui allaient être lâchement attaquées par le sud, et pour préserver les possessions africaines des peuples européens contre les actes de brigandage américains.

Quelques jours plus tard, on pouvait lire dans *Paris-Soir*, le journal le plus vendu en France, que la population de la Côte d'Azur avait accueilli les soldats du Reich avec calme et « non sans un certain plaisir ». Le journaliste expliquait que les habitants à l'accent chantant se réjouissaient de ne plus voir tous ces Juifs se prélasser avec arrogance sur le front de mer à Cannes ou sur la promenade des Anglais à Nice.

Le 26 novembre, de Berlin où il s'était réfugié, le grand mufti de Jérusalem, Hadj Amine el-Husseini, lançait un appel radiodiffusé destiné aux Arabes d'Afrique du Nord. Il les prévenait : « Avec l'aide des Américains, les Juifs intensifieront l'exploitation de l'Afrique du Nord ! » Il ajoutait que les Arabes savaient bien qu'à la source de tous leurs malheurs se trouvaient les Juifs. Et voilà que l'agression américaine en Algérie et au Maroc allait renforcer leur influence et multiplier leurs méfaits. Le grand mufti exprimait enfin sa conviction que les Arabes, comme partout, refuseraient de collaborer avec les Alliés.

Eryane replia le journal, contrariée. Il y a peu, elle envisageait de rejoindre la Côte d'Azur où elle avait encore quelques amis. Elle y avait séjourné au début de la guerre. Devant le nouveau développement de la situation, les Allemands allaient multiplier les rafles dans les petites villes du Sud où, elle le savait, des milliers de Juifs s'étaient réfugiés. Ce n'était décidément pas une région où habiter, du moins pendant quelque temps. Elle avait aussi imaginé partir pour l'Algérie ou le Maroc, des pays faits pour elle, où pullulaient les espions, où régnaient désordre et corruption. Là-bas, disait-on, l'argent coulait à flots. Elle avait même pensé demander à Petiot s'il avait une combine pour l'Algérie... Cette destination-là, elle pouvait aussi mettre une croix dessus. Les voyages pour l'Afrique du Nord allaient vite devenir impossibles. Pour elle, décidément, il ne restait que Paris et ces milieux proches de la pègre où elle avait des amis sûrs...

Voilà un moment qu'elle se disait qu'elle marchait sur un fil. D'abord, elle ne pouvait plus habiter rue Faraday où elle partageait son petit deux-pièces avec Hansi, une Juive allemande qui ne cachait pas ses origines. Ça devenait trop dangereux ! Et puis, pour monter ses affaires, en expansion depuis qu'elle connaissait Saint-Pierre, elle avait besoin de disposer de son propre appartement. Elle sentait le regard de la concierge, « la petite dame », comme elle l'appelait par dérision, alors que tout le monde l'appelait « la dame Petit ». Cette peste ne mettrait pas longtemps à la dénoncer. Pour l'heure, elle se sentait protégée par la présence de Herbert Welsing et de Manfredonia, mais combien de temps encore ? D'ailleurs, ses amis des bas-fonds lui répétaient : « Méfie-toi des concierges ! Sans les concierges, les Allemands ne pourraient rien contre les Juifs et les résistants ! » Elle avait retenu la leçon. Il lui fallait décidément déguerpir au plus vite. Tous ces regards qui convergeaient sur elle… et même l'étrange docteur Petiot, qui avait sursauté à l'énoncé de son nom… Après tout, Kahan n'était qu'une forme germanisée de Cohen.

Il y avait quelque chose chez ce docteur qui la révulsait. Était-il vraiment docteur, du reste ? Il était si différent de l'image qu'elle se faisait d'un médecin, comme Saint-Pierre, par exemple, « Monsieur l'Élégance », comme on l'appelait chez Georgette, certes un escroc, mais avec la classe ! Depuis qu'il était devenu son amant en titre, il l'avait associée à des petits coups qui ne rapportaient pas grand-chose. Elle lui servait régulièrement d'assistante dans ses activités de faiseur d'anges. Elle détestait cela, être inondée de sang, forcée de bâillonner la pauvre femme qui hurlait à ameuter le quartier, la garder au repos pendant les quelques heures qui suivaient l'intervention, supporter ses gémissements de douleur… Sur les trente mille francs que lui rapportait l'avortement, Saint-Pierre lui en reversait à peine deux mille, une misère !

C'est finalement Rachel, la petite étudiante en dentaire, qu'elle avait retrouvée par hasard, un soir, du côté de la Madeleine, qui lui avait indiqué un studio, non loin de là, rue Pasquier, au numéro 10. Elles se présentèrent toutes deux à la concierge, qui le leur fit visiter. En vérité, c'était une chambre de bonne aménagée avec un minuscule cabinet de toilette où l'on ne pouvait se laver qu'à l'eau froide. À la guerre comme à la guerre ! Elle demanda aussitôt à rencontrer la propriétaire, une certaine Mme Goux.

Le jour du rendez-vous, Eryane s'y rendit seule. En arrivant au premier étage, alors qu'elle s'apprêtait à sonner, la porte s'ouvrit et elle vit sortir un officier allemand qui remontait son pantalon et rajustait sa cravate. Avec un grand sourire, elle lui dit en allemand : « Voici un homme qui a du respect pour les femmes ! » L'officier claqua les talons et, s'inclinant, fit mine de lui baiser la main : « Que voulez-vous, chère madame, les hommes ne sont pas les maîtres ! » Elle s'adressa alors en français à la propriétaire : « Nous sommes les maîtresses, pas vrai ? » L'homme, qui n'avait pas compris l'allusion, fila dans l'escalier sans se retourner.

Mme Goux était une veuve que la guerre avait brusquement réveillée. Après la défaite des hommes au combat, enfin libérée de leur tutelle, elle s'était autorisée à transgresser les règles de son milieu... Toutes les règles ! Issue de la haute bourgeoisie, c'était visible, élevée dans le respect de l'autorité et la crainte de Dieu, elle s'était soudain trouvé des dons de redoutable femme d'affaires. Elle avait non seulement géré avec efficacité les biens de sa famille, mais créé de nouvelles entreprises en collaboration avec les Allemands qui lui rapportaient beaucoup d'argent. Elle était devenue propriétaire d'une dizaine de boutiques de « meubles anciens », où ses employés écoulaient le contenu des appartements saisis et des entreprises aryanisées. Elle organisait chez elle des « briefings », comme elle disait en anglais par snobisme, réunissant des militaires nazis, des hommes d'affaires allemands et des marchands français véreux. Fière de se retrouver seule femme au centre de tous ces hommes, elle distribuait les tâches, commandait les ventes par adjudication et réclamait fermement les montants de ses pourcentages.

Elle devait bien avoir la cinquantaine mais elle s'entretenait. Fardée, poudrée, de jolies lèvres soulignées d'un rouge brillant, les ongles méticuleusement vernis, elle portait une robe ajustée boutonnée de haut en bas qui lui dessinait des formes généreuses. Cette robe ne devait pas être difficile à retirer, sourit silencieusement Eryane en la regardant. Elles partagèrent une tasse de thé, parlèrent des conditions de la location et tombèrent vite d'accord sur le prix. Bientôt la conversation s'engagea plus avant. Eryane lui fit comprendre qu'elle n'était pas n'importe qui... Elle lui raconta qu'elle avait été riche autrefois, en Roumanie, où son père possédait des milliers d'hectares de forêt. Elle aussi était veuve et c'était précisément afin de fuir la tristesse de son deuil qu'elle était partie pour un long tour d'Europe. Et c'est là, en France, que la guerre l'avait surprise, l'empêchant de rentrer dans son pays. Elle attendait désormais que les Allemands en chassent définitivement les bolcheviks pour récupérer sa fortune. Elles comparèrent leurs réactions respectives au deuil, se trouvèrent tant de points communs, notamment leur attirance de plus en plus affirmée pour les hommes jeunes... « Et tout particulièrement les officiers allemands », suggéra Eryane qui, pour la rassurer, lui conta par le menu sa liaison avec Welsing. Mme Goux gloussa en lâchant : « Ils sont blonds... mais ils sont blonds... je n'aurais jamais imaginé qu'ils étaient blonds partout... » Eryane éclata de rire, l'autre sortit une bouteille de porto et elles commencèrent à trinquer. Au troisième verre, elles devenaient grivoises, au quatrième, elles se perdaient en fous rires, au cinquième, Eryane pensa que c'était le moment de parler des Wolf.

Pourrait-elle lui trouver un appartement dans l'immeuble, pour quelques jours seulement, où elle pourrait accueillir une famille de Hollandais sans papiers, en route pour l'Espagne ou l'Amérique ?

– Ce ne sont pas des Juifs, au moins ? demanda Mme Goux. Je n'ai rien contre les Juifs, croyez-moi, j'ai même eu un amant juif, mais de nos jours, entretenir une relation avec ces gens-là, ça fait tellement d'histoires !

– Ils ne sont certainement pas juifs, mentit Eryane, mais ils sont très riches. Des industriels, je crois… Vous pourrez leur réclamer deux ou trois mois de loyer pour quelques jours d'une présence très discrète dans l'un de vos appartements.

Mme Goux était propriétaire de tout l'immeuble à part le troisième étage.

– Et s'ils ne s'en vont pas ? demanda-t-elle encore.

– Ils s'en iront, je m'en charge ! la rassura Eryane. Quelqu'un, un homme respectable que j'aimerais d'ailleurs vous présenter, viendra les chercher ici pour les faire passer à l'étranger…

Après deux heures, la femme s'était prise d'un élan d'amitié pour cette Eryane qui lui ressemblait tant, qui, comme elle, s'était débarrassée de la tutelle des hommes et ne dédaignait pas les plaisirs du sexe. Elle se rapprocha et, lui prenant le bras :

– Eryane, puis-je vous entretenir d'une idée qui m'a traversé l'esprit ? Vous qui avez fait des études de médecine, ou quelque chose d'approchant, vous saurez me dire ce qu'elle vaut…

Eryane se serra contre elle à ressentir la chaleur de son corps.

– Mais certainement, madame Goux.

– Appelez-moi Pauline, voulez-vous... Voici ce que j'ai pensé : les femmes traversent trois périodes dans leur vie, une première, à l'adolescence, où la liberté sexuelle devrait être totale... Vous comme moi n'avons guère connu cela, malheureusement ! Une seconde période dédiée à la maternité. Quant à moi, je ne pouvais pas avoir d'enfants... Avez-vous des enfants, Eryane ?

– Une fille, il y a longtemps, qui n'a vécu que quelques jours.

– Oh, ma pauvre... Qu'est-ce que je disais ? Ah oui : cette seconde période, de maternité, que nous n'avons donc vécu ni vous ni moi, les femmes l'ont terminée vers quarante-cinq, cinquante ans, n'est-ce pas ?

Eryane acquiesça.

– Alors vient la troisième période, la plus enthousiasmante, celle où les femmes ayant fait leurs classes et accompli leurs devoirs de mère sont désormais libres... Je crois que nous autres, qui n'avons vécu correctement ni la première ni la deuxième, parvenant à l'âge mûr, sommes emportées dans une frénésie de liberté, rendue plus intense encore du fait des retards accumulés aux périodes précédentes... Qu'en pensez-vous, ma chère ?

– C'est lumineux ! s'exclama Eryane. Exactement ce que je ressens sans me le dire aussi clairement que vous venez de le formuler. Oui, c'est le mot : une frénésie de liberté !

Pauline remplit à nouveau les deux verres de porto et, levant le sien :

– À notre liberté !

– Vivons-la le plus longtemps possible !

– Santé !

Et elles avalèrent leur porto cul sec.

# Adrienne

Paris, décembre 1942.

Au mois de décembre, il y eut un redoux en France alors qu'à Stalingrad le thermomètre descendait en dessous de moins quarante. Là-bas, à la mi-décembre, l'encerclement de l'armée de Paulus était achevé et les soldats de la Wehrmacht, désespérés, affamés, littéralement pétrifiés par le froid, tombaient comme des mouches sous la mitraille et les orgues de Staline. Les journaux français, tous sous contrôle allemand, annonçaient évidemment l'inverse, clamant l'échec de toutes les offensives soviétiques. De plus, ils énuméraient chaque jour les victoires du Reich en Cyrénaïque alors même que Rommel, le fameux « renard du désert », désormais la queue entre les jambes, peinait à replier ses quelques bataillons survivants jusqu'aux ports de Tunisie.

Il y avait un troisième front, peut-être le plus important dans la France occupée, celui de l'idéologie. Il s'agissait d'entretenir l'humeur maussade de la population, la maintenir dans une sorte de perpétuelle dépression. Car, le sait-on, la dépression de sa victime est l'arme du tyran. On gémissait en honnissant l'Angleterre, la perfide Albion, nation de traîtres qui n'hésitait pas à s'attaquer à son ancienne alliée, la France, détruisant sa flotte, tuant ses marins et ses soldats, grignotant ses terres en Afrique, à Madagascar et en Syrie. Mais le véritable ennemi, le plus redoutable, restait le Juif, lui qui avait précipité le monde dans la guerre pour ses seuls intérêts. Voilà une idée pour le moins paradoxale qu'il fallait marteler tous les jours jusqu'à ce qu'elle devînt une évidence. Parfois la conviction peut naître de la répétition, les publicitaires en ont fait une doctrine. Selon cette théorie qu'on instillait tous les jours à doses maximales, le Juif aurait instrumentalisé les Britanniques qui faisaient la guerre à sa place, manipulé en secret le Kremlin à travers la doctrine des Juifs Marx et Trotski et mis la main sur tout le capitalisme américain. Sans doute le plus acharné à répandre ce mythe, l'éditorialiste Pierre-Antoine Cousteau, récemment promu rédacteur en chef de l'hebdomadaire *Je suis partout* en place de Robert Brasillach jugé trop mou, sortait quasiment un article chaque jour dans divers organes de presse. Le 7 décembre, il faisait paraître dans *Paris-Soir* une sorte d'*Eurêka*, il avait tout compris des buts de guerre de Chaïm Weizmann, le président de l'Organisation sioniste mondiale. Les Juifs disposaient de deux citadelles,

New York et la Palestine. En occupant l'Afrique du Nord française, les Américains, aux ordres des Juifs, avaient jeté un pont entre ces deux citadelles. À l'étape suivante, ils combleraient les trous, feraient main basse sur Paris, Berlin, Rome et Madrid. Et Staline dans tout ça ? Eh bien, le maître du Kremlin n'était aucunement gêné par un tel plan, le bolchevisme et le judaïsme étant, comme chacun le sait, une seule et même chose. Et Cousteau terminait sa démonstration en assenant une vérité qui lui semblait d'évidence : tous ceux qui, dans le monde, luttent contre l'Axe, travaillent en vérité pour les Juifs, et seulement pour les Juifs !

Mais le plus talentueux de tous fut Céline, qui avait écrit dès 1937 :

« La guerre pour la bourgeoisie c'était déjà bien fumier, mais la guerre maintenant pour les Juifs ! Je peux pas trouver d'adjectifs qui soient vraiment assez glaireux, assez myriakilogrammiques en chiasse, en carie de charogne verdoyeuse pour vous représenter ce que cela signifie[1]. »

Voilà qui devait exonérer de leur culpabilité les policiers qui raflaient les familles juives, les brigands qui dévalisaient les rares commerces juifs restants, les Français qui se portaient volontaires pour la Milice et ceux qui collaboraient activement avec la Gestapo – on en comptera près de trente mille en France à la fin de la guerre ! Ces idées

1. *Bagatelles pour un massacre.*

encourageaient surtout les centaines de milliers de délateurs qui signalaient par lettre anonyme jusqu'au dernier Juif caché dans une cave ou dans un grenier.

La haine du Juif était le carburant de la machine à asservir la France.

Eryane avait fini par convaincre Pauline Goux de louer pour une somme astronomique aux Wolf, qui, on s'en souvient, se faisaient appeler « Walbert », l'entresol du 10 de la rue Pasquier. Quant à elle, qui avait su charmer sa propriétaire, si elle payait bien le loyer de la petite chambre du sixième, elle avait été autorisée à loger dans un appartement vide du quatrième étage, un trois-pièces assez luxueux qu'elle commençait à aménager avec goût.

Début novembre, Maurice et Lina étaient d'abord venus ensemble voir le petit appartement en entresol qu'elle leur destinait. Les fenêtres, sortes de soupiraux aux vitres poussiéreuses à hauteur de chaussée, délivraient une faible lumière. Et lorsqu'on actionnait l'interrupteur, les vieilles ampoules jaunies pendues au plafond ajoutaient une touche sinistre au tableau. Dans la pièce sur laquelle ouvrait directement la porte d'entrée, un vieux lit sans draps, une table et une chaise, rien de plus. Maurice ne put s'empêcher de penser à la cellule où il avait été détenu à Rocroi. Il tremblait déjà en imaginant la réaction de sa mère. Elle était capable de faire un scandale et de refuser de passer ne fût-ce qu'une seule nuit dans cette sorte de cave aux murs moisis. Lina ne disait rien, ses rides de déprimée qui s'étaient creusées plus encore parlaient pour elle.

– Si ce n'est que pour une semaine ou deux, nous acceptons ! décida Maurice.

– *Tu* acceptes, murmura Lina dans un souffle.

– Ma chérie, nécessité fait loi... n'est-ce pas, chère madame Kahan ?

– Malheureusement, je n'ai rien d'autre à vous proposer. Ici, au moins, vous serez à l'abri. Je peux vous garantir néanmoins que je ferai tout pour que votre séjour dure le moins longtemps possible.

Lina s'était refermée. Son visage, tassé, crispé par l'effort pour ne pas pleurer lui donnait l'air d'un animal effrayé. Maurice entoura de son bras l'épaule de sa femme.

– Lina, voyons... Si c'est la condition pour partir en Amérique...

Elle pensait par-devers elle qu'il restait une chance pour qu'ils échappent à cette nouvelle humiliation. Elle exigerait de rencontrer le docteur. Peut-être l'affaire ne se conclurait-elle pas, ils resteraient tout simplement à l'hôtel, au risque d'être pris par les nazis, peut-être, mais en échappant à ce misérable gourbi... Elle s'était butée.

En dépit de l'opposition des deux femmes, les Wolf déménagèrent rue Pasquier et y restèrent tout un mois durant, avec leurs huit valises et leurs manteaux de fourrure. Sa mère insulta Maurice chaque jour, passant en revue la totalité de son répertoire yiddish, le traitant d'andouille, de débile, de salaud, de « t'es bien comme ton père », de chieur, de con et même de *sheygetz*, « goy »… Un jour, elle lui lâcha : *Kish mir in tuches, shlemil !* « Embrasse-moi le cul, espèce de demeuré ! » Maurice fut épouvanté. Il ne parvint à la calmer qu'en la prévenant que si elle continuait de parler dans cette langue, ils finiraient tous dans un camp. Elle hurla, il cria plus fort, elle chercha une ceinture pour le fouetter, il lui saisit les mains. Elle s'effondra sur le lit. Après cette scène qui faillit tourner à la violence physique, la vieille se tut, définitivement choquée, ne parlant plus que par onomatopées. Elle partit rejoindre sa bru dans le lit conjugal et n'en sortit plus. Si bien que Maurice dut dormir seul dans la petite chambre sans fenêtre.

Avec l'aide de Saint-Pierre et de ses amis Fourrier et Francinet, Eryane avait finalement réussi à fixer le rendez-vous avec Petiot. Elle s'arrangea pour que cette rencontre eût lieu au premier étage, dans l'appartement de la propriétaire. D'ailleurs, Pauline Goux, brûlant de curiosité, voulait à tout prix rencontrer ce personnage hors du commun, celui qu'on appelait « le docteur ». Elle prépara une sorte de réception, demanda à Adrienne, la concierge, de mettre un tablier propre et de servir le thé. À 16 heures, tout le monde se retrouva au premier, Maurice, sa mère et sa femme serrés l'un contre l'autre sur le canapé, Pauline dans son fauteuil près du poêle, Eryane debout près de la fenêtre, guettant l'arrivée de Petiot.

Il sonna deux petits coups, Adrienne se précipita pour ouvrir. Il avait fait un effort, évitant de prendre sa bicyclette dont la chaîne sautait souvent et lui noircissait les mains. Il était coiffé avec soin, sa mèche rebelle plaquée à la brillantine contre le front, son costume avait été repassé, il portait une chemise propre et avait sorti pour l'événement le nœud papillon des grandes occasions, bleu sombre à pois rouges. Par-dessus, un long manteau à chevrons, col relevé, qui lui donnait l'allure d'un conspirateur. Il salua d'abord la maîtresse de maison en s'inclinant : « Docteur Eugène... » Pauline fut immédiatement attirée par ses yeux noirs, proéminents, brillants au point qu'ils lui parurent émettre un faisceau de lumière... Des yeux d'hypnotiseur, pensa-t-elle. Il lui donna des « chère madame », des « je suis honoré », « quel plaisir de vous rencontrer »... Elle le trouva « délicieux »... D'autant que la conversation prit vite un tour mondain. Petiot parla du Goncourt que les académiciens s'apprêtaient à décerner le 20 décembre prochain. Avant la guerre, expliquait-il, le prix Goncourt faisait vendre cent mille exemplaires de livres discutables, parfois d'auteurs inconnus. Aujourd'hui, Dieu sait s'ils auront assez de papier pour en tirer dix mille, même s'il s'agit de l'œuvre magistrale d'un grand écrivain. L'année dernière, ils avaient attribué le prix à Henri Pourrat… Vous l'avez lu ?… Sans attendre la réponse, il y alla de son commentaire :

– La morale est de qualité, j'en conviens, mais ce n'est rien que de la morale ! L'effort, le plaisir du travail accompli à la sueur de son front… C'est bien, mais tout de même, ça ne suffit pas à en faire une œuvre littéraire ! Ça ressemble tellement aux préconisations de la Révolution nationale… J'ai même lu quelque part que le Maréchal lui-même avait insisté auprès du jury pour qu'on lui attribuât le prix. Je me demande qui le jury choisira cette année…

– Pourquoi pas Montherlant ? hasarda Pauline, qui voulait montrer qu'elle y entendait quelque chose en matière de littérature.

– Oui ! Cela pourrait redorer le blason du Goncourt, bien terni depuis le choix malheureux de l'an dernier… d'autant qu'ils jouent en ce moment une pièce de lui, *La Reine morte…* mais je ne crois pas qu'ils le choisiront.

– Ah ! Et pourquoi ?

– Le livre qu'il vient de sortir, il y a quelques mois à peine, est une collection de morceaux choisis. Leurs règles exigent de couronner une nouveauté, il me semble !

– Ah, vous avez raison. N'est-ce pas dans ce jury que siège Sacha Guitry ?

Adrienne, la concierge, jupe noire, son tablier de soubrette noué autour de la taille, parfumée comme une cocotte, lui présenta une tasse de thé. Il la saisit délicatement, remercia et resta un moment à l'observer. Juchée sur les escarpins à talons que lui avait prêtés Mme Goux, elle se déhanchait exagérément.

– Euh... Nous parlions de Guitry... Oui, il fait partie du Goncourt, mais il se murmure que cela ne le fatigue guère. On dit qu'il ne lit pas les livres... du moins pas ceux qu'il n'a pas écrits...

Pauline éclata de rire.

– Oh, vous avez la dent dure, j'adore Guitry ! Cet été, j'ai vu sa pièce au théâtre de la Madeleine... Comment ça s'appelait déjà ? Ah oui ! *N'écoutez pas, Mesdames !*

Elle fut surprise d'entendre Petiot réciter la tirade :

– « N'écoutez pas, Mesdames ! – observez, Messieurs, qu'elles peuvent faire semblant... Nous, pas ! »

Et elle rit de plus belle.

– Je m'en souviens ! C'était si drôle. Vous l'avez donc vue, vous aussi, cette pièce...

– Oui ! Je me suis bien amusé ! Et par-dessus le marché, ce qu'il énonce est vrai ! Les femmes peuvent faire semblant...

Elle rit encore. Elle riait à chacune de ses saillies.

– En tout cas, vous avez une sacrée mémoire !

– Sans me vanter, je récite une page du Code pénal si je l'entends lire une seule fois. On pourrait essayer, si vous voulez...

Personne ne pensa à lui demander s'il avait une raison particulière de lire le Code pénal.

Ils reprirent leur conversation, parcourant à bâtons rompus les lettres et les arts, évoquant peinture, sculpture et musique. Ce n'est qu'à ce moment-là, lorsqu'ils évoquèrent les concerts de musique classique, que Maurice put prendre part à la conversation, comparant la qualité des chefs qui avaient dirigé la *Neuvième* de Beethoven. Petiot encensait Karajan, Maurice préférait Furtwängler, qu'il trouvait plus puissant, plus capable de transmettre la dimension quasiment mystique de l'œuvre. Ils se sourirent. Ils venaient de briser la glace. La mère de Maurice, obéissant pour une fois à son fils, n'ouvrit pas la bouche. Quant à Lina, elle ne parvenait pas à détacher les yeux d'Eryane, qu'elle soupçonnait d'entretenir une relation amoureuse avec son mari.

Au bout d'une heure, Eryane et Pauline se retirèrent discrètement dans la cuisine, laissant le docteur Eugène avec cette famille qu'il devait, il l'avait promis, sauver des griffes des nazis.

Petiot se rapprocha et, avec un air de comploteur, s'adressa à Maurice, lui parlant à voix basse, d'un débit rapide.

– Vous avez des bagages ?

– Oui, nous avons quelques effets.

– Pas plus de deux valises par personne, et pas des grosses !

– Deux... d'accord !

– Tous vos biens, vous les convertissez en argent liquide, des billets de banque, de préférence des devises, que vous cacherez dans les doublures de vos manteaux.

– Entendu.

– Et si vous avez des bijoux, de l'or, des diamants...

– Quelques diamants, oui.

– C'est plus facile à dissimuler ! Dans les doublures ou dans les cols en fourrure...

– Vous ne m'avez pas dit combien coûterait le passage.

– Je l'ai annoncé à Eryane Kahan, elle ne vous a rien dit ?

– Si, mais je voulais m'en assurer auprès de vous.

– Soixante-quinze mille francs par personne, ce qui fera deux cent vingt-cinq mille pour vous trois, somme que vous devrez me remettre aujourd'hui même. Je dois payer les passeurs.

– D'accord.

– Et deux photos d'identité pour chacun, pour fabriquer les faux papiers et les visas. Vous les avez ? Sinon, je pourrai repasser demain.

– Nous les avons.

– C'est parfait ! Je passerai d'abord en auto prendre vos valises pour les mettre en lieu sûr. Le lendemain, je viendrai moi-même vous chercher. Pour ne pas attirer l'attention, nous partirons d'ici à pied.

– Où nous emmènerez-vous ?

– Dans une maison dont je ne peux en aucune manière vous révéler l'adresse, vous comprenez pourquoi...

– ...

– Pendant plusieurs jours, vous ne pourrez communiquer avec personne. Pas de téléphone, pas de lettre, pas de message, rien ! Prévenez vos amis... Vous avez des amis à Paris ?

– Oui. Un petit couple, des gens charmants, réfugiés d'Allemagne, tout comme nous.

– Des Juifs aussi ?

– Oui.

– Comment s'appellent-ils ?

– Ils se font appeler « Baston ». Ce n'est pas leur vrai nom, évidemment... Ils habitent encore l'hôtel que nous venons de quitter, rue Jacob.

Petiot sortit de sa poche un calepin noir sur lequel il inscrivit au crayon le nom qu'il venait d'entendre. Sur le moment, Maurice n'y prêta pas attention. Ce n'est que plus tard qu'il se demanda pourquoi Petiot tenait à connaître le nom de leurs amis et pour quelle raison il le notait sur son calepin noir...

– Très bien ! Vous les prévenez qu'ils n'auront pas de nouvelles durant quelque temps. Une fois en Argentine, vous pourrez leur écrire que vous êtes bien arrivés. D'autres amis ?

– Oui, la famille Gang, avenue Mac-Mahon.

Il leva un œil.

– Juifs aussi ?

– Oui.

Et Petiot nota à nouveau le nom.

– Encore d'autres amis, des connaissances ?

– Rachel, peut-être…

– Rachel ?

– Rachel Gingold, l'amie d'Eryane.

– Très bien. Prévenez-la aussi.

– Que ferons-nous dans cette maison où vous nous conduirez d'abord ?

– Nous ferons vos papiers et puis je vous vaccinerai, c'est obligatoire pour entrer en Argentine.

– Vacciner comment ? Par piqûre ?

– Évidemment, voyons !

– Ma mère n'acceptera jamais. Elle ne supporte pas les piqûres.

Petiot se fit soudain sévère :

– Il faudra bien ! Vous n'avez pas envie de vous voir refoulés à la descente du bateau ?

– Ils ne refoulent tout de même pas les gens parce qu'ils ne sont pas vaccinés…

– Si ! trancha brutalement Petiot. Autre chose ?

– Une dernière question : pourquoi faites-vous tout cela ?

– Quoi donc ?

– Aider des gens comme nous à partir…

– Je vous l'ai dit, j'appartiens à un réseau…

– Vous ne me l'avez pas dit…

– Je l'ai dit à Eryane, elle aurait dû vous l'expliquer... Un réseau dont je suis la tête, le cerveau et le chef. Tout est secret. À partir de cet instant, vous ne parlerez de cela à personne, strictement personne, vous comprenez ?

Impressionné, Maurice finit par répondre d'une voix blanche :

– Bien sûr !

Dans la cuisine, Eryane buvait du porto avec Pauline, tout émoustillée, qui ne cessait de s'extasier sur les qualités du docteur Eugène. « Quel homme... une autorité naturelle, vous avez vu ? Et quelle culture, aussi... dans tous les domaines... Je comprends qu'il se consacre ainsi à sauver de malheureux réfugiés... C'est un véritable humaniste... » Pour calmer un peu son amie, Eryane lui fit remarquer que le passage coûtait beaucoup d'argent. « Pourquoi parlez-vous d'argent ? C'est l'entreprise qu'il faut juger ! Et puis ces malheureux... Ils peuvent payer, alors... » À ce moment, elles virent la silhouette du docteur se dessiner dans l'encadrement de la porte.

– Puis-je vous aider, docteur Eugène ?

– Je cherche mon manteau.

– Vous partez déjà ?

– Mes patients m'attendent, que voulez-vous... Je dois vous dire que j'ai passé un moment charmant.

Mme Goux appela Adrienne, qui s'empressa d'aller chercher le manteau du docteur. Il salua son monde d'un grand geste, à la cantonade, et se laissa reconduire par celle qu'il prenait pour la servante. Sur le pas de la porte, alors qu'il s'apprêtait à sortir, il lui demanda à voix basse :

– Comment vous appelez-vous ?

– Adrienne, monsieur !

Il glissa une main furtive sur ses fesses.

– Vous pouvez vous libérer un après-midi...

– Faut voir ! lui répondit-elle de son accent des faubourgs.

– Je reviendrai vous le proposer. Vous habitez l'immeuble ?

Elle répondit à haute voix :

– Mais oui, monsieur ! Au revoir, monsieur !

Petiot nourrissait une passion incoercible pour les amours ancillaires.

*

Le 21 décembre 1944, poursuivant son instruction, le juge Ferdinand Gollety a extrait de sa cellule de Fresnes Henri Chamberlin, dit Lafont, le chef naguère tout-puissant de « la Carlingue », la Gestapo française de la rue Lauriston, pour l'entendre au sujet d'Eryane. Voici la note résultant de cette audition :

*21 décembre 1944*

*Chamberlin Henri, dit Lafont, actuellement détenu à Fresnes dépose :*

*« Je reconnais formellement sur la photo que vous me présentez la femme Kahan Rudolphina, dite Eryane.*

*Eryane venait nous voir pour nous donner des tuyaux sur les passages en Espagne effectués par un docteur.*

*Je fais aujourd'hui le rapprochement avec le docteur Petiot.*

*Un jour, elle nous a donné le renseignement sur un Juif habitant près de la station Dupleix mais lorsque nous sommes arrivés il était trop tard, le Juif était parti.*

*Je précise que je me souviens maintenant qu'Eryane parlait plusieurs langues et qu'elle habitait 10 rue Pasquier.*

*Je tiens à préciser aussi qu'un jour j'ai rencontré au restaurant du Chapiteau la femme Kahan et que j'ai eu du mal à la reconnaître. Celle-ci se grimait d'une façon très remarquable.*

*Une fois, elle nous a donné des renseignements sur une affaire à la Madeleine mais elle avait déjà donné ces renseignements à un autre service car il y avait des Allemands qui opéraient déjà sur place. Elle travaillait avec Moura, un de nos agents qui a été tué. Elle touchait certainement de l'argent de ce Moura qui disposait de fonds. »*

Au moment de cette audition, Henri Chamberlin, dit Lafont, avait déjà été jugé. Condamné à mort après un procès de dix jours, du 1er au 11 décembre 1944, il serait fusillé le 26 décembre 1944 au fort de Montrouge à Arcueil. Sa déposition ne laissait aucun doute sur l'activité d'Eryane Kahan durant la guerre, qui collaborait avec ses services tout en alimentant Petiot en proies juives. Il était évident qu'elle mangeait à tous les râteliers, tant celui de Petiot que ceux de l'Abwehr et de la Gestapo. On verra que, par la suite, elle n'hésitera pas, en femme avertie, à rejoindre aussi la Résistance...

# Inquiétante étrangeté

Saint-Rémy-lès-Chevreuse, 20 heures.

Jade a accepté la proposition de Nagral de passer des soirées auprès de sa maîtresse, éminente psychiatre atteinte de mélancolie alcoolisée. Elle avait été convaincue par une remarque de son professeur jetée en passant. C'était au Café de Flore, il venait de lire les dernières élaborations de sa thèse, prenait ses airs d'intellectuel, le menton au creux de la main, hochant la tête... quand, au tournant de la discussion, il lui avait demandé si elle connaissait le texte d'un médecin arabe du x^e^ siècle nommé Ishaq Ibn Imran... Elle n'en avait évidemment jamais entendu parler.

– Un médecin célèbre, avait-il ajouté, malheureusement il ne nous reste qu'un seul texte de lui : *Makala fil Malikhliya*, ce qui signifie « traité sur la mélancolie ». C'est de l'arabe. Savez-vous comment on l'appelait à Kairouan où il travaillait alors pour l'émir ? « Le médecin d'une heure », parce qu'il savait fabriquer le poison le plus rapide.

Temps d'action : une heure ! Précis, efficace et sans aucun scrupule, voilà le modèle de votre docteur Petiot. Vous pourrez en parler avec Sabine, elle a écrit un article savant sur lui… je veux dire : sur Ishaq Ibn Imran.

Jade avait compris l'allusion. Il lui fallait tenir compte d'une dimension qu'elle avait négligée jusqu'alors, Petiot était médecin.

– Voyez, Jade, avait ajouté encore Nagral, un médecin est un être ambivalent par nature… Pourrait-on faire confiance à un médecin qui ne saurait pas donner la mort ? qui ne connaîtrait pas les doses létales ?

L'ambivalence de la figure du médecin, si proche de celle du sorcier… Petiot, un médecin qui tue, se répète-t-elle depuis, « un médecin d'une heure »…

Au volant de la BMW de son père, elle pense à Petiot. Depuis plusieurs jours, elle ne parvient plus à avancer, en panne d'idée. C'est qu'il y a quelque chose d'illogique dans cette histoire. En France, durant la guerre, des dizaines de milliers de personnes ont spolié les biens juifs, peut-être des centaines de milliers, depuis les hauts gradés allemands qui chapardaient les œuvres d'art dans les galeries des riches marchands ou les appartements de la grande bourgeoisie juive, jusqu'aux concierges ou aux voisins qui, apprenant l'arrestation de telle famille, se précipitaient dans l'appartement pour dérober la machine à coudre, le fer à repasser et jusqu'aux ampoules électriques et aux prises de courant. Preuve, s'il en fallait, que tout le monde savait que les Juifs ne reviendraient pas. Les Allemands avaient du reste organisé une véritable entreprise, dénommée *Möbel-Aktion*, « l'opération meuble », destinée à trier les biens saisis, les classer par catégories, les reconditionner, les emballer dans des caisses à destination de l'Allemagne – efficacité germanique ! Dans cette entreprise travaillaient bien sûr des « détenus raciaux », c'est-à-dire des esclaves juifs, heureux de ne pas être déportés en Allemagne ou en Pologne. Esclaves, certes, mais encore à Paris ! Jade venait de lire le témoignage d'un certain Maurice Wolf, qui avait longtemps travaillé dans ces camps. Le livre était intitulé *Es Brennt* (« Ça brûle ») *: un combattant dans la tourmente.* Elle s'était précipitée, pensant qu'elle avait peut-être retrouvé la trace du Maurice Wolff de son enquête... Eh non ! Simplement un homonyme... Mais elle avait appris que le pillage systématique des biens juifs était une véritable industrie, exploitant huit cents esclaves raciaux dans trois camps de travail au cœur de Paris. Cette entreprise était dirigée par une sorte de rapace se prenant pour Erich von Stroheim, arborant monocle et jouant de la cravache, le colonel Kurt von Behr. Elle savait également que la racaille, la Gestapo française, ceux de la rue Lauriston ou de la rue de la Pompe, recrutaient de véritables limiers pour la chasse aux Juifs et pour la recherche de leurs appartements. Sitôt repérés, une équipe était diligentée sur place. Les plus belles pièces revenaient au premier arrivé. Quelquefois, plusieurs équipes de pillards se retrouvaient à la même adresse, comme dans le récit de Lafont. Dans ce cas, les Allemands avaient priorité. Quant à la famille spoliée, elle terminait invariablement à la Gestapo allemande, rue des Saussaies, d'où elle était expédiée à Drancy, et de là dans un camp de la mort, la plupart du temps à Auschwitz.

Tout cela était connu, circulait dans la population, on en parlait à voix basse dans les cafés ou dans les réunions familiales. Les gens savaient, les gens savent toujours tout ! Il était manifeste que l'occupation allemande était avant tout une entreprise de pillage. Mais pour que le pillage soit efficace, il fallait gratifier les petites mains, les informateurs, les bandes de brigands autorisés à détrousser, et jusqu'aux délateurs... Tous en croquaient, chacun selon son grade et son appétit ; devenus complices, aucun ne vendait la mèche et la machine pouvait tourner à plein régime.

Petiot était évidemment au courant, s'il avait été seulement intéressé par l'argent, il aurait trouvé le moyen de s'inscrire dans l'un de ces réseaux avec lesquels il entretenait quelques relations, c'est certain, au moins par l'intermédiaire d'Eryane. Mais lui travaillait en solo, regroupant dans sa seule activité personnelle l'ensemble des dispositifs mis en place par les nazis. Le repérage des Juifs, à l'aide de rabatteurs, il en disposait d'au moins trois, Fourrier,

Francinet et Eryane. La manipulation des Juifs afin qu'ils soient eux-mêmes les artisans de leur perte. N'étaient-ce pas eux qui venaient le supplier de les faire « passer » ? Tout comme les nazis faisaient en sorte que les Juifs viennent eux-mêmes se dénoncer en tant que Juifs, en rendant obligatoire le port de l'étoile jaune. Lui aussi se débrouillait pour qu'ils soient volontaires, qu'ils convertissent leurs biens en billets de banque ou en diamants et qu'ils les lui portent jusque chez lui. Les nazis feront aussi bien lorsque, en 1943, ils réussiront à faire payer aux Juifs de Salonique leurs billets de train pour Auschwitz d'où presque aucun ne reviendra. Il en découlait une conclusion : Petiot, tout comme les nazis, une fois les Juifs pris dans leurs filets et dépouillés de leurs biens, devait trouver un moyen simple, rapide et efficace de les tuer puis de se débarrasser de leurs corps. On sait que les nazis ont cherché quelque temps, essayant le meurtre par balle, trop fastidieux et angoissant pour les exécutants, par piqûre létale, trop onéreux à grande échelle... par asphyxie, peut-être ? En 1942, ils avaient trouvé la solution rationnelle à leur problème : la chambre à gaz pour la mise à mort et les fours crématoires pour la disparition des corps. Pour cette dernière phase, mise à mort et traitement du cadavre, Petiot était un virtuose, faisant appel à son savoir-faire de médecin, de « médecin d'une heure ».

Mais il restait toujours cette question à laquelle elle n'arrivait pas à répondre. Pourquoi de tels meurtres ? Quelle était la véritable motivation de Petiot ?

Elle arrive devant la grille de la maison de Nagral. En vérité, après ce qu'elle a appris, elle devrait plutôt désigner l'endroit comme une maison collective, une sorte de « communauté sexuelle », ou peut-être une « concession » polygame à l'africaine... Aucune place où stationner. Elle s'éloigne, réussit à garer l'auto à l'extrémité de la rue et revient à pied. La nuit est tombée. Elle marche, l'esprit occupé par son raisonnement sur Petiot. Prise dans ses pensées, elle parvient à l'autre extrémité de la rue sans remarquer la maison, revient en arrière, ne la trouve pas davantage, s'arrête. À ce moment, elle a la sensation de ne pas connaître cette rue, de n'y être jamais venue, elle vacille, anxieuse, elle n'est plus sûre de savoir ce qu'elle fait là. Pour se donner une contenance, elle sort son iPhone, mais ne sait que regarder, sinon l'horloge qui égrène les secondes. Un homme la croise, remarque sa détresse.

– Vous vous sentez bien ? lui demande-t-il.

– Je ne sais pas ce qui m'arrive, balbutie-t-elle. Je crois que je suis perdue.

– Ne craignez rien, je suis gendarme. Où vous rendiez-vous, madame ?

– Chez le professeur Nagral, au numéro 12.

Il fait la moue.

– Ah ! Là-bas !... (Et il ajoute en soupirant :) Allez, je vous accompagne tout de même.

Manifestement, la polygamie du professeur n'est pas très appréciée dans le quartier.

Une fois dans le salon de Sabine, Jade se laisse tomber sur le sofa. Elle halète encore, les yeux écarquillés.

– Ma pauvre fille, la plaint la psychiatre, vous êtes blanche comme un linge. Je vais vous préparer un remontant.

Et la voici partie derrière son bar.

– Non... Non ! proteste Jade, qui se souvient de sa mission. Pas d'alcool, s'il vous plaît...

– Alors quoi ?

– De l'eau ! Un simple verre d'eau.

La psychiatre, soudain chaleureuse, revient près d'elle, lui prend la main, l'invite à raconter ce qui lui est arrivé. Jade lui explique qu'elle est passée deux fois devant la maison sans la reconnaître. Elle ne savait plus ce qu'elle faisait dans cette rue, se demandant pour quelle raison elle se trouvait si loin de chez elle. Comme si sa mémoire récente s'était effacée...

– Ce n'est rien, un petit moment de déréalisation, ça arrive...

Jade demande :

– Ce sont peut-être mes recherches sur le docteur Petiot qui me prennent la tête... Vous ne pensez pas ?

– Ne vous inquiétez pas, ça peut arriver à tout le monde. Le père Freud appelait cela des expériences « d'inquiétante étrangeté ». Vous les définiriez comme ça, n'est-ce pas ? Tout d'un coup, le monde est étrange, à la fin vous vous demandez si vos sens ne vous trompent pas... Lui expliquait ces phénomènes par l'ambivalence. On souhaite être là, tout en se reprochant d'y être. Peut-être n'aviez-vous pas très envie de venir me voir ce soir...

– Ah ! Vous croyez ? J'étais... comment dire... J'avais l'esprit envahi d'une pensée, une idée de Nagral... Entre médecin et assassin, il n'y aurait que la différence de l'intention... Vous comprenez ça, vous ?

– Il est parfois excessif, Nagral, faut pas faire attention...

Jade s'est calmée. Peu à peu, ses pupilles sont revenues à leur taille habituelle, son pouls s'est apaisé, sa voix a repris un rythme normal. Sabine lui propose de manger un morceau. Elle va chercher deux plateaux qu'elle avait préparés, une assiette de saumon fumé, un bol de caviar et un autre de crème fraîche. Les tranches de pain sautent du toaster avec un bruit sec. À ce bruit, Jade tressaille. Sabine s'avance avec le plateau.

– Avec ça, annonce-t-elle, vous ne pouvez pas refuser un petit shot de vodka frappée...

Cette fois Jade se laisse faire et avale d'un trait le petit verre d'alcool. Sabine lui en ressert immédiatement un autre.

– Pourquoi me questionne-t-il sur ma judéité ? Ça ne se voit tout de même pas sur mon visage... Et puis je m'en fous d'être juive, vous comprenez ?

– Bien sûr !

Elle avale son deuxième shot.

– Vous allez devoir m'héberger pour la nuit. Je ne conduis pas après avoir bu.

Sabine lui sourit.

– Ne vous inquiétez pas. J'ai quatre chambres disponibles à l'étage. Vous n'aurez qu'à choisir.

Et Jade reprend ses ruminations :

– L'obsession juive des nazis était aussi mystérieuse que celle qu'on voit fleurir aujourd'hui, vous ne trouvez pas ? Si l'on passe sur l'énoncé fallacieux répété jusqu'à la nausée par les nazis et les collabos selon lequel les Juifs auraient déclenché la guerre... Ce qui est tout de même la plus incroyable théorie du complot, répandue à travers le monde, y compris par les dirigeants des États...

Petit silence, elle poursuit :

– Et parmi ceux qui ont répandu ce mythe, Céline était peut-être le pire, lui qui clamait depuis 1936 que la guerre qui se profilait se ferait au profit des Juifs.

Elle lit le passage :

« Une guerre pour la joie des Juifs ! C'est vraiment bouffer leur gangrène, leurs pires bubons. Je peux pas imaginer une humiliation qui soye pire que de se faire crever pour les youtres, je ne vois rien de plus ignoble, de plus infamant[1]... »

1. *Bagatelles pour un massacre.*

Et la question lui vient d'un coup, sans réfléchir :

– Croyez-vous que le professeur Nagral est un antisémite ? Je veux dire, un antisémite à l'ancienne, genre dandy rétrograde, à l'image de Céline ?

Sabine réfléchit un moment.

– Antisémite, je ne pense pas, mais dandy, certainement !

– Ah ! encaisse Jade. Mais chez ces gens-là, l'antisémitisme assure une fonction… Si l'on néglige ces théories du bouc émissaire qu'on trouve partout, vous savez les « il leur faut un coupable pour se dédouaner de leurs actions », nourries de psychologie de pacotille, il reste une évidence. Pour les nazis, par exemple, tuer les Juifs était leur sauvegarde, persuadés, je pense, que ces meurtres leur permettraient de gagner la guerre… Il ne me reste qu'une hypothèse : pour eux, le meurtre des Juifs était un acte magique. Qu'en pensez-vous ?

Elle ajoute :

– Pour Petiot également, il me semble.

Sabine est impressionnée. Elle la trouve incroyable, cette fille, une sorte de machine à penser qui ne s'arrête jamais. Elle va pour répondre quand Jade dit :

– Le meurtre des Juifs, c'était leur fétiche ! C'est ça ?

# L'ombre de Lablais

Saint-Rémy-lès-Chevreuse, le lendemain matin, 10 heures.

Cette nuit, elles ont discuté jusqu'à plus d'heure des symptômes de Jade. Sabine pensait que les moments d'inquiétante étrangeté pourraient être liés à ses absences... Jade a haussé les épaules, puis, prenant conscience qu'elle occupait tout l'espace alors que sa mission était d'accompagner psychologiquement Sabine, lui a demandé comment elle se sentait.

– Super ! a répondu l'autre. Je ne me sens jamais si bien que lorsque je m'occupe de quelqu'un.

– Qui s'occupe de qui ? s'est amusée Jade.

Sabine a alors évoqué Ferenczi.

– Saviez-vous qu'un psychanalyste des débuts, sans doute le plus doué des premiers compagnons de Freud, avait inventé à la fin de sa vie la « psychanalyse mutuelle » ? Alors, disons que nous faisons des séances de psychologie mutuelle, voilà tout !

Un peu après 2 heures du matin, elles ont dressé l'oreille en même temps. Le moteur de la voiture, la grille qui grinçait… Nagral était de retour. Sabine est restée un moment aux aguets, se demandant s'il passerait malgré tout par le 10, au moins les saluer… Elles ont épié son pas traversant le jardin, puis s'éloignant jusqu'à rejoindre la maison d'Antonia, elles ont entendu la porte s'ouvrir, se refermer… Puis à nouveau le silence. Jade a demandé si la situation était supportable ainsi. Sabine a levé les bras au ciel.

– Si vous pensez que c'est à cause de cela que je me suis mise à boire, détrompez-vous ! Je n'avais pas vingt ans quand j'ai commencé. Mais je ne vais pas vous raconter ma vie, je ne crois pas aux bienfaits de la parole. En vérité, la situation que je vis ici me fascine et me rend folle de rage tout à la fois, vous comprenez ? Au départ, vivre avec un maniaque de la polygamie, c'était une sorte de doigt d'honneur aux bonnes mœurs, un refus obstiné de la naïveté. J'aimais l'image que ça me renvoyait, de révoltée, d'originale… Et puis, j'étais fière de lancer un défi à mon propre égoïsme…

– Comme une recherche d'absolu, de pureté, peut-être ? a demandé Jade.

– La pureté ?

Interloquée, Sabine répétait :

– La pureté… euh… vous êtes très intelligente, mademoiselle, la pureté, tel est mon problème !

– C'est que c'est aussi le mien, docteure !

Peu après, elles sont parties se coucher, pour ce soir, elles s'étaient dit l'essentiel.

Petit-déjeuner dans le jardin. Malgré ce beau soleil de printemps qui fait triller les passereaux et babiller les merles, Jade grelotte, enveloppée dans sa couverture, les mains serrées autour de son bol de café chaud. En face d'elle, Sabine, les coudes sur la table.

– Vous avez bien dormi ?

– Comme un bébé !

– Moi aussi. C'est tellement calme, chez vous. Vous ne partez pas travailler ce matin ?

– J'arriverai plus tard, les chefs de clinique assureront sans problème la réunion de service. Je savoure le moment, dit-elle en fermant les yeux au soleil.

Haut dans le ciel, on aperçoit la traînée d'un avion qui passe.

Jade l'entreprend d'une question qui la taraude : Petiot était-il fou ?

– On taxe de folie les criminels qui commettent des actes impensables. C'est trop facile, vous ne trouvez pas ? Et puis, les fous ne tuent pas… à l'exception de ceux, très rares, qui entendent des voix leur intimant l'ordre de tuer… Ce n'est pas le cas de votre docteur Petiot, à ce que j'ai compris.

Jade n'est pas satisfaite, elle sait que la loi contraignait le juge d'instruction à demander une expertise psychiatrique en cas de crime. Et elle connaît les termes de l'article 64 du Code pénal en vigueur du temps de Petiot, qui stipulait : « Il n'y a ni crime ni délit si le criminel était en état de démence au moment des faits. » Elle y revient. À son avis, lui demande-t-elle à nouveau, Petiot était-il en état de démence au moment des faits ?

– Que voulez-vous, répond Sabine, c'était la loi et je dois vous dire qu'elle n'a pas beaucoup changé depuis. Tout cela n'est pas raisonnable. « Au moment des faits... » Comment pouvez-vous connaître l'état mental d'une personne « au moment des faits » ? Vous n'y étiez pas et, surtout, vous n'êtes pas lui ! Et quelles que soient les questions que vous lui poserez, il ne voudra ni, d'ailleurs, ne pourra répondre... Il ne saura que mentir.

Jade pense : À moins d'avoir une vision ! C'est à cela que servent les visions, à transcender les atermoiements.

– Et pourquoi vous me demandez ça ? ajoute Sabine. Vous avez retrouvé l'expertise psychiatrique de Petiot ?

– Oui, dans les archives du dossier, enfin l'une d'entre elles, parce qu'il y en a eu plusieurs, à divers moments de sa vie. À parler franchement, je ne crois pas à la folie de Petiot... Enfin, je ne devrais pas dire ça, je n'y connais rien en matière de maladie mentale, mais j'ai remarqué que chaque fois qu'il a été expertisé par un psychiatre, il en avait besoin pour se tirer d'une sale affaire. En vérité, d'après ce que j'ai compris à travers les documents que j'ai examinés, le premier métier de Petiot, sous couvert de son statut de médecin, était celui de dealer.

Sabine, caustique, rétorque aussitôt :

– Allez... Tous les médecins sont des dealeurs !... Si vous saviez le nombre de drogues que je prescris chaque jour...

Jade ne relève pas, poursuivant son raisonnement. Elle imagine que Petiot a pris la décision de devenir dealeur après avoir longuement réfléchi aux façons de gagner rapidement beaucoup d'argent. Il se sentait humilié de la réussite de son beau-père, Georges Lablais, qui avait amassé une petite fortune comme charcutier à Auxerre, fortune qu'il avait judicieusement placée en achetant un café à Paris, Chez Marius, pas n'importe où, juste en face de l'Assemblée nationale, au 5 de la rue de Bourgogne. Plus d'une fois il avait invité sa fille et son gendre à dîner dans son établissement. Petiot y avait croisé des célébrités, comme Édouard Herriot, radical-socialiste comme lui, André François-Poncet ou Pierre Cathala et même Pierre Laval, le président de l'Assemblée, et aussi combien de députés ! Voyant défiler tous ces chefs politiques, il enrageait. Alors quoi ? Lui qui se pensait l'homme le plus intelligent de France végétait à Villeneuve-sur-Yonne, petit médecin de province réduit à de petits coups foireux, comme dérober des bidons d'huile de voiture ou détourner l'électricité de la mairie, alors que ce gros rustre de Lablais était à tu et à toi avec ministres et députés... Ce n'était pas supportable ! Il a donc pris la décision de monter à Paris et d'utiliser son métier pour se bâtir un patrimoine devant lequel le gros Georges rougirait de honte. La jalousie, pensait Jade, était l'un des ressorts de la personnalité de Petiot. Aussitôt installé à Paris, fin 1933, il lui fallut d'abord se faire connaître. Il placarda des affichettes dans la rue, distribua des publicités dans les boîtes aux lettres...

– Si vous les lisiez, vous penseriez comme moi que nos marabouts parisiens feraient bien de prendre modèle. Petiot était un virtuose, le roi des charlatans. Il savait tout soigner, avait inventé des méthodes dans tous les domaines de la médecine, guérissait toutes les maladies... Écoutez ça :

*Le Docteur Marcel Petiot fut le promoteur en 1921-23 d'une technique parvenant à la suppression complète de la douleur dans les accouchements. Et cela sans anesthésie générale ou régionale et sans instruments plus ou moins dangereux...*

*Auteur d'ouvrages originaux sur les maladies nerveuses et leurs traitements modernes (spécialement dans les affections à crises périodiques et les cures de désintoxication).*

*Créateur, avec un physiologiste connu, d'un matériel et d'une technique permettant d'obtenir la guérison de toute tumeur non généralisée ou affectant des organes vitaux. Cette désignation comprend non seulement les ganglions externes ou internes, les loupes, lipomes, polypes, végétations, verrues, taches rouges, goitres, déformations, tatouages, cicatrices, etc. – mais encore les fibromes et les tumeurs malignes ou cancers même profonds, avant leur extension terminale.*

*L'application aux ulcères, aux varices, aux hémorroïdes, est évidemment très vite suivie de résultats définitifs.*

*Des principes analogues permettent de régler le fonctionnement des glandes endocrines et de traiter les états généraux déficients – artériosclérose, anémies, obésité, retour d'âge, diabète, défaillances cardiaques ou rénales, arthrites, dépressions nerveuses, sénilité…*

*Des méthodes personnelles permettent d'obtenir le maximum de fixation rapide des substances médicamenteuses nécessaires à l'organisme, à l'aide d'éléments catalyseurs appropriés – chimiques microbiens et physiques. Commande des filets nerveux et des flux circulatoires, Oxozone (ozone très concentré par appareil spécial), Électrothérapies, Ionisation, Radioactivité…* »

Sabine sourit.

– Je ne comprends même pas ce qu'il a écrit. Il est incroyable, votre docteur Petiot ! Il faut dire que la profession n'était pas très surveillée à l'époque.

– Si, tout de même, l'Ordre des médecins, tout juste créé, l'a obligé à supprimer toutes ces fantaisies de la plaque apposée sur le mur de l'immeuble. Mais il les avait conservées dans les publicités qu'il distribuait dans les boîtes aux lettres. Attendez, ce n'est pas fini...

*L'application de ces données permet de décupler les effets sans augmenter les doses médicamenteuses et donne des résultats probants dans les maladies les plus rebelles et dans les cas les plus désespérés, notamment :*

*Dans les affections respiratoires aiguës et chroniques, grippe, pneumonies, emphysème, asthmes, et surtout tuberculose.*

*Dans les maladies infectieuses du sang, gastrites, entérites, appendicites, néphrites, furonculoses, salpingites, blennorragies, syphilis (avec adjonction de la séro- et de l'autosérothérapie).*

*Dans les maladies organiques, osseuses, néoplasmes généralisés, lésions du cœur, du foie ou de l'estomac, fatigues...*

– Quand je vous disais qu'il pouvait tout soigner...

– Ben... Ce n'est pas un médecin, c'est un guérisseur !

– Et pour finir, il donne son adresse et ses heures de consultation :

*Le Docteur Marcel Petiot vous sera particulièrement reconnaissant de bien vouloir noter dans votre annuaire son adresse : 66, Rue Caumartin, PARIS-IX$^{e}$ et son numéro de téléphone : Pigalle 77-11.*

*Consultations : S. R. V.*
*et tous les jours de 13 à 15 h.*
*Samedi de 13 à 19 h.*
*Mardi et jeudi de 18 à 20 h.*

Jade ajoute :

– En réalité, comme vous vous en doutez, Petiot n'a inventé aucune technique, n'a écrit aucun livre sur les maladies nerveuses, n'a créé aucun appareil de physiologie... Tout cela sent à plein nez le médecin marron, même aux yeux de patients bien moins informés qu'aujourd'hui. Mon idée est qu'il le sait et c'est précisément ce qu'il souhaite qu'on pense car, et c'est mon hypothèse, il s'agissait là d'un signal adressé avant tout aux toxicomanes, discrètement mentionnés dans le deuxième paragraphe, à l'endroit où il se prétend spécialiste des cures de désintoxication.

– N'allez-vous pas trop vite en besogne ? N'était-il pas simplement pressé de se constituer une clientèle ?

– Oui, c'est certain, mais tout aussi pressé d'attirer des toxicos en manque. Il veut profiter de l'emplacement de son cabinet, le neuvième arrondissement, le quartier des grands magasins, mais aussi celui des théâtres et des arpenteuses de la rue d'Amsterdam, car il aura deux sortes de clientes, les jeunes artistes en mal de rôle et les prostituées en mal d'espoir…

– C'est du joli, commente Sabine.

Deux ans après son installation, en 1935, les inspecteurs de la Mondaine, qui le surveillaient déjà, évaluaient sa file active à environ une centaine de toxicomanes, surtout des femmes. Il leur délivrait des ordonnances de morphine, de l'héroïne, dissimulée sous le nom de sa molécule : *dia-cétyl-morphine*. Il prétendait qu'il les soignait en diminuant progressivement les doses. Il ne pouvait cependant dépasser une certaine quantité, de peur d'être repéré par les pharmaciens. Pour contourner cette difficulté, il avait trouvé un subterfuge. Il demandait par exemple à ses patientes de venir avec leur ami de cœur ou leur mère à qui il délivrait aussi des ordonnances. Il s'était fait rattraper par la patrouille à plusieurs reprises, et cela dès 1935, il avait écopé d'amendes à deux reprises. D'autant qu'une affaire avait mal tourné, celle de la demoiselle Hanss.

En janvier 1935, la demoiselle décédait brutalement à la suite d'une visite chez son médecin, le docteur Petiot, précisément. La mère fit appel à la police, qui vint interroger le praticien. Petiot expliqua qu'il la soignait pour un abcès dentaire particulièrement douloureux. Malgré les antalgiques qu'il lui avait prescrits, elle s'était présentée à sa consultation souffrant d'insupportables douleurs. Usant de termes techniques, il chercha à en mettre plein la vue aux inspecteurs de police. « Vous comprenez, l'abcès s'était étendu, avait provoqué une ostéite du maxillaire, et même un trismus... Vous ne savez pas ce que c'est ? Une contracture réflexe des muscles élévateurs de la mandibule... » Devant leur air ahuri, grand seigneur, il avait daigné leur livrer une explication : « Elle n'arrivait plus à ouvrir la bouche, quoi... » Il avait alors prescrit de l'Optalidon, deux comprimés par jour. Lorsqu'elle était venue à sa consultation, il lui avait demandé de lui montrer le tube. Elle avait avalé dix-sept comprimés en vingt-quatre heures et la douleur était toujours aussi forte. Alors, il l'a étendue sur son divan et lui a fait une injection de 0,01 g de morphine. Elle s'est endormie, il ne parvenait pas à la réveiller. Il a appelé sa mère, aussitôt accourue. Ensemble, ils avaient porté la malade jusqu'à un taxi, qu'il avait payé, il avait recommandé à la mère de lui donner du café et de lui appliquer des sinapismes (« Ben quoi ! Ce sont des cataplasmes à la farine de moutarde... ») et avait tranquillement repris ses consultations. Raymonde Hanss mourait quelques heures plus tard, sans doute d'overdose.

– Vous comprenez ça ? demande Jade.

– Quoi ? Qu'il n'y ait pas eu de réaction judiciaire ? À l'époque, on ne connaissait pas très bien les effets des substances. La toxicomanie n'était pas très répandue, limitée à certaines catégories de la population, comme vous l'avez noté, le milieu artistique et intellectuel, sans doute aussi celui de la prostitution. On n'en parlait pas dans les journaux et, à ma connaissance, il existait très peu de publications savantes sur la question.

– D'après ce que j'ai compris, Petiot ne se contentait pas de faire des ordonnances. Quelquefois, il piquait lui-même ses clients. C'était évidemment plus cher mais, pour lui, c'était plus sûr. À cette époque, l'étau se resserrait autour de lui. La police le soupçonnait fortement de trafic de stupéfiants, surtout un des patrons de la Mondaine, un bouledogue, le commissaire Georges Albayez, qui faisait la chasse aux médecins et aux pharmaciens marrons. En juillet 1935, à son initiative, une demande de renseignement a été ouverte au parquet de la Seine concernant Petiot. De son côté, le bon docteur avait sans doute repéré les policiers qui le suivaient et ceux qui faisaient le pied de grue devant son immeuble. C'est peu après qu'il s'est débrouillé pour se faire interner en psychiatrie... Vous avez le temps ?

Captivée, Sabine l'invite d'un geste à poursuivre.

– 1936, comme vous savez, était une année agitée. Le 7 mars 1936, en violation du traité de Locarno, les Allemands avaient réoccupé la

Rhénanie, l'Italie poursuivait la conquête de l'Éthiopie. Pour répondre à ces provocations belliqueuses, les états-majors des armées française, belge et anglaise, réunis à Londres, décidaient qu'il était urgent d'attendre. Pour avoir la paix, ils préparaient la paix... Le 4 avril 1936, dans *L'Humanité*, Gabriel Péri écrivait avec grandiloquence qu'à l'organisation de la guerre à laquelle se préparait Hitler, la France, devait répondre par une « organisation de la paix ».

S'il est une certitude, c'est bien la sensibilité de Petiot aux événements politiques, à l'ambiance. Il lisait les journaux. Il avait compris que la réussite souriait à ceux qui ne manquaient pas de culot. Il choisit précisément le 4 avril 1936, jour où les futurs alliés se déculottaient devant l'agressivité d'Hitler, pour se dégager de la toile que le commissaire Albayez tissait patiemment autour de lui. Il était certain que les mous qui le poursuivaient se dégonfleraient comme des ballons de baudruche devant son culot.

Comme toujours, son plan était carrément tordu.

Il faisait un temps froid et pluvieux. Vêtu d'un long imperméable, il pénétra dans la librairie Joseph Gibert, boulevard Saint-Michel. Il feuilleta des livres, jetant des coups d'œil anxieux alentour. Son manège attira l'attention de l'employé affecté à la surveillance. L'homme le suivit à travers les allées, l'aperçut cachant un livre dans la poche intérieure de son imperméable et partir précipitamment. Il le poursuivit et lui mit la main au collet au croisement de la rue Saint-Séverin. René Cotteret, l'inspecteur de la librairie Gibert, était jeune et vigoureux, il tenait fermement le voleur. Petiot tenta de parlementer, Cotteret ne lâcha pas son étreinte et le conduisit devant le directeur de la librairie. « Oui, j'ai pris le livre, je ne l'ai pas payé par étourderie. » Petiot présenta sa carte d'identité. Le directeur nota nom et adresse. L'inspecteur le tenait toujours par le bras. Petiot rappela qu'il était médecin, qu'il pouvait payer et sortit son portefeuille. « Voici les vingt-cinq francs que coûte le bouquin et maintenant foutez-moi la paix, petits merdeux ! » L'homme ne se laissa pas fléchir et voulut s'expliquer au commissariat. Petiot le menaça, le saisit par la cravate, l'insulta, lui donna des coups désordonnés. Cotteret, surpris, lâcha prise. Petiot parvint alors à se dégager et s'enfuit en courant. Course sur le boulevard, dans les petites rues, glissades sur les pavés, reprise d'une poursuite effrénée. Petiot haletait, l'homme était toujours derrière lui mais finit par le perdre devant la bouche du métro Odéon.

Le directeur porta plainte pour vol, coups et blessures. Il était facile de retrouver le voleur qui avait laissé nom, adresse et carte de visite. La police convoqua Petiot au commissariat de la rue Racine où il expliqua qu'il souffrait de maladie mentale et qu'il fallait comprendre qu'il n'avait pris ce livre que par étourderie. Il semblait avoir du mal à s'exprimer. Bredouillant, il tendit une lettre au commissaire où tout était expliqué. Il l'avait peaufinée, sa lettre ! Petiot était un virtuose de l'embrouille. Il y expliquait qu'il était un inventeur génial, la tête constamment prise par ses recherches, qu'il avait découvert le mouvement perpétuel par l'équilibrage des flux magnétiques, qu'il avait aussi inventé un appareil permettant d'absorber les matières fécales des constipés, bref, un bienfaiteur de l'humanité... C'était imparable, le commissaire fut aussitôt persuadé d'avoir affaire à un fou, c'est ce que voulait Petiot. Le policier pensa : Illuminé, délire d'invention, agitation... Le lendemain, il se rendit chez Petiot qui en rajouta, lui expliquant qu'il avait déjà été hospitalisé en psychiatrie, qu'il souffrait d'alternance d'épisodes de mélancolie et d'asthénie. En toute logique, le commissaire l'adressa pour finir à un psychiatre qui rédigea un certificat permettant à Petiot de relever de ce fameux article 64.

Son subterfuge semblait avoir réussi. Qui irait croire qu'un malade gravement atteint, déjà hospitalisé à plusieurs reprises en établissement psychiatrique, organisait un véritable réseau de trafic de stupéfiants ?

Mais peut-être que son subterfuge avait trop bien marché car, trois mois plus tard, la force publique vint le chercher à son cabinet pour le conduire à l'infirmerie spéciale du dépôt sur ordre du préfet de police qui sollicitait son hospitalisation sous contrainte.

Voici la conclusion de l'ordonnance du préfet :

*Vu le procès-verbal en date du 1er août 1936, par lequel le commissaire de police du quartier de la Chaussée d'Antin a, conformément à nos instructions, dirigé le nommé Petiot, Marcel, André, Félix, Henri, sur l'infirmerie spéciale près notre préfecture,*

*Attendu que cette personne est en état d'aliénation mentale qui compromet l'ordre public ou la sûreté d'autrui, et rend ainsi nécessaire son internement en asile,*

*Vu l'ordonnance de non-lieu rendue le 25 juillet 1936, par M. Bau, juge d'instruction chargé d'instruire contre le susnommé poursuivi du chef de vol. Vu la demande en date du 1er août 1936, par laquelle Mme Petiot, demeurant 66 rue Caumartin à Paris, sollicite le placement de son mari Petiot Marcel à l'asile privé du Docteur Delmas, sis 23 rue de la Mairie à Ivry-sur-Seine.*

*Vu l'acceptation de Monsieur le Directeur de l'asile privé sis 23 rue de la Mairie à Ivry-sur-Seine.*

*Vu l'article 18 de la loi du 30 juin 1838 sur la proposition du secrétaire général,*

*Arrêtons ce qui suit :*

*Monsieur le Directeur de l'asile privé sis 23 rue de la Mairie à Ivry recevra dans son établissement le nommé Petiot, Marcel, André, Félix, Henri,*

*susnommé, pour y être traité de la maladie mentale dont il est atteint et il l'y maintiendra jusqu'à ce qu'il en ait été autrement par nous ordonné.*
*P. le Préfet de Police,*
*Le Secrétaire Général Délégué*

– C'est là que j'ai besoin de votre aide, dit Jade.

– Je ne vois pas pourquoi. Tel que vous me le racontez, c'est très clair. Petiot est à l'évidence un simulateur très doué. J'ai cependant deux remarques. Êtes-vous certaine que ce montage compliqué, consistant à se faire arrêter pour un vol de livre dans le but de se faire interner quelque temps en psychiatrie afin de se mettre à l'abri des poursuites policières, était délibérément pensé ? Ce serait vraiment tordu, comme vous dites. Ne pourrait-il pas s'agir d'un passage à l'acte maniaque chez une personne véritablement cyclothymique, comme on caractérisait à l'époque les « bipolaires » ? Et puis une seconde remarque : ne simule pas la folie qui veut. Il faut au moins avoir des tendances, peut-être même avoir traversé des épisodes délirants...

– Ou s'être entraîné à le faire ! Car utiliser la psychiatrie pour se tirer d'un mauvais pas, cela faisait bien vingt ans qu'il expérimentait cette feinte. Il a commencé lorsqu'il était au front, en 1917, durant la Première Guerre mondiale. Là aussi, il a été réformé pour maladie mentale.

– C'est possible, mais je persiste : qui simule si parfaitement la folie au point de convaincre quantité de psychiatres n'en est probablement pas indemne.

– Pourtant, sitôt admis à l'asile, il n'a eu de cesse d'en sortir, se montrant sous son jour le plus favorable… Les infirmiers, les médecins le trouvaient intelligent, vif, cultivé, sympathique. Tout le monde était étonné de le voir là. Il ne présentait plus aucun symptôme.

– Parfois, être enfermé fait disparaître les symptômes.

– Je crois plutôt qu'il avait hâte de reprendre son business… Mais je comprends ce que vous dites. Il me reste un point aveugle.

– Lequel ?

– Pourquoi fait-il tout cela ?

– À quoi pensez-vous ?

– Je ne sais pas… Les psychiatres, dans leurs conclusions, parlent d'individu dépourvu de sens moral…

– C'était l'époque, aussi ! Les psychiatres considéraient que l'absence de sens moral était un symptôme de dégénérescence… Vous avez dû trouver ce mot dans leur diagnostic.

– Oui ! Mais moi, plutôt que d'absence de sens moral, je penserais plutôt à la recherche délibérée du mal.

– Que voulez-vous dire ?

– Je ne sais pas…

En vérité, Jade a déjà son idée, et même une théorie parfaitement agencée. Elle n'ose pas l'expliciter, il lui faut la peaufiner encore. C'est tellement invraisemblable. D'après sa théorie, tout aurait débuté dans l'enfance de Petiot et se serait cristallisé dans le petit village de Chéu, dans l'Yonne…

# Chéu

Marcel Petiot avait donné rendez-vous à la famille Wolf le samedi 19 décembre en tout début de matinée, pour les conduire à l'emplacement secret dont il leur avait parlé, là où il devait les préparer à leur grand voyage.

En prévision de cette opération, comme chaque fois, Petiot s'était d'abord « blindé », il avait pris soin de renforcer sa « protection mystique ». Quelques jours auparavant, il s'était rendu à Chéu, non loin de Saint-Florentin, dans l'Yonne, un village où il avait acheté pour une bouchée de pain une maison isolée au cœur d'un petit bois. Il faut dire que Chéu, riche de quelques centaines d'habitants, avait une sale réputation, et cela au moins depuis le VIe siècle, pour le nombre et la méchanceté de ses sorciers. On racontait que pour la moindre fâcherie le voisin vous jetait un sort. Les animaux devenaient fous et erraient par les rues en poussant des cris, certains mouraient de maladies étranges. Les femmes, soudain prises d'une danse de

Saint-Guy, couraient la campagne en chantant dans une langue inconnue. Les accidents se multipliaient, les chutes, les attaques d'animaux domestiques, les noyades dans l'Armançon. Des nouveau-nés décédaient mystérieusement et, quelquefois, des malades à l'article de la mort guérissaient miraculeusement. Quand vous croisiez quelqu'un, il ne vous regardait jamais et courait se mettre à l'abri de peur d'être terrassé par un regard sorcier. Les gens s'enfermaient dans leurs maisons, clouaient des chouettes sur leurs portes pour se protéger, les champs étaient entourés de haies de trois mètres et l'église était déserte. La nuit, des hordes de chats noirs déambulaient en hurlant et en crachant.

Selon la rumeur, Chéu était l'une des demeures de Satan sur terre.

Cela avait duré durant des siècles, depuis l'introduction du christianisme, en vérité. Les seigneurs d'Auxerre et de Sens, les prêtres, les évêques et même l'archevêque tentèrent toutes sortes d'exorcismes. Le tribunal de Paris décida un jour de se débarrasser des suppôts de Satan en appliquant le jugement de Dieu à toute personne de Chéu qui parlerait de sorcellerie. L'on fit dresser un bûcher sur le bord de la rivière, on ligota ensemble une vingtaine de présumés sorciers et sorcières et on les jeta dans l'Armançon. Ceux qui ne remontaient pas, considérés « rappelés à Dieu », recevaient une sépulture chrétienne, quant à ceux qui surnageaient, on les conduisait directement au bûcher. Toutes ces diableries durèrent jusqu'en 1869, quand un gigantesque incendie ravagea le village. Toutes les bâtisses furent détruites, jusqu'à la plus misérable grange. Après cela, l'Église décida que Chéu avait été purifiée par le feu divin et l'on ne parla plus guère de sorcellerie... Sauf les grands-mères qui en avaient gardé le souvenir et le racontaient à voix basse, en « vieux parler », à leurs petits-enfants.

C'est ainsi que Marcel Petiot l'entendit de « l'Henriette », la nourrice auprès de laquelle il avait été placé très jeune, dès l'âge de trois ans, du fait de la maladie mentale de sa mère. Ah ! La sorcellerie de Chéu, ce n'était pas tombé dans l'oreille d'un sourd ! Il y était allé, le Petiot, avec sa force singulière, muni de ses grimoires du Moyen Âge, et il s'était initié tout seul à la sorcellerie ancestrale de l'Yonne. À Petiot, on n'enseignait rien, il apprenait par lui-même ! N'avait-il pas réussi son bac, et avec mention, sans se rendre une seule fois au lycée d'où il avait été renvoyé ?

Le 14 décembre 1942, cinq jours avant de s'occuper de la famille Wolf, il arriva en pleine nuit au volant d'une Citroën Traction de couleur noire dans Chéu, ce village qu'il connaissait si bien. Il y entra tous feux éteints, silencieux, évitant d'accélérer. Dans sa vieille bicoque, il faisait noir comme dans le cul d'un bouc, ça ne le dérangeait pas, le Marcel, il était nyctalope, c'est-à-dire que la nuit, il y voyait presque comme en plein jour. Et à propos de bouc, il y en avait un, précisément, empaillé, devant la porte, censé garder la maison. À part la grande pièce sur laquelle donnait directement la porte d'entrée, il y avait aussi une petite cuisine et c'était tout ! Des toilettes rudimentaires se trouvaient à l'arrière de la maison, dans un cabanon. Il balaya d'abord consciencieusement la grande pièce, avec ardeur et méthode, ne laissant pas un seul coin de poussière. Ensuite, il dessina sur le sol, à la craie, un cercle d'environ trois mètres de diamètre. Dans le cercle, il ménagea quatre ouvertures aux quatre points cardinaux. Devant chacune des ouvertures, il plaça un récipient d'argile qu'il était allé chercher dans la soupente de la cuisine. Dans les récipients, il fit tomber du charbon de bois qu'il enflamma. Il y déposa des morceaux de bois qui dégagèrent aussitôt une étrange odeur de musc et de terre. Et quand la fumée fut si épaisse qu'elle avait envahi la pièce, il entra dans le cercle. S'il y avait eu davantage de lumière, on aurait pu voir que ses yeux tournaient au rouge, de la couleur de la braise. Il tenait un couteau dans une main, un flacon dans l'autre.

C'est alors qu'il commença à réciter des noms, des noms étranges, qui semblaient hébraïques. Il en prononça ainsi douze, mais Jade ne les retint pas. Puis il invoqua : « Au nom du grand Belial, celui qu'on appelle aussi Samaël, qui échappe au pouvoir d'en haut et règne sur les profondeurs… Au nom de celui par lequel celui qui dira son nom *sera tout*, lui qui est la racine et la sève, lui qui est la lymphe et le sang… », suivi de syllabes incompréhensibles, quelque chose comme « Yaô !, Yaô ! », psalmodiées durant de longues minutes…

Il attendit un moment sans bouger et ordonna : « Venez ! Présentez-vous devant moi ! Venez, depuis les montagnes où vous demeurez, le fond des lacs et des rivières où vous vous plaisez, les forêts où vous gambadez, les marchés où vous flânez, les carrefours où vous dormez, les ruines des châteaux où vous vous cachez… Venez ! Venez ici en un clin d'œil… (Claquement de doigts.) Venez ! Venez ! Présentez-vous devant moi, au nom de celui par qui Israël est mort ! »

À cet instant précis, un coup de tonnerre éclata dans cette nuit pourtant sans nuage. Il regarda par la fenêtre. Une demi-lune, parfaite, énorme, était apparue, éclairant vivement le jardin. Dans la lumière de ce rayon, on pouvait distinguer son visage satisfait, un sourire crispé accroché à ses lèvres.

Il s'installa ensuite en tailleur, à même le sol et, de son couteau, sculpta un morceau de bois jusqu'à lui faire prendre l'allure parfaite d'un phallus en érection. Après quoi il resta un long moment silencieux jusqu'à l'extinction totale des braises.

Lorsqu'il eut achevé son étrange rituel, Petiot sortit dans le jardin. La nuit était froide, mais son visage rougeoyait de chaleur. Il planta le phallus de bois à proximité du bouc empaillé. Si l'on s'était approché, on aurait pu apercevoir quantité de phallus plantés là en désordre, une forêt de phallus, traces des rituels successifs qui avaient dû se dérouler en ces lieux.

Il se dirigea enfin vers la Traction qu'il mit en marche à la manivelle pour éviter le bruit du démarreur. Il dut s'y reprendre à trois fois, mais il se sentait plein d'énergie. Il quitta lentement le village de Chéu par la départementale 43 en direction de Sens. Il en avait pour au moins trois heures avant d'atteindre Paris. Il se sentait rasséréné, sifflotant « Elle a quelque chose qui plaît, Joséphine, Joséphine ».

Les esprits lui avaient sans doute répondu.

Pendant qu'elle rédigeait cette partie de sa thèse, Jade imaginait les critiques que lui ferait Nagral.

– *Jade, soyez sérieuse, vous n'avez tout de même pas trouvé tout ça dans les archives...*

– *Non ! Je l'ai vu !*

– *Vous l'avez vu ?*

– *Aussi précisément que je l'ai décrit ; tout ce que vous lisez là, je l'ai vu ! Vu et entendu !*

– *On ne peut tout de même pas écrire cela dans une thèse... Mettez-le au moins au conditionnel...*

– *Non !*

Et elle souriait, Jade, elle souriait... On eût dit qu'elle avait aperçu un ange...

# Rue Le Sueur

Trois jours plus tard, Ilse Gang, l'amie de Lina, mise au courant de leur départ, était venue pour une visite d'adieu à ses amis Wolf. Elle les avait trouvés en pleine agitation, se livrant aux derniers préparatifs. Rahel, la mère de Maurice, décousait la doublure des vestes et des manteaux pour y fourrer des billets de banque, une valise entière de billets de banque. Quant à Lina, elle les recousait pour parfaire la dissimulation. Ilse leur demanda ce qu'ils fabriquaient, pour quelle raison ils avaient transformé le sordide entresol en atelier de tailleur. Maurice lui répondit, en yiddish, que, sur les conseils du fameux docteur, ils emportaient avec eux un maximum d'argent.

– Il paraît que la vie coûte très cher en Argentine. Cela nous permettra de voir venir, le temps d'apprendre un peu la langue, aussi, et de se faire des relations…

– C'est sans doute indiscret, mais combien emportez-vous comme ça ?

Lina répondit à la place de son mari :

– Tout ce qui nous reste ! Un million, à peu près, plus les bijoux et les diamants…

– Ah ! Vous trouvez que c'est prudent ?

– Que voulez-vous ? sanglota Lina. Nous sommes devenus des escargots qui emportent leur maison sur leur dos.

– Mais… je voulais dire… prudent de mettre tous ses œufs dans le même panier ?

– Eh bien ! C'est que nous ne possédons qu'un seul panier…

– Et il est peut-être percé ! ajouta la vieille.

Le lendemain, le 19 décembre 1942, c'était un samedi, Petiot arriva rue Pasquier à 8 heures, rasé de frais, assez élégant dans son long manteau de laine. Avant de se diriger vers l'entresol où l'attendait anxieusement la famille Wolf, il se rappela au bon souvenir d'Adrienne, la concierge. Ah ! Si elle savait la trique qui le prenait quand il pensait à elle… Il tambourina à la porte vitrée. « Doucement, doucement, j'arrive ! » cria-t-elle. Il pensa : Toi, ma toute belle, tu me sentiras là où je pense, quand j'arriverai…

– Ça alors ! Docteur Eugène ! Que faites-vous donc ici de bon matin ?

– Je m'en venais visiter la famille Walbert et j'm'suis dit, comme ça, pourquoi que j'irais pas saluer l'Adrienne…

Lorsqu'il s'adressait aux bonnes et aux concierges, lui revenait l'accent de son enfance, le parler de sa Bourgogne natale.

– Entrez un moment, docteur, j'ai du café chaud... enfin... de l'orge grillée, bien sûr !

Elle se laissa peloter les seins, caresser les fesses, serrer contre le mur... Il était chaud bouillant, ce docteur qui avait l'air si sérieux quand il parlait... Mais elle refusa de se laisser embrasser. Pas la première fois, tout de même, elle avait de la morale, Adrienne ! Il lui promit de revenir. En partant, il laissa discrètement un billet de vingt francs sur le guéridon.

En marchant, il sifflotait ce même air, mais dans sa tête il avait modifié le prénom : « Elle a quelque chose qui plaît, Adrienne, Adrienne... »

Il sonna à l'appartement de l'entresol, Maurice lui ouvrit. Petiot le tança lorsqu'il aperçut les deux valises de cuir posées devant la porte :

– Voyons, monsieur Maurice, nous avions dit deux valises par personne. Je vous ai envoyé mon ami hier, qui a chargé six valises dans la voiture... Vous êtes trois, multiplié par deux, ça fait six, le compte était bon.

– Docteur Eugène, demanda Maurice d'un ton suppliant, s'il vous plaît... Ce sont les effets personnels... Je veux dire *très* personnels...

– Très personnels ? répéta Petiot. Très, *très* personnels ? Puisque vous insistez, je ferai un effort... Vous comprenez, nous devrons prendre le métro... Nous ne sommes jamais à l'abri d'une rafle. Vous risqueriez de perdre ces biens auxquels vous tenez tant… Bref ! On ne va pas en discuter toute la matinée, c'est entendu, nous prenons ces deux valises, j'en porterai une, vous porterez l'autre. Allons-y !

La vieille Rahel Wolff remarqua un étrange sourire se dessiner sur le visage de ce docteur auquel son fils avait si facilement fait confiance… Elle posa une question inutile :

– Où allons-nous comme ça ?

– Voyons, Mamele, tu le sais bien…

– Vers quel enfer ?

Petiot, qui avait compris le sens de sa question, répondit :

– Allons, madame Wolf, il n'y a aucun danger. Vous allez partir pour l'Amérique…

Elle répondit en yiddish :

– *Amérique, chmamérique, es iz tsu Pitchi Poï az ir nemen aundz… in Pitchipoï.* (« Amérique ou pas Amérique, c'est dans un trou perdu que tu nous conduis… à Pitchipoï[1]. »)

– Que demande votre mère ? questionna Petiot.

– Rien ! Elle est anxieuse, c'est tout.

Rahel Wolf baissa la tête. C'était trop tard.

Bien trop tard !

Ils se trouvaient aux alentours de la Madeleine. À la Concorde, ils prendraient le métro jusqu'à la

1. En yiddish, *Pitchipoï* désigne un endroit impossible qui n'existe pas… Depuis la Shoah, il désigne les camps de la mort nazis, ce non-lieu dont on ne revient pas.

station Obligado[1], c'était direct. Petiot proposa de former deux groupes. Maurice et lui marcheraient devant, les deux femmes les suivraient quelques pas en arrière. Et la compagnie s'avança ainsi. Ils avaient l'air de voyageurs à la recherche d'un taxi. Au croisement de la rue Pasquier, ils empruntèrent le boulevard Malesherbes, désert à cette heure. Au bout de la rue Royale, on apercevait l'obélisque dressé et tout le long ces dizaines d'oriflammes rouges à croix gammée. Quelle horreur, pensa Maurice, ils viennent déposer leurs excréments partout, même dans les plus belles rues de Paris. Et il continua d'avancer d'un pas vif. Devant le Maxim's, quatre officiers nazis sortaient en titubant de leur nuit de débauche. Petiot et Maurice pressèrent le pas, relevant le col de leur manteau, évitant de les regarder. Il faisait froid. Arrivés au métro Concorde, les deux hommes attendirent les femmes.

– Vous faites souvent ça pour les Juifs, docteur Eugène ?

Petiot se rengorgea :

– L'organisation que j'ai créée et que je dirige est spécialisée, monsieur Walbert !

– Vous aimez donc les Juifs ?

– J'apprécie leur valeur…

Maurice ne comprit pas l'allusion.

1. Cette station devait son nom à la victoire remportée par les Français et les Britanniques contre l'Argentine en 1845. Mais en 1947, à l'occasion de la fructueuse visite d'Eva Perón, la femme du dictateur Juan Perón, à Paris, on renomma la station « Argentine ».

Quand elle arriva à leur hauteur, la vieille Rahel apostropha de nouveau Petiot :

– Où nous emmenez-vous comme ça ?

– Les Juifs ne sont pas à l'abri en France, madame Wolf. C'est le moins qu'on puisse dire, ricana-t-il.

– Je suis épuisée. Je n'arriverai pas à marcher plus loin. Si vous voulez m'achever, vous n'avez qu'à me tuer tout de suite…

– Mais enfin, Mamele, le docteur est un ami. Il va nous sauver.

– Quand j'aurai fait une crise cardiaque, il sera content de sauver un cadavre.

Avant d'entrer dans le métro, Petiot recommanda aux trois voyageurs de ne pas ouvrir la bouche de tout le trajet.

– Si pour la moindre raison il y a quelque chose à dire, c'est moi qui parlerai !

Maurice se prit d'un élan d'admiration pour ce médecin dévoué et si courageux. Rahel, sa mère, pensa par-devers elle : Je serais cinq fois plus dévouée pour deux cent vingt-cinq mille francs…

Au bout d'une heure de voyage, ils parvinrent sans encombre devant une porte cochère. Rahel leva les yeux et nota mentalement : C'est le 21… le 21 de la rue… de la rue… Où se trouve le nom de la rue ?

La porte cochère s'ouvrait sur un couloir sombre débouchant sur une cour mal entretenue. Devant eux, un petit hôtel particulier à l'aspect dégradé. Petiot les conduisit jusqu'à son cabinet.

– Vous consultez ici, docteur Eugène ?

– Je viens de faire l'acquisition de cet immeuble. Je compte y installer une clinique ultramoderne. Je n'ai pas encore commencé les travaux. Lorsque tout sera prêt, avec les appareils les plus récents, je mettrai en œuvre une technique de mon invention pour soigner toutes les tumeurs, tous les cancers... Pour l'heure, je n'y reçois que des malades qui relèvent de soins particuliers...

Rahel dressa l'oreille. Soigner tous les cancers... Elle n'avait jamais entendu parler un médecin de cette manière, elle savait bien, elle, qu'on n'en soignait aucun ! Et son esprit anxieux lui murmura : Sauf peut-être les médecins nazis dont on dit qu'ils font des expériences sur les Juifs... Elle secoua la tête en signe de dénégation. *Oy vavoy*, murmura-t-elle en yiddish, « Oh ! malheur ! », *Gott sole behüte !* « Que Dieu nous garde ! »

En ces temps de guerre, Dieu devait être occupé ailleurs !

Ils entrèrent tous les quatre dans le cabinet de consultation, une pièce au rez-de-chaussée, faiblement éclairée, meublée sobrement. On entendait, assourdi, le ronronnement d'une chaudière. Un grand bureau avec des tas de papiers épars, deux larges fauteuils pour les patients, un fauteuil tournant, en cuir, pour le docteur, deux chaises, une bibliothèque vitrée dans laquelle s'amoncelaient en désordre des livres de médecine, une sorte de pharmacie où l'on apercevait, à travers une vitre opaque de poussière, bocaux, flacons et instruments de chirurgie... Une odeur d'éther flottait dans l'air.

– Comme je vous l'ai dit, c'est encore un cabinet provisoire.

Lina s'effondra dans l'un des fauteuils avec un long soupir, Rahel dans l'autre, Maurice restait debout, examinant, étonné, un bocal où flottait dans un liquide trouble un serpent tacheté de noir.

– Ça alors ! On dirait qu'il a deux têtes.

– Oui, répondit Petiot, vous êtes observateur. C'est une rareté. Je l'ai nourri quelques jours, puis il est mort. Mais je m'étais attaché à lui, je voulais le conserver, alors je lui ai fait une sépulture de formol.

Devant la surprise de Maurice, Petiot ajouta, l'air triste :

– Je l'aimais bien.

– Ah ! C'est étrange...

Soudain, Petiot éclata de rire.

– Vous savez pourquoi il n'a pas survécu ? L'une des têtes se disputait avec l'autre, la mordait. Je pense même que l'une a inoculé du venin à l'autre... N'est-on pas tous ainsi, notre cerveau du mal bataillant sans cesse avec celui du bien ? Vous ne croyez pas, cher monsieur ? Ah, certains, peut-être, sont nantis dès la naissance de deux cerveaux du mal... Ceux-là seraient comme immunisés contre leur propre venin.

Et il éclata de rire à nouveau.

Petiot s'agitait, allait, venait, ouvrait un tiroir, le battant de la pharmacie, le refermait.

– *Meshigene !* « Complètement fou ! » dit la vieille Rahel.

– Que dit-elle dans votre langue ?

– Elle vous apprécie beaucoup, répondit Maurice. Elle dit que vous êtes une sorte de génie.

– Avoir des dons, ce n'est rien, l'essentiel est ce qu'on en fait ! trancha Petiot. Bien, occupons-nous de notre affaire.

Il s'installa enfin à son bureau, sortit trois dossiers d'un tiroir. Il ouvrit le premier. Il y avait plusieurs feuilles dactylographiées, un passeport de couleur rouge vif, surprenant, et les photos de Maurice.

– Avant de vous remettre vos nouveaux papiers, il faut que je vous vaccine...

– Si c'est indispensable...

– Indispensable ! Découvrez votre bras.

– Lequel ?

– Plutôt le gauche, vous êtes droitier, non ?

– Oui.

Maurice ôta son manteau, sa veste, commença à retrousser sa manche.

– Vous aussi, madame !

Lina se leva comme un automate et entreprit de se déshabiller à son tour.

– Demandez à votre mère de me présenter son bras, elle aussi. Nous allons commencer par elle.

La vieille Rahel fit non de la tête, son visage se ferma, le front plissé, elle fusillait des yeux les deux hommes. Elle se mit à injurier en yiddish, d'abord le médecin qu'elle repoussait d'un geste de la main, « Qu'il aille chier sur la mer, ce mendiant ! », puis son fils, qui essayait de la convaincre de dénuder son bras et qu'elle traita de « fils de hyène ! J'aurais dû me casser une jambe ou avaler un plat de scorpions noirs le jour où je t'ai mis au monde ! », sans oublier sa bru qui était « soumise comme un chien et bête comme un pendu »...

– Vous ne pouvez pas lui administrer un tranquillisant, docteur, quelque chose qui apaiserait son angoisse ?

– Si, répondit Petiot.

Il fouilla dans le tiroir de son bureau, en tira un flacon de chloral, en versa une bonne rasade dans un verre d'eau et le tendit à Maurice.

– Pas commode, votre maman ! Faites-lui donc boire cela. Je la vaccinerai ensuite.

Et Petiot, semblant se désintéresser de la situation, quitta la pièce par une deuxième porte située derrière le fauteuil. On l'entendit s'activer dans la pièce adjacente, traîner des objets lourds, Maurice pensa qu'il déplaçait leurs valises. Puis il sortit de la pièce adjacente, entra dans une autre, revint dans le cabinet, sortit dans la cour. Il était de plus en plus agité.

– Il y a un problème ? demanda Lina.

– Mais non, la rassura son mari, on dirait seulement qu'il est pressé.

Dans l'agitation, Rahel s'était saisie du verre et, fermant les yeux, elle avait prononcé la seule parole pieuse qu'elle connaissait, *Chema' Yisraël*, les deux premiers mots du credo juif. Et elle avala d'un trait le contenu du verre. Le téléphone sonna. Petiot revint dans le bureau pour répondre.

– Oui !... Je suis en consultation. Oui... Je pourrai venir chez vous d'ici... (Il consulta sa montre qu'il portait au poignet.) Disons deux heures environ... Ça vous va ?... Pouvez-vous me laisser votre adresse... Attendez, je note... Oui...

Il reposa le combiné. Rahel s'était assoupie.

– Déjà ! s'exclama-t-il. Elle doit être très sensible, votre maman, je n'en avais mis que quelques gouttes... Allons-y !

Il sortit trois ampoules aux bouts effilés. Cassa l'extrémité de la première, emplit sa seringue et fit la première piqûre à :

Rahel Wolf, née Marx, le 8 janvier 1882 à Elberfeld, en Westphalie (Allemagne). Elle semblait dormir très profondément.

Il piqua ensuite Moses, Maurice Wolf, né le 3 janvier 1906 à Anvers, de Saly Wolf et de Rahel née Marx, qui se laissa faire sans renâcler.

Enfin vint le tour de Lina Wolf, née Braun, le 11 août 1895 à Breslau, en Silésie, alors allemande. Lina levait vers lui des yeux implorants.

Petiot avait vu ce même regard chez le bouc qui gardait son jardin, la nuit où il l'abattit d'un coup de revolver. C'était un 23 juin à minuit, lors des feux de la Saint-Jean.

Très vite, Maurice commença à dodeliner de la tête. « Je suis très fatigué, se plaignait-il, comme votre serpent... je vois double... » Petiot se précipita, l'empoigna sous le bras.

– Je vais vous conduire dans une pièce tranquille où vous pourrez vous reposer...

– Oui, balbutia l'autre, merci !

Il n'était pas sitôt revenu que Lina se plaignait à son tour. « Aucun répit, murmura Petiot. Ils me font travailler comme un esclave, ces deux Juifs... »

Il la soutint jusqu'à la pièce adjacente et l'installa sur une chaise, près de son mari.

– Attendez-moi ici. Je vais voir comment se porte votre belle-mère.

Il dut traîner la vieille Rahel inerte, la tenant sous les aisselles, par chance elle n'était pas bien lourde, jusqu'à cette pièce où il l'assit sur une troisième chaise, à côté de son fils qui s'était endormi, lui aussi.

La pièce dans laquelle Petiot avait déposé les trois malheureux fugitifs était minuscule, de forme triangulaire. Totalement vide, hormis les trois chaises, elle ne comportait ni meuble ni fenêtre. Une simple ampoule pendait au plafond. Sur le mur du fond, une double porte semblait ouvrir sur l'arrière de la maison. En vérité, elle était factice et scellée. Huit pitons à extension, qu'on appelle aussi pitons Gollot, étaient fichés dans les murs à des hauteurs différentes. Une double porte de bois épais clôturait cette pièce, équipée d'une solide serrure et d'une chaîne de sécurité. Aucune poignée à l'intérieur de la pièce triangulaire. Il la verrouilla soigneusement, enclencha la chaîne de sécurité et revint dans son cabinet fouiller dans ses bols et ses bocaux. Il cherchait les ingrédients du cocktail de son invention qu'il allait leur injecter. C'était cela son arme secrète, un cocktail de substances. Il chantonnait, Petiot, le sorcier des molécules, il chantonnait à voix basse en versant dans un tube de verre les liquides et les poudres. Un tiers de concentré de morphine... et voilà pour ma morphine, une nuée de cristaux de strychnine, voilà, voilà... et pour couronner le tout, que voilà, que voici ? Le plus beau, faut pas être avare... Une bonne giclée de curare... Et pour finir, juste pour le plaisir, pour avoir bonne mine... une ampoule entière de coramine.

Et il chantonnait : « Elle a quelque chose qui plaît, morphine, Joséphine... strychnine, Joséphine... et quelque chose de rare, curare, curare... »

Il prit ensuite une grosse seringue, l'emplit entièrement et la posa sur son bureau, prête à l'emploi. Il traversa la cour extérieure jusqu'à une courette qu'on appelait encore « l'écurie », où un tabouret lui permettait de se hisser jusqu'à un œilleton logé dans le mur. De l'écurie, au-dehors, l'œilleton offrait une image très nette de l'intérieur de la pièce triangulaire. Il y colla son œil et constata qu'il y faisait sombre. Il tâtonna de la main droite jusqu'à trouver l'interrupteur, qui permettait d'allumer l'ampoule suspendue au plafond de la pièce triangulaire. Il regarda attentivement. Personne ne bougeait. « Bien, bien, bien… Ils sont très sages… »

Revenu près de ses détenus, il commença par Maurice, évidemment le plus vigoureux. Il lui lia chaque main à l'aide d'une corde qu'il fit ensuite passer dans deux des pitons fichés dans le mur et le hissa à la force des bras. Maurice, sans connaissance, se dressait à présent les bras écartés, la tête tombée en avant, les pieds touchant le sol. Petiot s'éloigna un peu, contempla la scène et hocha la tête. Il avait obtenu l'image exacte qu'il souhaitait : celle d'un Christ à l'agonie. Le Christ n'était-il pas juif ? Satisfait, il s'occupa de Lina. Comme Rahel était beaucoup plus petite, il dut la hisser plus haut, si bien que ses pieds ne touchaient plus le sol. Il vérifia que les trois visages se trouvaient bien à la même hauteur, celle de l'œilleton d'où il pourrait les contempler de l'extérieur. Puis il injecta une dose de cocktail à chacune de ses victimes.

Tout excité, il se précipita à nouveau jusqu'à « l'écurie » pour assister à ce qu'il appelait « l'assomption »… L'assomption, c'était son mot, ce qu'il recherchait, qu'il attendait impatiemment, voir de ses yeux l'âme des condamnés monter au ciel.

L'œilleton se trouvait à environ deux mètres du sol. Il grimpa sur le tabouret et regarda. On eût dit le tableau d'un peintre italien ou hollandais montrant la crucifixion de Jésus entre les deux larrons.

Il poussa son cri, le même qu'à Chéu durant son rituel : « Yaô ! Yaô ! » Il trépignait d'excitation.

La coramine, un puissant stimulant, agissant la première, réveillait les malheureux, qui ouvraient les yeux, regardaient en tous sens, épouvantés de constater qu'ils ne pouvaient bouger. Bientôt, le curare fit son effet, paralysant leurs membres, les empêchant de respirer, la strychnine alors leur donna des soubresauts, il adorait voir leurs contorsions, il sentait dans son corps les sursauts de leur âme qui cherchait à se dégager de sa pesante enveloppe pour prendre son envol. La morphine, enfin, les apaisa pour toujours. Et il resta un long moment à contempler la béatitude de ces pèlerins partis si loin, si haut, jusqu'au ciel.

Lorsqu'il descendit de son tabouret, Petiot avait éjaculé. Il essuya rapidement de son mouchoir la tache qui perlait sur son pantalon.

Alors, il s'activa. Il lui fallait joindre l'utile à l'agréable. Il partit récupérer l'argent, les bijoux et les diamants dans les vêtements et les valises des morts. Il sifflotait de plaisir.

Il était à peine deux heures l'après-midi.

# Du côté de chez Proust

Jade a travaillé toute la nuit sur son manuscrit. Elle voulait l'expédier avant de dormir. Elle s'est couchée vers 5 heures, continuant de ruminer son texte. À 8 heures, elle est déjà levée. Son père est parti à son bureau, sa mère s'est rendormie. Elle n'a aucune envie de prendre un petit-déjeuner seule dans la cuisine. Installée à la terrasse du Bistrot Poincaré, à l'intersection de la rue de Longchamp, elle attend son café crème. Trois hommes, jean, baskets et sweat à cagoule, se postent juste devant la table et la regardent longuement. Le plus grand, algérien ou marocain, pense-t-elle, s'avance et lui demande s'ils peuvent s'installer pour boire un café en sa compagnie.

Jade n'est pas une fille comme les autres, déjà à quatre ans, en maternelle, la maîtresse disait d'elle : « C'est un cerveau sur pattes. » Elle n'avait peur de personne, ni des enfants ni des adultes, ne pleurait ni ne criait, elle raisonnait seulement. Au lycée Saint-Louis-de-Gonzague où elle a effectué toute sa scolarité jusqu'au bac, les garçons ont vite compris qu'on n'approchait pas impunément Jade Joselewicz. Elle savait trouver le mot qui humilie, le geste qui effraie et ne craignait pas de recevoir ou de donner coups de poing et coups de pied. Malgré les apparences, c'était une jeune fille moderne. On l'appelait « la panthère ».

Elle se dresse devant les trois garçons.

– Si vous avez l'intention de me draguer, je ne m'intéresse pas à des handicapés du bulbe, si vous voulez me parler, je ne fréquente aucun QI inférieur à 140, et si vous comptez m'impressionner, dans cinq minutes, vous aurez tout le quartier sur le râble.

Elle a élevé la voix, les derniers mots sont prononcés presque en criant. Impressionné, le gars recule d'un pas en répétant : « Sur le râble... sur le râble... qu'est-ce que ça veut dire ? » Déjà, les autres consommateurs ont les yeux rivés sur eux. Il y en a même un, balèze, costume cravate, l'air d'un inspecteur de police, qui s'approche.

Voici les trois qui reculent lentement, ils regardent derrière eux et aperçoivent deux agents à vélo. Avant de déguerpir, le plus grand, celui qui l'a apostrophée, fait du doigt le signe d'égorgement. En réponse, Jade brandit un pistolet imaginaire... Fait un mouvement du pouce, comme si elle tirait...

Une fois les petites frappes disparues, elle se rassoit et demande au garçon :

– Vous avez des croissants ?

Elle refuse de s'interroger sur ces agressions qui se répètent depuis qu'elle a entrepris son travail de recherche sur les crimes du docteur Petiot. Une idée lui traverse l'esprit : Et si Nagral était derrière tout ça... Mais elle la chasse aussitôt. Elle ne va tout de même pas tourner parano...

Il lui a donné rendez-vous à midi au bar de la Maison Proust dans le troisième arrondissement de Paris. Elle n'a jamais entendu parler de cet endroit. Dans l'autobus 75, la tête si pleine qu'elle en est douloureuse, elle se demande : La Maison Proust ? Peut-être me trouve-t-il des qualités littéraires ? Sinon, pourquoi Proust ? Mon travail de recherche dans les archives... *À la recherche du temps perdu*, alors ? N'importe quoi ! Cette pensée lui donne le sourire. Mais non ! Il lui a seulement proposé un endroit agréable... Elle se refuse à penser aux sous-entendus sexuels de Sabine qui lui prédisait qu'elle finirait dans le lit de Nagral. Il ne lui est jamais venu à l'idée, à cette vieille psy soixante-huitarde, qu'on ne brade pas sa virginité !

L'entrée est banale, celle d'un restaurant de luxe. Une fois passée la porte, Jade est époustouflée par la beauté du décor. Tentures de velours bleu marine, murs couverts de boiseries, lumières tamisées, tapis précieux... Elle aperçoit de loin l'alignement harmonieux des bouteilles. En s'avançant vers le bar, elle est bousculée par une femme pressée qui s'éloigne des tables pour répondre au téléphone. Elle lève la tête et reconnaît la ministre de la Culture perchée sur ses Louboutin de douze centimètres qui lui envoie de loin un baiser : « Oh ! Pardon, mademoiselle ! »

Au bar, Nagral est juché sur un tabouret. Il l'invite à le rejoindre :

– Installez-vous là, la ministre ne reviendra pas.

– C'est une de vos amies ?

– J'ai beaucoup d'amies !

– Nous en attendons encore une autre, peut-être…

– Ici, vous avez les meilleurs cocktails de Paris.

Elle regarde la carte. Il ajoute :

– Sérendipité…

Elle le regarde, étonnée.

– C'est le nom d'un cocktail, je vous le conseille. J'imagine que vous savez ce que c'est…

– Faire par hasard une découverte qui se révèle ensuite fondamentale ?

– Je savais que vous étiez incollable en tout ! Mais ici, *Serendipity*, c'est calvados, jus de pomme, champagne, menthe fraîche avec du sucre… franchement délicieux ! (Il tend la carte au garçon.) Pour moi, ce sera *L'après-midi d'un faune*… Plus classique.

Elle n'y tient plus, lui demande :

– Vous avez lu ?

– Bien sûr ! J'attendais votre petit mot doux. Il est arrivé à 5 heures du matin. Je me suis précipité sur mon ordinateur.

– Sans rire...

– Oui ! J'ai lu votre travail ce matin. Vous avez fait une découverte. La scène de l'assassinat des trois Wolf est très convaincante, je l'avoue. Vous avez un peu arrangé les documents, interprété les archives, non ?

– Presque pas, monsieur ! J'ai simplement découvert la cohérence d'une série de faits, par ailleurs parfaitement établis...

– Peut-être, peut-être... Mais pour parler franchement, je ne comprends pas votre Petiot. Je veux dire la façon dont vous le décrivez, les motifs qui l'animent. Vous nous aviez présenté un personnage capturé, possédé par son époque, vous le surchargez maintenant de ces relents de sorcellerie médiévale, de mystique kabbalistique... Il faut que vous vous expliquiez, on ne comprend plus.

Il débite ses critiques avec un grand sourire, en ayant l'air de penser à autre chose. Prise de court, elle bégaie, contemplant son verre que la menthe a coloré de vert. Elle secoue les glaçons, boit une gorgée, le regarde un instant.

– Je suis certaine de ce que je décris. Je pourrais vous montrer l'interrogatoire de Mme Gang...

Nagral a les yeux qui vacillent. Il est à moitié affalé sur le bar, la tête posée sur le bras. Il ne doit pas en être à son premier verre.

– Vu votre état, vous aurez du mal à rentrer chez vous, le moque-t-elle. Désolée, je suis venue en bus, je ne pourrai pas vous reconduire.

– Ne vous inquiétez pas, je repartirai en taxi. Et puis, ici, ils ont des chambres…

Elle ne relève pas, coupant court à ce qu'elle perçoit comme une invite. Il a les yeux les plus clairs du monde. Elle se lance dans un long exposé :

– Bon ! Alors, voici ce que je pense : La France est occupée. Dans les rues de Paris, les panneaux sont rédigés en allemand, d'une écriture gothique qui évoque en effet le Moyen Âge. Des tanks et des camions traversent la ville, des soldats casqués défilent dans les rues, alignés comme à la parade, dans les kiosques d'autres soldats jouent du Beethoven ou du Mozart, d'autres encore, des permissionnaires, déambulent par deux ou trois, abordant en riant les belles « mazmazelles », tous sont allemands… À la radio, dans les journaux, on ne parle que des victoires de la valeureuse Wehrmacht. Radio-Paris, qui ment en faveur des Allemands, diffuse tous les jours attaques et insultes contre les résistants et les « traîtres », incite à la haine et à la dénonciation des Juifs. Petiot, installé à Paris depuis à peine sept ans, a ce spectacle sous les yeux chaque jour. Lui qui est un produit du terroir, un de ces « vrais Français » dont parle le foutu Maréchal, en est bouleversé. Il est né en 1897 à Auxerre, dans l'Yonne, son père, Félix, en 1866 à Villecien, je parie que vous ne savez même pas où ça se trouve, un tout petit village entre Joigny et Villeneuve-sur-Yonne, sa mère, Marthe Bourdon, en 1874 à Appoigny, un bourg à peine plus grand, à vingt-cinq kilomètres de là, son grand-père, Henri Petiot, à Villecien en 1830... On retrouve un ancêtre, Pierre Petiot, né déjà à Villecien en 1706. Il est de là, Petiot, ses racines s'enfoncent profondément dans la terre bourguignonne. C'est un véritable autochtone. Quant à son épouse, Georgette Lablais, la fille de Georges Lablais, quoique née à Paris, elle est aussi une enfant du cru, ses deux parents étaient d'Auxerre. Ils se sont mariés à Seignelay, un autre village près d'Appoigny, d'où sont originaires les parents de sa femme. Le samedi soir, lorsqu'il a terminé ses consultations dans son cabinet de Villeneuve, Marcel Petiot l'emmène danser à dix kilomètres de là, au bal de Migennes ou de Joigny. Vous comprenez, Marcel Petiot est un concentré de France, aujourd'hui on dirait « un Français de souche ». Son écœurement de l'Occupation, il ne le perçoit pas avec sa tête, ça lui travaille les tripes en profondeur. Tout cela ressortira d'ailleurs dans les mensonges du procès lorsqu'il se prétendra résistant, qu'il se vantera d'avoir combattu à sa façon pour son pays, de n'avoir tué que des Boches et des collabos.

– Oui ! J'ai pris conscience de tout cela... Merci pour le cours d'histoire !

– Vous n'avez peut-être pas mesuré la profondeur de cet attachement, insiste-t-elle. Lorsqu'il a commencé à s'enrichir, outre les immeubles à Paris, il a acheté des maisons partout dans l'Yonne, la région de son enfance et de sa jeunesse, plusieurs à Auxerre, d'autres à Courson-les-Carrières, Chéu, Ligny... On ne les connaît pas toutes puisqu'il les achetait le plus souvent au nom de son frère ou de son fils, parfois même de son beau-père.

– Sans doute s'organisait-il des planques pour le cas où il serait poursuivi par la police, il choisissait des lieux qu'il connaissait de toujours. C'est classique chez les voyous. Mais vous ne me répondez pas sur la dimension mystique que vous avez ajouté à votre personnage.

– Je savais que vous alliez tiquer là-dessus. Vous aussi, vous êtes de votre époque, sans attache, sans noyau, flottant au gré des événements et des rencontres... Moi, je cherche le motif véritable des meurtres. L'argent, me proposiez-vous, mais c'est le moteur des gens sans appartenance. Lui, Petiot, est ancré, fixé, descendant de générations de paysans, des gens du pays, des païens... C'est le même mot, vous avez remarqué ? Pays, paysan, païen... Il est animé d'une puissance qui lui vient du tréfonds, une haine de l'Église qui a persécuté ces populations durant des siècles, une haine du pouvoir qui les a exploités, spoliés, accablés d'impôts... Cette haine s'est fixée, il me semble, lorsqu'il avait trois ans, lorsque sa mère, rendue folle par sa présence – elle était convaincue d'avoir enfanté l'enfant du démon –, a dû être hospitalisée en psychiatrie. Cette haine s'est fixée au gré des histoires de sorcières que lui racontait en patois sa nourrice, l'Henriette... À l'Henriette, d'ailleurs, celle qui l'a élevé, qu'il adorait, du reste, il lui en a fait voir, dès tout petit, la pinçant, la piquant avec des aiguilles, plongeant son chat dans l'eau bouillante de la lessiveuse... Elle disait de lui : « Aussi intelligent que le diable et aussi méchant ! »

La haine du monde qui lui vient de son enfance s'est raccrochée aux grands mythes qui ont traversé cette région, à ses rites pratiqués en secret par les paysans, les cultes à Diane, l'adoration des boucs dont s'amuse Rabelais, la passion pour les plantes aux effets ravageurs, le datura, l'amanite tue-mouches...

S'interrompant soudain, Jade demande à Nagral :

– Avez-vous des enfants ?

– Oui, un fils de ma première femme. Plus de nouvelles... sinon qu'il doit être étudiant quelque part, sans doute en sociologie à Nanterre ou à Saint-Denis... Autant dire un bon à rien ! Vous voulez savoir ce que je pense de la sociologie ? C'est l'autoélimination des minables.

– Vous voyez, s'exclame Jade, vous voyez ! Vous êtes en manque de transmission. Comme tous les hommes, vous auriez aimé faire souche. Eh bien Petiot n'était pas comme vous. Tout à la fois révolté et enraciné !

– Ttt... Ttt... Ttt... Allez ! Malgré tous vos arguments au sujet de l'enracinement, il manque une pièce à votre puzzle.

– Laquelle ?

– J'ai pensé à quelque chose en vous lisant…

– Quoi ?

Nagral a commandé un nouveau cocktail, vite avalé.

Répandu sur le bar, la tête entre les bras, il parle maintenant les yeux fermés.

– Je n'ose pas vous le dire, vous allez prendre la mouche.

– Mais non, allez-y ! De vous je m'attends au pire, comme au meilleur…

– Êtes-vous toujours vierge ?

Elle reste un moment estomaquée par son culot, elle lui retournerait bien une baffe.

– Mais qu'est-ce que ça peut vous foutre ?

– C'est une réponse ! Je vous demandais ça parce que… parce que vous devriez vous renseigner sur la pucelle…

– Quelle pucelle ?

– Eh bien la Jeanne ! La pucelle…

– Jeanne d'Arc ?

– Réfléchissez ! Les situations sont comparables. Au début du xv^e siècle, les Anglais occupent tout le nord de la France jusqu'à Paris, les côtes de Normandie, de Bretagne et du Sud-Ouest depuis Bordeaux jusqu'à l'Espagne, leurs alliés, les Bourguignons, l'Est, l'Artois, les Flandres… Si on comparait la carte du royaume de France en 1420 et celle de la zone libre en 1940, elles seraient presque superposables, à l'exception des côtes de Vendée, restées françaises en 1420. Lorsque intervient la pucelle, en 1429, on sent la France qui rugit, Jeanne entend certes les voix descendant du ciel, mais surtout le cri de révolte qui sourd du peuple de France. Et c'est peu après qu'elle entreprend son périple qui la conduira, comme vous le savez, jusqu'au bûcher.

– Vous pensez qu'à part la géographie, il existe quelque rapport avec mon sujet ou c'est seulement pour faire étalage de vos connaissances ?

– Cherchez la pucelle !

Et Nagral laisse à nouveau retomber sa tête entre ses bras.

– Mais des pucelles, il n'y en avait pas trop dans l'entourage de Petiot.

Il ouvre un œil :

– Vous en êtes certaine ?

Elle se met à réfléchir et repense au rapport que l'inspecteur Hernis fit au commissaire Massu à son retour de son périple dans l'Yonne, en avril 1944, peu après la cavale de Petiot.

– Il y a bien eu sa bonne, la petite Louisette. Il venait de s'installer, il n'était pas encore marié.

– Elle était pucelle ?

– Sans doute avant de rencontrer Petiot...

C'était en 1922, Petiot avait à peine vingt-cinq ans. Nouvellement diplômé, il venait d'ouvrir son cabinet à Villeneuve-sur-Yonne. Il fit la connaissance de la jeune Louisette, âgée de vingt ans. Elle était belle, les yeux clairs, les cheveux sombres, les hommes se retournaient sur son passage. Elle travaillait alors comme bonne chez les époux Fleury.

– Et vous connaissez l'attrait de Petiot pour les bonnes, il entreprit de la séduire. Au volant de son bolide, un roadster Georges Irat – Petiot était passionné de bagnoles, tout comme vous, tiens –, il passait et repassait devant leur maison, y faisait irruption pour toutes sortes de raisons et même sans raison.

Bientôt, la petite Louisette devint sa maîtresse. Mais les Fleury n'appréciaient pas les escapades de leur bonne à tout faire. Ils commencèrent par des remarques, puis des remontrances, elle ramassa même une gifle de sa patronne en colère. Elle se confia à son amant. Quelques jours plus tard, un terrible incendie ravagea la maison des Fleury. Lorsqu'une fois éteint on put y pénétrer, on constata que les bijoux de la patronne avaient disparu. Les rumeurs allèrent bon train. Connaissant l'inimitié entre les Fleury et Marcel Petiot, on l'accusa bientôt d'être le commanditaire, peut-être même l'auteur du forfait. La bonne réputation du docteur étant par ailleurs bien établie, il ne fut pas inquiété. Bientôt les époux Fleury quittèrent la ville et Petiot prit Louisette à son service. Il l'installa dans sa maison au 77 de la rue Carnot à Villeneuve-sur-Yonne et ils vécurent ainsi, Petiot assouvissant son attirance pour le personnel de service, Louisette perdue dans ses rêves d'ascension sociale. Un an plus tard, c'était en 1926, la jeune femme tomba enceinte. Petiot lui déclara tout net qu'elle pouvait repartir chez ses parents. Elle fondit en larmes. Un soir, René Nézondet, l'ami de Petiot, trouva la pauvre Louisette éplorée au bord de l'Yonne. Elle lui avoua entre deux hoquets que Petiot ne voulait plus d'elle, qu'elle était désespérée et qu'elle allait se jeter dans la rivière. Il l'en dissuada, la consola, lui promit qu'il parlerait à son ami Marcel et que les choses finiraient par s'arranger. Lorsqu'ils furent seuls, Petiot dit brutalement à son ami : « Pourquoi ne l'as-tu pas laissée faire ? On l'aurait retrouvée demain au barrage... » Quelques jours plus tard, Petiot se confia ainsi au même Nézondet : « Tu n'as pas à t'inquiéter de Louisette, on ne la reverra plus ! » Et de fait, la belle Louisette Delaveau disparut à jamais. Quoique la rumeur accusât à nouveau Petiot, il ne fut pas plus inquiété que pour l'incendie de la maison des Fleury. Est-ce parce qu'au même moment il se présentait sur la liste radicale-socialiste ? En juillet 1926, il fut élu maire de Villeneuve-sur-Yonne.

Lorsque Jade termine de raconter son histoire, Nagral semble s'être endormi, la tête sur le bar. Elle secoue son bras.

– Professeur Nagral ! Mais vous dormez...

Il ouvre un œil pour lui répéter :

– Cherchez la pucelle ! Si vous ne la trouvez pas dans l'histoire de Petiot, alors c'est peut-être vous !

*

Rapport

*À destination du commissaire Massu, rapport de l'inspecteur Hernis rendant compte de ses investigations sur le docteur Petiot dans l'Yonne.*

*Paris, le 24 avril 1944*

*Chargé de procéder à toutes investigations dans le département de l'Yonne, au sujet de l'affaire Petiot, j'ai quitté Paris le samedi 18 mars, pour Auxerre, et j'ai séjourné dans l'Yonne jusqu'au mercredi 5 avril.*

*Pour les besoins de l'enquête, j'ai eu à me rendre à Seignelay, Joigny, Dixmont, Sens, Theil-sur-Vanne, Paron, Courson et Villeneuve-sur-Yonne.*

Page 16 de ce long rapport :

*Outre les investigations ci-dessus mentionnées, il a été procédé à une enquête aux fins de recueillir des renseignements de tous ordres à l'égard du docteur Petiot.*

*C'est ainsi que profitant de mon séjour à Villeneuve-sur-Yonne le 22 mars, j'ai rencontré une personne désirant garder l'anonymat qui m'a fait des révélations sur des faits anciens ayant trait à la disparition d'une bonne ayant été la maîtresse du docteur.*

...

*C'est également à cette époque qu'une dame, qui désire également conserver l'anonymat et qui a été entendue par mes soins, aurait vu Nézondet et Petiot hisser dans la voiture de ce dernier une grosse malle paraissant lourdement chargée.*

*Quelques jours plus tard, ce dernier témoin lisait dans le journal que le cadavre d'une femme sans tête avait été découvert dans une malle à Dijon ou aux environs immédiats de cette ville. Or, Nézondet et Petiot auraient été vus, dit-on, dans le même temps, dans cette région.*

*...*

*Toujours d'après ces mêmes témoins et deux ans plus tard environ arrivaient à Villeneuve prendre le commandement de la brigade de gendarmerie le maréchal des logis-chef Coureau, actuellement capitaine commandant la section de gendarmerie de Vervins (Aisne).*

*Ce sous-officier, saisi sans doute par la rumeur publique de la disparition de la domestique (et maîtresse) du docteur Petiot, entreprit alors une enquête qui n'aboutit pas, et qui amena son changement de résidence provoqué dit-on par Petiot qui était devenu à l'époque conseiller général et jouissait par suite d'une certaine influence.*

*Quoi qu'il en soit, situé aux recherches effectuées, tant à la gendarmerie de Villeneuve, où se trouvaient les archives de la brigade, qu'aux parquets de Joigny et de Sens, il n'a été trouvé aucune trace du rapport établi par M. Coureau. Il est utile de signaler toutefois qu'au moment des événements de 1940, la plupart des archives de la brigade de gendarmerie de Villeneuve ont été détruites.*

*Relativement à ces renseignements il a été procédé à diverses investigations qui ont permis d'identifier la disparue comme suit : il s'agirait de la nommée Delaveau Louise, née en 1900 dans le département de la Meurthe-et-Moselle.*

*L'inspecteur*
*Signé : Hernis*

# L'entente cordiale

Paris, le mercredi 23 décembre 1942.

Il faisait moins froid que l'année précédente, mais le charbon était encore plus rare, quant à trouver des bûches pour les chanceux qui disposaient d'une cheminée dans leur appartement, c'était une autre paire de manches... Cette année, pour Noël, les spectacles ne pourraient se dérouler qu'en matinée, les messes de minuit, l'après-midi, et les veillées familiales devraient se prolonger jusqu'à 5 heures du matin pour attraper le premier métro. On notait une excitation inhabituelle dans les gares où les usagers voyaient défiler, pleins d'envie, des paniers d'où dépassaient des cous de dindes et des cols de bouteilles de champagne. Elles étaient évidemment destinées aux Boches...

Dans *Le Petit Parisien*, on pouvait voir, en première page, une photo de Hadj Amine el-Husseini, le grand mufti de Jérusalem, tout souriant, qui offrait une réception à l'occasion de l'*Aïd-el-adha*, « la fête du mouton » qui, cette année, était tombée le 19 décembre. Il avait reçu dans sa villa de Berlin les volontaires musulmans de la brigade Handschar qui combattaient aux côtés des Waffen SS sur le front de l'Est.

En page 3, on annonçait l'inauguration du nouvel Institut d'anthroposociologie. Ce haut lieu de la recherche offrirait au 53 rue de Monceau, dans le huitième arrondissement de Paris, un enseignement destiné aux fonctionnaires de la police et de l'Éducation nationale. L'anthroposociologie, y expliquait-on, est la science qui étudie « les réactions de la race et du milieu ». M. Darquier de Pellepoix, commissaire aux Questions juives, qui présidait la cérémonie, s'était fendu d'une inoubliable improvisation qu'il avait clôturée ainsi : « Nous avons tout perdu ! Nous n'avons plus de territoires, plus de marine, plus d'armée ; il ne nous reste plus rien sauf la race. C'est dans ce creuset de la race qu'il faut refondre notre pays si l'on veut qu'il redevienne ce qu'il fut à l'époque de sa grandeur. »

Il paraîtrait qu'il fut applaudi. Après la collaboration politique et économique, la France s'engluait jusqu'au cou dans une collaboration culturelle...

Dans son quatrième étage, Eryane allait, venait, fumant une cigarette après l'autre, devant Saint-Pierre étalé sur le sofa qui vidait tranquillement une bouteille de whisky. Depuis samedi matin où elle avait vu de sa fenêtre les Wolf quitter l'immeuble de la rue Pasquier, Petiot n'avait plus donné signe de vie. Il avait dit qu'il la recontacterait pour convenir de la commission qu'il lui avait promise. Il avait fait le mystérieux... se faisant appeler par son ridicule pseudo « docteur Eugène »... « Vous ne me téléphonerez pas, lui avait-il ordonné, ce sont les règles de la clandestinité... C'est moi qui entrerai en relation avec vous... » Il se foutait d'elle ou quoi ? D'abord, grâce à la petite enquête qu'avait menée Saint-Pierre, elle connaissait son vrai nom, son adresse et même son numéro de téléphone... Pigalle 77 11... C'était facile à retenir. Ah non ! Elle ne l'appellerait pas, ça lui donnerait le temps de préparer ses arguments... Non ! Elle allait débarquer chez lui, là où il vivait et recevait ses patients, elle le savait ! Elle surgirait sans crier gare, flanquée de son homme, et on allait s'expliquer, comme dans les milieux qu'elle fréquentait... à coups de lattes dans la gueule.

– Il est gonflé, ce connard de toubib ! C'est moi qui lui ai amené l'affaire. J'ai préparé la famille, je les ai rassurés, hébergés, je les ai poupougnés... Si bien que lorsqu'ils l'ont rencontré, ils lui mangeaient dans la main. De plus, je me suis personnellement occupée du bonhomme, ce débile de Maurice, raide comme un pantin, et ça m'a coûté, tu peux me croire.

– Euh... osa Saint-Pierre.

– Ne va pas t'imaginer que j'ai pris du plaisir. Et je ne parle pas seulement du sexe...

– Ah ? Et de quoi d'autre ?

– Je lui ai fait croire que mon action était une sorte d'engagement en faveur de la communauté juive.

– Et alors ?

– Ça me prend aux tripes. Quand je pense que j'en fais partie…

Saint-Pierre n'en crut pas un mot. Il avait compris que pour Eryane, être juive n'était ni une appartenance ni même un handicap, juste un fait qu'elle exploitait quand il lui apportait un avantage et qu'elle ignorait le reste du temps.

– Ton docteur Eugène, lui dit-il, ou ton Petiot, si tu préfères, tu veux que je te dise comment on l'appellerait en argot ? Un « assassin du genre humain » !

– Quoi ?

– C'est une façon de parler, je veux dire, c'est comme ça qu'on appelle les toubibs dans le milieu des loufiats, des « assassins du genre humain »…

– Un assassin du genre humain, tu dis ?

– Oui.

– T'as raison ! Pourquoi n'y ai-je pas pensé plus tôt, c'est évident, pourtant !

– Qu'as-tu trouvé encore ?

– Les réfugiés riches qu'il invite à partir, tu veux que je te dise… Je viens de comprendre… C'est pour leur dernier voyage !… Ses recommandations de réaliser tous leurs biens, de n'emporter que des devises et des bijoux… Il ne se paie pas seulement sur le prix du passage. Une fois chez lui, refroidis et découpés en tranches, il leur fait les poches et leur barbote toutes leurs richesses. Ah, le salaud !

– Attends, rien ne te prouve...

– C'est toi qui m'as aidé à comprendre... « Un assassin du genre humain », tu as dit ? C'est ça ! Exactement ça ! Il les emmène dans un endroit tranquille, les assomme ou les empoisonne et après, par ici la monnaie ! Trois voyageurs, ça lui rapporte deux cent vingt-cinq mille francs et les quelques millions qu'ils emportent dans leurs valises. Et à moi, à toi, que dalle ! Ou de la petite monnaie... Ah non ! Si tu crois que je me laisserai baiser...

– Euh...

– Par ce maniaque, je veux dire...

Saint-Pierre la sentait prête à un coup de main chez Petiot. Lui n'était pas très chaud, il craignait de se retrouver face à un réseau, peut-être une bande de délinquants. Petiot ne pouvait pas faire ça tout seul, il avait nécessairement des complices... Il essaya de dissuader Eryane.

– Calme-toi ! Attends déjà qu'il te propose une commission. Si, comme tu l'imagines, elle se révèle ridicule, nous agirons. Mais après avoir réfléchi... Et puis, des gens comme ça, tu ne sais pas...

– Je ne sais pas quoi ? hurla-t-elle. Je ne sais pas qu'il m'a entubée jusqu'au trognon, que grâce à moi, il vient de se faire dans les deux ou trois millions et qu'il me laissera généreusement dix ou quinze mille balles ? Après avoir ergoté, en plus ! Je ne le sais pas, ça ? Je le sais très bien, au contraire !

Quand elle piquait ses crises de fureur, elle lui faisait peur.

– Je veux dire… euh… tu ne sais pas qui est derrière lui. Les Allemands, peut-être, ou la Gestapo de la rue Lauriston, qui sait ? Tu as envie de les affronter toute seule, ces gars-là, avec tes petits poings, hein ?

Elle s'arrêta d'un coup. Il pensait l'avoir douchée, il avait tort, elle ruminait. Après quelques minutes de silence, elle l'attaqua à nouveau.

– Les Boches, ceux de l'avenue Foch ou les truands de la rue Lauriston, j'en fais mon affaire ! Et toi, si tu te dégonfles, j'irai toute seule et t'en auras pas une miette !

Pauvre Saint-Pierre, il voulait seulement terminer son whisky.

– Une miette de quoi ?

– De la vraie commission que je vais lui soutirer, pardi ! Allez bouge-toi, feignasse, on y va !

– Quoi ? Maintenant ?

Il était à peine 18 heures. S'ils pressaient le pas, ils pourraient arriver rue Caumartin avant que le docteur Petiot ait terminé ses consultations. Elle pensait qu'il fallait le cueillir sur son lieu de travail, le menacer de tout révéler, lui coller la trouille de sa vie.

Saint-Pierre, qui redoutait Petiot, se munit de son petit 7,65, un pistolet Manufrance qu'il avait racheté à un lieutenant en cavale en 1940. Il vérifia le chargeur, il était plein, glissa une balle dans le canon, enfouit le flingue dans la poche de son imper et suivit Eryane qui dégringolait les escaliers au pas de charge.

– Vous avez rendez-vous ? leur demanda une petite dame toute menue.

– Non, mais c'est une urgence ! répliqua aussitôt Eryane.

– Une urgence ? Il faut revenir dans une heure ou deux. Là, le docteur ne reçoit que ses rendez-vous.

– C'est une urgence très urgente !

Elle avait haussé la voix. Il y avait du monde dans le salon d'attente, des femmes surtout, certaines très jeunes. Elles levèrent toutes la tête d'un même mouvement.

– Et même que si le docteur tarde trop à nous recevoir, y s'peut bien qu'il y ait un mort ! ajouta Saint-Pierre suffisamment fort pour être entendu derrière la double porte capitonnée qui les séparait du cabinet de consultation.

Les femmes levèrent à nouveau le nez de leur magazine.

Petiot ne tarda pas à sortir de sa tanière. Il raccompagna une femme outrageusement maquillée, le décolleté en étalage, qui frétillait du corset, juchée sur des sabots à talons.

– Mais non, m'ame Lassagne, ne vous inquiétez pas. Prenez bien les comprimés que je vous ai prescrits durant cinq jours et venez me voir ensuite. Je suis certain que votre douleur aura disparu. Pendant ce temps, repos et pas trop de marche à pied, hein… D'accord ? Allez ! Au revoir, m'ame Lassagne !

Petiot se retourna vers les deux visiteurs inattendus. Il devait avoir des nerfs d'acier, il ne laissait rien paraître de sa fureur. Au contraire, il s'approcha d'eux, le regard bienveillant.

– Entrez ! Je vais d'abord m'occuper de vous puisqu'il paraît que c'est une urgence.

Sitôt entré dans le cabinet, Saint-Pierre claqua bruyamment son calibre sur le bureau du docteur.

– On va s'expliquer un brin, Petiot, entre confrères, tu vois, de docteur à docteur.

Et il le menaçait de son arme.

– Faudrait pas nous prendre pour des dindes, ajouta Eryane, c'est pas parce que c'est bientôt Noël…

Et Saint-Pierre de renchérir :

– Ni pour les ravis de la crèche, pas vrai, docteur ?

Petiot regarda ses deux interlocuteurs. Ils avaient l'air remontés comme des coucous. Ce coup-là, il était coincé. Pas moyen de sortir, sa femme et les autres patients l'attendaient de l'autre côté. Et se défendre contre ce gaillard qui le dépassait d'une tête et armé, qui plus est… Il fallait oublier.

– D'accord ! Prenez place, asseyez-vous. Nous allons discuter.

– Non ! rugit Eryane. Toi, tu t'assois, nous, on reste debout, chacun à une porte, s'il te venait l'idée saugrenue de te faire la belle...

Elle partit fouiller dans le tiroir du bureau et en tira un pistolet, qui ressemblait à celui de Saint-Pierre, en plus petit.

– Putain ! Tu n'as qu'un 6,35... Avec ça, faut tirer à moins de deux mètres si tu veux faire un trou dans le bonhomme.

Elle se rapprocha donc de lui en brandissant son Manu de poche.

– Voyons ! se défendit Petiot. Nous sommes entre personnes de bonne compagnie.

Il lui fallut toute sa diplomatie pour les calmer. Il commença par nier, prétendant à nouveau qu'il faisait œuvre humanitaire. S'il n'avait pas donné de nouvelles depuis samedi, c'est qu'il attendait que les Wolf soient sur le bateau pour l'Argentine... « Vous comprenez, faut pas vendre la peau de l'ours... » Il lui fallait faire ses comptes, calculer l'argent qui restait pour distribuer ensuite les commissions. Il se mit à jurer ses grands dieux qu'en ce qui le concernait, il ne touchait pas un franc, pas un centime, rien !

– Écoute, le coupa Eryanc, c'est pas la peine de te fatiguer, nous savons tout ! Tu peux peut-être tourner Francinet en bourrique, ou même Fourrier... Tu n'es pas allé imaginer que tu pourrais me baiser, moi...

Et elle se mit à agiter dangereusement le petit 6,35.

Petiot s'inquiéta.

– Voyons, madame, soyez prudente. Ces pistolets partent tout seuls parfois...

– Ça ne fera jamais qu'un voleur de moins, pas vrai, Saint-Pierre ?

– L'a des couilles, la môme ! ajouta Saint-Pierre en la désignant du pouce pour renforcer la menace.

– Et si tu refuses de partager équitablement les bénéfices, ajouta Eryane, j'ai des introductions au Lutetia, si tu vois ce que je veux dire. Parce que les Chleuhs, tu sais, z'aiment pas trop la concurrence. Les Juifs, c'est leurs Juifs ! C'est comme un berger qu'aurait un troupeau de moutons, t'imagines ? Bien sûr, les moutons, il les coupera un jour, mais ce sont les siens. L'accepterait pas qu'un autre les coupe à sa place... Et ses brebis, c'est lui qui les trait, pas un autre ! Surtout si cet autre se met à bouffer leur viande, à boire leur lait. Si tu vois ce que je veux dire...

– Non ! Je ne vois pas, euh... madame, tenta de se défendre Petiot, je ne suis tout de même pas un cannibale...

– Un cannibale, tiens ! J'y avais pas pensé ! Et toi, Saint-Pierre ?

– Que le docteur y grignoterait ses victimes dans le silence de ses nuits de solitude ? Non, quand même !

– Après les avoir rôtis un peu, bien sûr...

C'est à ce moment que Petiot choisit la négociation.

– D'accord, d'accord. Vous me forcez la main, mais d'accord ! Je comptais vous donner cinq mille francs par passage...

– Ah, le con ! s'exclama Eryane. Cinq mille... Mate un peu le rapiat ! Cinq mille...

Elle suffoquait de rage.

– Je voulais dire, euh... cinq mille par personne... ce qui ferait quinze mille pour trois voyageurs... Quinze mille, c'est pas mal, non ?

– Y se fout de notre gueule, hein, le Saint-Père ?

– Je voulais dire quinze mille à chacun...

– Y se fout de notre gueule, c'est clair ! Ça mérite un châtiment...

Et le voilà qui brandit son Manufrance. Petiot eut un mouvement de recul et leva son bras comme un enfant redoutant la baffe. Eryane prit alors la négociation en main.

– Tes forfaits, là, pas question ! Jamais ! On n'est pas des poires... Nous, ce qu'on veut, c'est un intéressement à l'entreprise, tu piges ? On admet que c'est toi qui prends le plus de risques. Regarde un peu si les Fridolins débarquaient chez toi, comme ça, à l'improviste... On n'ose pas imaginer tes souffrances... Les doigts cassés, les ongles arrachés avec des pinces, les dents limées jusqu'à la gencive...

– Et les coups de poing, et les coups de pied… ajouta Saint-Pierre.

– Et les plongeons dans la baignoire, t'y as pensé au moins, à la baignoire ?

– Mais enfin, craqua Petiot, qu'est-ce que vous voulez, à la fin ?

– Comme je te disais, nous admettons que tu es le plus exposé…

– Et puis, c'est toi qui as eu l'idée du business, après tout…

– Et même qu'après, j'imagine, tu t'occupes des corps. Mais c'est ton métier, n'est-ce pas ? De t'occuper des corps, je veux dire…

– Finalement, on accepte que ta part soit plus élevée que la nôtre. On est juste venus discuter des pourcentages…

De fait, la discussion dura longtemps. Il était plus de 21 heures lorsqu'ils émergèrent du cabinet de Petiot. La salle d'attente était vide à l'exception d'une vieille femme qui s'était endormie sur sa chaise. Ils avaient fini par tomber d'accord sur dix pour cent des bénéfices, frais déduits, bien sûr. Mais Eryane avait exigé d'être présente à l'ouverture des valises. « C'est pas que j'ai pas confiance, tu vois, mais je préfère toucher de mes mains… » Entendu, maugréa Petiot, mais en échange, elle devrait lui fournir tous les Juifs riches qu'elle connaissait. Au moins trois par mois, avait-il exigé. Avant de conclure et de ranger les pétards, elle exigea une avance. Elle voulait cent mille. Il ergota encore longtemps et finit par consentir cinquante mille francs. Il ajouta aussitôt qu'il voulait les payer en deux fois... Là, elle était prête à lui coller une balle dans le genou.

– D'accord, cinquante mille francs, payables tout de suite en attendant de faire l'inventaire des valises.

– Nous voilà désormais bons amis ! sourit Saint-Pierre.

Eryane lui passa le canon de son pistolet sur la joue en disant :

– C'est-y pas mieux, l'entente cordiale ?

*

Procès de Marcel Petiot
Dans *Paris-Presse, l'Intransigeant*, daté du vendredi 29 mars 1946,
Compte-rendu d'audience de Maitrepierre

*Eryane Kahan, témoin-vedette, présenta à Petiot trois familles juives :*

*Notablement plus rousse que nature, masquée de verres noirs, la tant attendue Eryane Kahan, Juive roumaine, 50 ans, étrenne cette dixième audience.*

*C'est elle – on ne l'a pas oublié – qui remit aux bons soins du docteur Petiot les trois familles israélites dont Petiot ne fera jamais croire qu'elles eussent à l'égard de la Gestapo d'autres sentiments qu'une terreur panique et d'autre résultat qu'une fuite éperdue devant la sauvagerie raciste.*

*Elle raconte comment, réfugiée chez son amie Mme Goux, rue Pasquier, elle entra en relation, par l'intermédiaire de Pintard, le falot « maquilleur-technicien », avec le docteur Petiot... « Je l'amenai rue Pasquier... Il recommanda de réaliser la fortune sous le plus petit volume. Il donna des papiers parfaits où même les empreintes digitales étaient maquillées.*

*Ils partirent avec lui, la pauvre Mme Walbert avec son mari et sa vieille maman. Elle me remercia, les larmes aux yeux. "Je voulais, me dit-elle, vous faire cadeau d'un sac. Je n'ai pas eu le temps de l'acheter." Et elle me fit accepter 6 000 francs.*

*Quels hommes admirables que ces Français, disaient-ils. Quels amis pour nous autres, malheureux Juifs !...*

*À part cela, quel merveilleux appât j'étais pour lui. Présentez-moi tous ceux que vous voudrez... me disait-il. Toutefois, jamais il n'a consenti à me donner son adresse. Sa prudence me parut justifiée.*

*On veut que je sois une rabatteuse, une pourvoyeuse ; un agent de la Gestapo. On me garde trois jours. Le juge, M. Gollety, me relâche. Un mois après, on m'arrête encore. Je fais trois mois de prison ! »*

*La petite bonne femme se tait enfin, essoufflée. Elle a déposé d'une voix tendue, crépitante, articulant les syllabes avec la sécheresse d'une grêle de mitrailleuse.*

*« Tout le monde a entendu contre moi des accusations ignobles, reprend-elle ; on a joué ici contre moi une scène.*

*– Permettez ! » fait le président.*

*Elle atténue :*

*« On m'a mise au pilori, on m'a déchirée ; on est en train de me détruire totalement. » (Rires dans la salle.)*

*L'avocat général rassure son véhément petit témoin.*

*La salle l'entoure d'une sympathie évidente, quoique...*

*

Même si, à l'époque, la justice n'a pas réussi à réunir des preuves formelles contre elle, il ne fait aucun doute, à la lecture des documents trouvés dans les archives, que la rusée Eryane Kahan était un agent double ou triple... Certainement en lien avec la Gestapo et avec l'Abwehr à qui elle rendait toutes sortes de services, elle travaillait en même temps comme pourvoyeuse pour le Dr Petiot, chargée notamment de diriger vers lui les Juifs riches aux abois. Dès 1943, sentant approcher la défaite de l'Axe, elle s'empressa d'établir des relations avec la Résistance à qui elle fournissait également des renseignements. L'étrange mansuétude du tribunal à son égard s'explique probablement par les liens qu'elle était rapidement parvenue à établir avec les services de renseignement américains qui s'étaient du reste installés 93 rue Lauriston, dans l'hôtel particulier qui abritait peu de temps auparavant la Gestapo française d'Henri Lafont. Sans cela, on ne comprendrait pas l'insistance de l'avocat général à la qualifier de personnalité de valeur, malgré les critiques insistantes de Me Floriot, le défenseur de Petiot. Durant cette même dixième audience du procès, l'avocat général Dupin félicita même Eryane Kahan en disant : « Les renseignements que nous avons sur vous sont, au point de vue de la Résistance, extrêmement favorables. » C'est particulièrement étonnant, considérant que devait sommeiller dans ses dossiers le rapport établi par l'inspecteur principal adjoint Poirier sur commission rogatoire, en date du 15 novembre 1945.

Voici la conclusion de ce rapport :

*En résumé, les renseignements obtenus ne sont guère favorables à la demoiselle Kahan, qui est considérée par les personnes l'ayant connue comme étant une aventurière. Certes cette femme est intelligente mais elle ment avec facilité et au cours de ses interrogatoires elle n'a pu apporter aucune preuve de ce qu'elle avançait, ne précisant aucun point, prétendant ne se souvenir d'aucun nom ni adresse, craignant sans doute que ses dires soient infirmés par les vérifications qui ne manqueraient pas d'être faites ensuite.*

*Comme il a été dit précédemment, il apparaît que cette femme a menti en soutenant n'avoir touché aucune commission sur le prix des « passages » et qu'elle mentait encore en affirmant s'être cachée pour échapper à la police allemande, alors qu'elle a disparu de son domicile au lendemain de la découverte des crimes de son « patron », le docteur Petiot, et qu'elle se savait recherchée par la police française. Il est même surprenant que cette femme, qui prétend n'avoir rien su des crimes et n'avoir rien à se reprocher, ne se soit pas présentée spontanément à la police, même après la Libération.*

*De la façon dont elle a été dépeinte, la demoiselle Kahan était capable d'avoir pour amant sous l'Occupation un soldat allemand, de même qu'elle peut être actuellement la maîtresse d'un Américain, d'un Russe ou d'un Anglais.*

*La nommée Kahan n'a pas d'antécédents judiciaires et jusqu'à ce jour elle était inconnue de nos différents services.*

*L'inspecteur principal adjoint Poirier*

# Jeanne

De nos jours, fin d'après-midi, dans l'appartement bourgeois de l'avenue Paul-Doumer dans le seizième arrondissement.

Vêtue de son jogging rose, les cheveux en bataille, étendue sur son lit, les jambes en hauteur contre le mur, Jade est perplexe. Son père a l'habitude de lui dire : « Lorsque tu es en quête d'idées nouvelles, mets-toi la tête à l'envers, ça irrigue le cerveau ! » En matière d'idées nouvelles, seule tournoie la phrase de Nagral : « Cherchez la pucelle. » Elle a beau chercher, elle ne la trouve pas ! Entendait-il par là que le docteur Petiot, outre ses frasques sexuelles avec les servantes et les concierges, outre sa fréquentation assidue des maisons closes de la capitale, nourrissait en secret une passion amoureuse, sans doute platonique, pour une jeune pucelle ? Si c'est le cas, aucune trace nulle part, ni dans les archives qu'elle connaît presque par cœur, ni dans les dizaines de livres qui ont été écrits sur lui.

Elle fait des mouvements, plie les jambes, les détend, recommence...

Pourquoi lui a-t-il parlé d'une pucelle ? Jeanne d'Arc, peut-être, celle qu'on appelait « la pucelle », est-ce la piste que voulait lui indiquer son professeur ? Les apparitions de Jeanne, les voix qu'elle entendait et qui lui indiquaient les batailles à gagner, les stratégies à mener et l'objectif final, le sacre du « gentil Dauphin » à Reims. Problème, la Jeanne avait finalement pris goût à la guerre et à la direction des armées. Les voix lui intimaient seulement de parvenir au sacre du Dauphin. Une fois cette mission accomplie, sa tâche achevée, les voix s'étaient tues. Il était temps pour elle de rentrer à Domrémy... Mais Jeanne s'était acharnée, se donnant pour nouvel objectif de restaurer l'intégrité du royaume de France. Alors, sans ordre du roi ni nouvel appel des voix, elle entreprit le siège de Paris où elle fut atteinte par un carreau d'arbalète à la porte Saint-Honoré, à quelques pas du Louvre. Sitôt remise de sa blessure, elle repartit au combat, remportant de petites victoires, essuyant des défaites, parfois sévères, jusqu'à sa capture lors du siège de Compiègne... On connaît la suite !

Elle se trouve des points communs avec Jeanne, elle ne saurait le nier. Elle aussi reçoit des signes, certes pas des voix, mais des scènes, des visions. Au moins l'autre, Jeanne la Sainte, connaissait-elle l'identité de son correspondant, Dieu en personne, parfois l'un de ses lieutenants, l'archange Michel le plus souvent. Jade ne pouvait en dire autant ! Elle avait plutôt la sensation que les images qu'elle apercevait provenaient de l'avenir, comme une sorte de compression du temps au point que demain pointait un bout de son nez dans aujourd'hui. En vérité, elle ne sait rien de ses visions, sinon que depuis qu'elle s'est lancée dans ce travail de recherche sur le docteur Petiot, elles se multiplient, se faisant plus intenses, aussi. Peut-être devrait-elle prendre Jeanne pour modèle... La pucelle ne se plaignait pas de ses voix, elle les recherchait au contraire.

Et soudain, une idée désagréable lui traverse l'esprit : tout comme Jeanne, Jade est pucelle. Aucun homme ne l'a jamais approchée hormis son demi-frère qui lui a volé un fugace baiser. Cela aurait-il un rapport ? L'absence de sexualité engendrerait-elle une sorte d'affolement mental, et si la stase dure trop longtemps, la production d'hallucinations, des voix, des visions ? Sabine lui a raconté que les Égyptiens de l'Antiquité avaient imaginé que l'utérus était une sorte d'animal terré dans le ventre des femmes se nourrissant uniquement de sperme. Lorsqu'il en était privé trop longtemps, il grimpait le long de la colonne vertébrale et se mettait à dévorer la moelle épinière. De là, selon eux, les désordres mentaux des femmes privées de sexualité, les veuves, les vieilles filles... Quelle connerie ! Les psychiatres devaient se délecter d'une idée pareille. Et puis, en ce qui la concerne, il ne s'agit pas d'une privation de sexe, elle ne se l'interdit pas, simplement elle ne pense jamais à ça... Elle n'est pas une refoulée, une asexuée, plutôt... Sauf à cet instant, se corrige-t-elle aussitôt, puisqu'elle y pense... Décidément, elle n'aime pas ces idées. Ce n'est pas que ça la dégoûte, mais elle trouve ça commun, presque vulgaire... Un jour, si elle en a le courage, elle en parlera à Sabine... Oh puis non !

Elle s'empare de son oreiller, le serre contre sa poitrine et plonge dans une rêverie. Elle se voit en Jeanne, dans la cathédrale de Reims, quelques heures avant le sacre de Charles VII. Tout ce beau monde qui court en tous sens. Et le saint chrême... Où se trouve le saint chrême, la petite fiole d'huile sacrée pour oindre le nouveau roi ? « À la basilique Saint-Remi, Sire, à une lieue d'ici ! » Mais la région est infestée d'ennemis. « Expédiez les plus courageux de vos hommes pour la rapporter sur-le-champ. » Sans ampoule sainte, pas de sacre ! Le Dauphin convoque quatre de ses plus vaillants lieutenants qui s'engagent sur leur vie et devant Dieu à rapporter la petite fiole, la sainte ampoule. Les voilà partis, tous compagnons d'armes de Jeanne, Jean de Brosse, maréchal de Boussac, le fidèle compagnon, l'amiral Louis de Culant, le vieux briscard qui échappa cent fois à la mort, Jean Malet de Graville, le grand maître des arbalétriers, et Gilles de Montmorency-Laval, plus connu par le nom de sa baronnie, le terrible Gilles de Rais, prince des batailles, à peine âgé de vingt-six ans à l'époque.

Jade s'étend sur son lit en chien de fusil, serrant toujours son oreiller, et plonge bientôt dans un profond sommeil. Il est plus de 22 heures quand elle se réveille après un rêve agité, fait de batailles, de clameurs, de sifflements de flèches, de heurts d'épées, de tournoiements de masses d'armes, de hurlements de blessés... Elle a mal à la mâchoire tant elle a serré les dents. Elle se demande ce qui lui arrive. Elle secoue la tête en un geste de déni. Gilles de Rais faisait partie des quatre valeureux chevaliers chargés par le Dauphin de rapporter la sainte ampoule... Gilles de Rais qui ne tardera pas à se révéler le plus féroce tueur en série qui ait jamais sévi en France... Gilles de Rais qu'on appelle, peut-être à tort, le compagnon de Jeanne d'Arc... Alors, c'est peut-être lui que voulait lui indiquer Nagral, lui qui aurait servi de modèle au sinistre docteur Petiot...

Cette idée la bouscule. Elle tourne en rond, serrant toujours son oreiller. Inquiète, elle décide de téléphoner à Sabine. Ça sonne... Répondeur ! Jade essaie à nouveau... Une troisième fois... L'autre décroche enfin... Éclats de rire au bout du fil. C'est un vendredi soir et la psychiatre est de sortie, elle s'enfile des cocktails avec des copines au Harry's Bar, lui dit-elle en s'esclaffant.

– J'ai besoin de vous voir...

– Pas de problème, répond Sabine, nous pourrions déjeuner demain… ou dimanche, si vous préférez…

– J'ai besoin de vous voir tout de suite. Je crois que j'ai tout compris.

– Grands dieux ! s'exclame la psychiatre. C'est la formule des malades lorsqu'ils entrent dans un délire… « J'ai tout compris ! » Oh là ! Je redoute le pire…

– Je ne plaisante pas, Sabine. C'est important. Pourriez-vous m'accorder une heure dans un café, n'importe où dans Paris ?

– Quoi, maintenant ?

– Oui.

– Dites-moi ce qui se passe.

– Non, pas au téléphone. J'ai besoin de vous voir.

– Venez au Harry's.

– Non ! Il nous faut un endroit calme pour parler.

– Chez vous ?

– Impossible ! Mes parents sont à la maison, je ne me sentirais pas tranquille.

– Alors, disons… disons… au bar du Bristol, en espérant qu'il n'y aura pas trop de monde.

– D'accord ! Dans une demi-heure ?

Lumière tamisée, musique de jazz en arrière-fond, au bar quelques touristes solitaires, américains ou allemands, avalent des verres de scotch.

Deux couples d'amoureux se sont installés dans l'obscurité, aux extrémités du salon. Il n'y a pas grand monde ce soir au bar de l'hôtel Bristol. Le serveur, qui semble glisser sur un tapis volant, apparaît comme par magie devant Jade. Elle commande un shot de vodka, se ravise, « oui, mais un grand ». Elle attend Sabine en ruminant les idées sur lesquelles elle s'est endormie tout à l'heure. Jeanne d'Arc et Jade, Gilles de Rais et Marcel Petiot... Et Nagral ? Où placer Nagral dans l'équation ? Du côté de Petiot ou bien du Dauphin ? Elle sent qu'elle perd pied. Elle avale sa vodka d'un trait. Quelques minutes plus tard, le garçon réapparaît, la débarrasse de son verre vide et de la coupelle qui contenait des cacahuètes. Elle commande un nouveau shot.

– Un grand ? demande le serveur, un rien moqueur.

– Un très grand ! répond Jade.

Évidemment, Sabine arrive avec près d'une heure de retard. Elle s'appuie des deux mains sur la table avant de s'affaler sur le large fauteuil. Elle aussi a dû abuser de la vodka !

– Je me fais l'effet d'arriver pour une consultation... On travaille à n'importe quelle heure dans ce pays !

– À ceci près que s'il y a bien un docteur, il n'y a aucun malade.

– Me voilà rassurée !

Jade va pour parler, mais Sabine l'interrompt d'un geste.

– Pas avant d'obtenir un verre, moi aussi !

– Gilles de Rais… Vous connaissez ?

– Bien sûr, tout le monde connaît Barbe Bleue.

– Barbe Bleue ? Ah oui ! Je l'ai lu quelque part… Cette idée qu'on rabâche partout selon laquelle Perrault se serait inspiré de Gilles de Rais pour inventer le personnage de Barbe Bleue… C'est totalement faux ! La légende était bien plus ancienne…

– Ah bon ! bâille Sabine. Alors, dites-moi ! Que vous arrive-t-il ?

– J'ai enfin compris pourquoi Nagral ne cesse de me parler de la pucelle…

– Il vous a parlé d'une pucelle ?

– Pas d'une pucelle, de *la pucelle* ! J'ai compris qu'il s'agissait de Jeanne d'Arc et, de fil en aiguille, j'en suis arrivé à Gilles de Rais. Je voulais vous poser une question en tant que psychiatre, en tant que spécialiste…

– Et moi qui pensais que vous m'invitiez à boire un coup par amitié…

– Je peux ?

– Je crois que je suis un peu pompette.

– Ça vous rend plus perspicace, m'avez-vous dit l'autre jour…

– Qu'est-ce qu'écrivait Baudelaire, déjà ? Quiconque a un chagrin à noyer, un remords à apaiser, un château en Espagne à bâtir, fera appel au dieu de la vigne… ou quelque chose comme ça…

– Vous voyez ! Que pensez-vous d'un homme qui tue des enfants par dizaines, par centaines, peut-être, et qui éprouve un plaisir sexuel, une sorte de jouissance, au moment précis de leur dernier soupir ? C'est ce qu'éprouvait Gilles de Rais d'après les témoignages.

– Pas très sympathique, ce que vous me racontez à une heure avancée de la nuit. Je vais faire des cauchemars.

– S'il vous plaît…

Sabine se concentre. Lui reviennent ses connaissances sur les tueurs en série.

– Il paraît que ça existe, oui. Il y a même un auteur, ne me demandez pas son nom, un spécialiste en tout cas, qui a insisté sur ce point, le considérant spécifique. Il prétend que le tueur en série n'est pas animé par des désirs sexuels, même s'il lui arrive de violer ses victimes…

– C'était le cas de Gilles de Rais, il violait les enfants avant de les tuer…

– Mais d'après cet auteur, l'acte sexuel est secondaire. La folie du tueur en série est la recherche du pouvoir absolu. Ce qu'il veut, c'est prendre un contrôle total sur l'autre, et l'acmé de cette puissance serait l'instant précis de la mort… Comme si sa jouissance découlait de la disparition de la vie par sa seule volonté, l'inverse de Dieu, si vous voulez, qui donne la vie en exhalant son souffle.

– Ah ! Ça existe, alors…

– Il paraît !

– Mais alors, c'est *one shot* ! Je veux dire… une fois qu'il l'a tué, c'est fini, plus de jouissance… Les tueurs en série ne jouiraient-ils qu'une seule fois ?

– C'est pourquoi ils prennent des « souvenirs », des objets, des vêtements ayant appartenu à la victime. Ils les regardent, les caressent, les reniflent. Souvent, ils filment la scène, pour pouvoir se la repasser ensuite… Sinon, quand ça ne marche plus, quand ils ne trouvent plus de plaisir lors des reviviscences, il ne leur reste plus qu'à recommencer…

– Ah ! souffle Jade, de plus en plus excitée. C'est peut-être pour cette raison que Petiot, en dépit de toute prudence, conservait les valises de vêtements de ses victimes. Il paraît qu'on en a retrouvé soixante-treize… Vous avez lu le dernier texte que j'ai envoyé à Nagral ?

– Je crois bien ! Il me les fait tous passer sitôt qu'il les a reçus.

– Vous vous souvenez de la rabatteuse, celle qui alimentait Petiot en Juifs à dépecer ?

– Bien sûr ! Comment s'appelait-elle déjà…

– Eryane. Eryane Kahan ! Eh bien, il existe le même personnage dans l'histoire de Gilles de Rais, une vieille femme que tout le monde appelle

« la Meffraye »... Elle aussi était censée rassurer les enfants avant de les conduire à leur bourreau. Eryane Kahan, c'est la Meffraye de Petiot !

La voix de Jade a grimpé dans les aigus. Surexcitée, elle parle de plus en plus fort.

– Une coïncidence, en effet, et alors ?

Elle crie presque maintenant, se montrant vindicative.

– Vous appelez ça une « coïncidence » ? Les histoires sont identiques, oui ! Vous pourriez le reconnaître...

– Calmez-vous, Jade, que vous arrive-t-il ?

– Qu'est-ce que vous avez, tous, à me prendre pour une folle ? J'ai révélé l'énigme du docteur Petiot...

Quoique ayant un peu trop bu, Sabine a gardé ses réflexes de psychiatre.

– Jade, ma petite Jade, vous êtes fatiguée, surmenée, je dirais même épuisée... de travailler ainsi jour et nuit depuis des mois, c'est au-dessus des moyens de n'importe qui. Vous avez besoin de souffler un peu...

Jade se calme lentement, avale un grand verre d'eau.

– Et puis, vous avez bu, vous n'en avez pas l'habitude...

– C'est vrai, je ne bois jamais !

– Allez ! J'appelle un taxi, nous rentrons chez moi, à Saint-Rémy.

– Saint-Rémy, sursaute Jade, la basilique Saint-Remi, vous allez encore prétendre que c'est une coïncidence, hein ?

Et voilà cette étrange excitation qui la reprend…

– Vous comprenez, Sabine, n'est-ce pas ? Vous comprenez… Vous êtes psychiatre, les psychiatres comprennent tout… Imaginez… La France est occupée, la Normandie est anglaise, l'Aquitaine, la Picardie aussi, Paris est occupé, des centaines de villages sont occupés… Paris, hein, Paris ! On n'y parle plus que l'anglo-normand. Plus au nord, l'Artois est occupé par les Bourguignons, alliés des Anglais, tout comme l'est de la France, la Champagne, sans oublier la Bourgogne, bien sûr ! La Bretagne est un État autonome, la Provence aussi. Que reste-t-il à la France, Sabine ? Que lui reste-t-il ?

Et la voilà qui fond en larmes.

– La France est réduite de plus de la moitié, sanglote Jade, au sud d'une « ligne de démarcation » avant la lettre, allant d'Orléans à Dijon.

– C'était il y a des siècles, Jade, voyons…

– Peut-être, mais ça a recommencé en 1940, avec un découpage presque identique. C'est le professeur Nagral qui me l'a fait remarquer. La France non occupée de la période nazie est quasiment superposable au « royaume de France » des années 1420-1430. Les mêmes causes produisent les mêmes effets, n'est-ce pas ? L'occupation de la France en 1429 a produit Gilles de Rais, celle de 1940, le docteur Petiot. Vous comprenez ? Dites-moi que vous comprenez.

– Je comprends ce que vous me dites, ma petite Jade, mais…

– Quoi « mais » ?

– Pourquoi cela vous tient-il tant à cœur ?… Jusqu'à vous rendre malade.

Et c'est à ce moment, à 2 heures du matin, qu'elle le voit. Nagral ! Il arrive devant la maison de Saint-Rémy dans sa Ferrari rutilante. Il descend, fait le tour de la voiture pour ouvrir la portière passager. Une jeune fille en sort, de longues jambes, des chaussures à talons, une écharpe sur la tête. Il la tient par la taille et avance vers le portail. Il se retourne pour jeter un dernier coup d'œil à sa voiture, la jeune fille aussi. Le cœur de Jade sursaute. Elle les aperçoit tous deux de face. C'est l'une des filles de la bande en keffieh, une rebeue. Elle l'avait remarquée à Sciences Po, elle la trouvait jolie. Elle faisait partie des étudiants qui l'avaient agressée rue Saint-Guillaume. Elle est étonnée, écarquille les yeux. Khadi, elle se souvient maintenant que ses camarades l'appelaient Khadi. Nagral se penche vers elle, l'embrasse sur les lèvres… Ils s'embrassent comme des amoureux. À la lueur de l'éclairage du jardin, elle les voit avec une précision photographique. Puis ils entrent dans la maison de Sabine en se tenant par la main.

Elle reste figée un long moment, comme paralysée.

Sabine se rend compte que Jeanne est partie. Elle se lève, se rapproche d'elle, lui masse les tempes, la serre dans ses bras.

Au bout d'interminables minutes, quand Jade sort enfin de sa torpeur, Sabine demande :

– Qu'avez-vous vu ?

# Taïeb

Sabine a demandé au serveur du Bristol de l'aider à conduire Jade jusqu'au taxi. Après sa vision, elle a perdu connaissance, s'est reprise, a bafouillé quelques mots, puis est devenue confuse, lâchant des paroles incompréhensibles... où il s'agissait de « sauver le roi », d'« empêcher le complot ». Elle était traversée de terreurs soudaines, apercevant des hommes armés qui s'introduisaient dans le bar pour l'assassiner, tentant de crier mais n'y parvenant pas, avant de sombrer dans une atonie étrange, presque une paralysie. Sabine a vite posé son diagnostic : évanouissement, difficultés respiratoires, refroidissement du corps, perte du tonus musculaire, confusion... C'était clair, la petite faisait un coma éthylique. Elle a demandé au serveur combien de vodkas s'était enfilées Jade... « Oh ! Beaucoup, madame ! » Elle a insisté : « Mais beaucoup, combien ? » L'autre, désemparé, s'était mis à sortir les tickets de caisse. « Oh, je ne sais pas, madame, sept, huit, dix, peut-être... »

Il faudrait rapidement lui prendre sa tension artérielle, vérifier qu'aucun organe n'avait collapsé... Les complications pouvaient être sévères, surtout si elle n'avait rien mangé et compte tenu de l'état de tension nerveuse dans lequel elle se trouvait depuis des semaines. Elle décide de l'hospitaliser sur-le-champ dans une petite clinique, tout près de Saint-Rémy, où elle assure chaque semaine une vacation de gériatrie. Tout le monde la connaît là-bas, elle pourra diriger les premiers examens, vérifier les éventuels traitements. De plus, l'endroit est agréable, en pleine forêt, accolé à une maison de retraite. Bien sûr, la compagnie ne sera pas de première jeunesse, mais Jade n'y resterait pas longtemps...

Dans le taxi, elle la couche sur le côté, prend sa tête sur les genoux, tente de la rassurer, lui caresse les cheveux. Elle demande au chauffeur de se presser, lui explique que la malade a besoin de soins urgents. L'homme, un vieux Kabyle, lui raconte qu'il était déjà taxi du temps de Mitterrand... Alors, s'il faut conduire, il sait le faire ! Accélérant soudain, il se faufile entre les voitures, freine pour éviter un camion, la tête de Jade brinquebalant sur les genoux de Sabine...

– Hé ! Doucement ! C'est une malade, tout de même !

– Bien, madame, répond le chauffeur, j'irai vite tout en roulant lentement...

Sabine ne relève pas. Elle-même sort mollement des brumes de l'alcool. Elle pense : Cette Jade est vraiment possédée... Elle fait des crises, hurle, s'évanouit... Mais possédée par qui ? Par quoi ? Par son sujet de thèse, certainement, par ce voyou de Nagral, aussi, par autre chose qui la traverse et qu'elle ne sait définir... le destin d'un peuple, d'une nation... Mais qu'est-ce que ça veut dire aujourd'hui, à Paris ? Jade n'est tout de même pas Jeanne d'Arc !

À la clinique, elle demande une chambre au rez-de-chaussée, on ne va pas en plus risquer un raptus suicidaire de la petite malade ! « Et avec baie vitrée ouvrant sur le jardin, s'il vous plaît... Je sais qu'il y en a quelques-unes. » Elle exige de pratiquer immédiatement les examens élémentaires. L'infirmière prétend qu'elle ne peut rien faire sans un ordre du médecin. Sabine se fâche, exige, tape sur le comptoir en criant, menace. Elle fait un tel grabuge que l'interne de garde sort de sa chambre, les yeux gonflés de sommeil.

– Oh là ! Qu'est-ce qui se passe ici ?

Puis, apercevant Sabine dont il suit les cours de psychiatrie au centre hospitalo-universitaire de Versailles, se ravise :

– Oh ! Pardon, professeure de Castelfort !... Ne vous inquiétez pas, je vais m'occuper de votre patiente.

– On se connaît ?

– Moi, je vous connais, je ne rate jamais votre cours du mardi à Versailles. Le dernier sur la disparition de l'hystérie était passionnant ! Mais je comprends ! Vous avez beaucoup d'étudiants, vous ne pouvez pas connaître tout le monde. Je me présente : Maxime Taïeb, l'interne de service.

Elle le toise de haut en bas. C'est un beau garçon, grand, une touffe de cheveux noirs frisés et des yeux verts… Elle se dit que ça pourrait marcher, qu'il pourrait réveiller la sensualité de Jade… peut-être…

– Je reste là, lui répond-elle, si je peux vous être utile. Cette jeune fille fait partie de ma famille. (Et elle ajoute à voix basse :) En quelque sorte…

Il est plus de 10 heures le lendemain quand Jade ouvre enfin les yeux. Sabine a passé la nuit à son chevet, sommeillant sur le petit fauteuil en skaï. Elle a mal au dos, les jambes ankylosées, un foutu torticolis aussi… Mais elle se sent plus tranquille. L'infirmière est passée à 7 heures, elle a pris la température de Jade, mesuré sa tension, vérifié la perfusion. La petite semble reprendre du poil de la bête. Les examens biologiques se rapprochent de la normale. Reste à vérifier s'il n'y a pas de séquelles neurologiques.

– Bonjour, Jade…

La jeune femme ne répond pas, la regardant fixement.

– Jade, vous m'avez foutu une sacrée trouille, vous savez ?

– Qui ?

– Qui ? Mais vous, qu'est-ce que vous croyez ! Vous avez perdu connaissance. Vous n'étiez plus dans votre état normal.

– Qui a fait ça ?

– Quoi ?... Qui a fait quoi ?

Et Jade se tait à nouveau, détournant la tête.

Sabine s'inquiète. Il faudrait qu'on lui trouve rapidement un rendez-vous pour une IRM cérébrale. Mais, elle le sait, les résultats sont difficiles à interpréter. Seul l'examen clinique permet de trancher rapidement. Elle essaie à nouveau.

– Bon ! On va commencer par le début. Vous me reconnaissez, Jade ?

L'autre ne lève même pas la tête. Elle répète :

– Jade ?

Silence.

– Bien sûr que vous me reconnaissez, sinon vous auriez craché et griffé comme un chat en colère. Quel jour est-on ? Vous le savez ?

Pas de réponse... Sabine s'inquiète.

– Vous savez que nous sommes samedi, n'est-ce pas ? Puisque hier c'était vendredi soir et qu'on a bien picolé au bar de l'hôtel Bristol...

Toujours pas de réponse.

– Je ne vais tout de même pas vous demander quel est le nom du président de la République...

– Un Romain ! répond-elle cette fois.

– Un Romain ? Allons bon ! Et comment s'appelle-t-il ?

Pas de réponse.

Arrive l'interne, le gentil docteur Taïeb, que Sabine trouvait si mignon cette nuit. Il n'est pas rasé, les yeux cernés, il n'a pas dû beaucoup dormir… Sa blouse est largement ouverte sur son poitrail.

– Alors comment va notre petite patiente ce matin ? demande-t-il en se saisissant du poignet de Jade.

Elle retire vivement sa main. Il s'en va décrocher sa pancarte au pied du lit et l'examine attentivement.

– Eh bien, ce n'est pas si mal, tout ça. Bientôt vos ennuis de la nuit ne seront plus qu'un mauvais souvenir.

Il vient s'asseoir au chevet de Jade et, tout en regardant la pancarte, lui demande :

– Joselewicz, c'est un nom juif, n'est-ce pas ?

Elle lève la tête, le regarde longuement et finit par lâcher :

– Malheureusement !

– Ne dites pas ça, madame. Être juif, c'est aussi une fierté !

Il a été piqué au vif, il doit l'être aussi, pense Sabine. Elle s'éloigne jusqu'à la baie vitrée pour laisser l'interne mener son examen clinique. Elle regarde le jardin avec un petit sourire en coin. Les facultés de Jade semblent intactes… Sa révolte fondamentale contre la banalité, son esprit caustique, sa réactivité de chat en colère...

– Une fierté ? Ce n'est pas ce que semble penser mon père, répond Jade au jeune médecin.

Il cherche à reconstituer le déroulement des événements ayant conduit à la crise tout en récoltant des éléments de la vie de sa patiente.

– Que faites-vous dans la vie, madame ? Vous travaillez ? Vous étudiez ?

– Je prépare un doctorat.

– Sur quel sujet ?

– Sur la méchanceté des médecins !

– C'est vrai ? sourit Taïeb. C'est marrant... En tout cas, c'est un bon sujet. Vous trouvez que les médecins sont méchants ?

– Les médecins savent tuer.

– Ils savent aussi guérir.

– C'est pourquoi on devrait tester leur méchanceté avant de leur délivrer leur diplôme.

– Pas bête ! Faudrait y réfléchir... Vous êtes mariée, fiancée ?

– Non

– Vous avez un amoureux, peut-être ? (Il se reprend :) Ou une amoureuse ?

– Non. Pour l'instant, j'ai une relation passionnelle avec ma thèse de doctorat.

– Vous croyez en Dieu ? lui demande soudain Taïeb.

– C'est lui qui ne croit pas en moi !

– Ben dis donc ! Pourquoi dites-vous ça ?

– Il ne m'adresse aucun signe.

– Mais le bon Dieu n'adresse de signe à quasiment personne et les croyants croient tout de même en lui.

– Ça prouve leur niveau, franchement !

– Vous avez une famille, j'imagine, un papa, une maman...

– C'est ce qu'on vous a appris à la fac de médecine, hein ? Que la meilleure façon de connaître quelqu'un, c'est de le bombarder de questions débiles ? Apprenez, jeune homme, qu'à une question vous n'obtiendrez jamais qu'une réponse.

L'interne ne se décourage pas. Il est attiré par Jade, ses longs cheveux blonds défaits, ses yeux, bleu foncé à l'iris encore dilaté qui lui donnent un peu l'air de loucher, un mélange de faiblesse physique et de force mentale... Pour se rassurer, il suit le plan qu'il a potassé pour le concours d'internat. Enfance ? Il n'a rien appris. Famille, pas davantage. Occupation, intérêts... Cette jeune femme semble être une intellectuelle d'un bon niveau, mais son cynisme, sa dérision font penser à un état dépressif. Histoire de la maladie ? Elle n'est pas malade ! lui a-t-elle assené. Il n'a même pas réussi à lui faire dire le sujet de son doctorat. Il se raccroche aux recommandations de ses aînés : écoute attentive, regard positif inconditionnel (difficile !), empathie (mais comment faire pour l'exprimer ?)... Une dizaine de questions plus tard, le psychiatre lui pose enfin celle qui le préoccupe.

– Pourquoi avez-vous tant bu la nuit dernière ?
– Parce que je sentais arriver un événement terrible...
– Et il est arrivé ?
– Évidemment, puisque je suis ici !
Taïeb insiste :
– Mais dites-moi, quel est donc cet événement terrible ?
– Être obligée de répondre à vos questions idiotes !
Il se dit qu'il n'obtiendra guère davantage. Après tout, le docteur de Castelfort prendra certainement le relais.
– Bien, madame Joselewic, je vais encore vous garder vingt-quatre heures pour m'assurer que toutes vos fonctions sont rétablies, vraisemblablement vous pourrez sortir demain...
Et le jeune interne sort de la chambre, y abandonnant de lourds effluves de parfum pour homme. Il espérait sans doute y avoir aussi déposé quelques phéromones...

Sabine est dans le jardin. Elle vient de recevoir un message sur son téléphone. Jade l'observe depuis son lit, la voit sursauter. Un second message arrive aussitôt. Elle range précipitamment ses affaires, enfile son chandail, son imperméable...
Jade se précipite, faisant valdinguer la poche de sa perfusion qui se détache et se répand sur le sol.
– Vous n'allez pas me laisser là...

– Jade, je dois partir. Je reviendrai vous chercher demain.

– Mais non !

– Je dois y aller.

Jade s'accroche à son bras.

– Attendez ! Dites-moi au moins... C'était Nagral ?

– Oui.

– Alors, il suffit qu'il vous sonne pour que vous accouriez comme un toutou... Fini les beaux discours de femme libérée, c'est ça ?

– Vous ne pouvez pas comprendre.

– Quoi ?

– Il vient de m'envoyer un message.

– Même deux à ce qu'il m'a semblé.

– Il a des problèmes, vous ne pouvez pas comprendre.

– Quoi ?

– Euh... Nous avons conclu une sorte de pacte. Jamais l'un n'a manqué à l'appel de l'autre...

Sabine n'a plus la force de partir. Elle revient dans la pièce, s'effondre sur le petit fauteuil, près du lit, la tête entre les mains. En un instant, Jade s'est calmée. Terminé les folies de la veille, les cris, les délires, les évanouissements... Là, tout de suite, tout ce qu'elle veut, c'est savoir.

– Vous savez ce qui lui est arrivé ?

– Non ! Je sais seulement qu'il fricote avec des gens bizarres... louches... Bah, après tout, je n'en sais rien !

– Moi, je sais !

– Allons bon, Jade, que pouvez-vous savoir ? Même à moi, il ne dit rien.

– La nuit dernière, il a couché avec une étudiante, une excitée, la pasionaria d'un groupe militant...

– Comment le savez-vous ?

– Je les ai vus.

– Allons, Jade, soyez raisonnable. Vous étiez avec moi cette nuit. Vous ne vous en souvenez plus ? Vous n'avez pas pu les voir... Ne racontez pas n'importe quoi !

– Je les ai vus !

# Amphi Boutmy

Sciences Po, amphithéâtre Boutmy.

Alors que son enseignement, rue d'Assas, est réservé aux seuls étudiants en droit, Sciences Po a offert au professeur Augustin Nagral un cycle de conférences ouvert au public. Il y parcourt magistralement l'histoire du crime à travers le temps et les cultures, attirant les étudiants de toutes les disciplines enseignées à l'Institut d'études politiques de Paris. Outre les étudiants, on y croise aussi des journalistes et même des personnalités politiques. Comme toujours, les trois cents places sont toutes occupées. C'est qu'il est doué pour raconter dans le détail, et sous forme d'énigmes, les histoires criminelles du passé. Il pose le problème, décrit les faits à la manière d'un romancier, s'amuse des hésitations de l'instruction et finit par donner son interprétation, toujours inattendue. Les spectateurs de ce théâtre intellectuel le suivent dans un silence de cathédrale, mais on sait que ce qui les attire, ce sont ses analyses des affaires récentes à connotations politiques. L'attaque d'une église de Lyon par un groupe de terroristes tirant au fusil d'assaut sur les fidèles durant la messe a tenu son auditoire quatre semaines d'affilée. Il exposait une analyse psychologique de chacun des inculpés, y entremêlant ses commentaires sur les mouvements profonds de la société française et sur la situation politique. À la fin l'auditoire était muet d'angoisse tant il avait su imposer l'idée que nul en France ne pouvait se sentir à l'abri.

Décidément, il devrait faire de la télé !

Déjà 15 h 15, ce lundi qui a suivi l'étrange week-end de Jade et de Sabine, il se fait attendre. Un lourd brouhaha monte de la salle. On bavarde, on bouge, on s'ébroue, les assises des fauteuils claquent sur leurs dossiers. Du fond de l'amphi, un étudiant s'écrie : « Hou hou ! Nagral, où êtes-vous ? » Dans les premiers rangs, on se retourne pour apercevoir l'insolent, certains rient, d'autres demandent le silence… Déjà, certains étudiants se lèvent pour repartir.

Le voici qui arrive, essoufflé, cheveux ébouriffés, chemise au col dégrafé, cravate ouverte. Il pose sa sacoche sur le bureau, ajuste sa mise, comme s'il venait soudain de prendre conscience de son apparence, étale devant lui ses notes de cours, prend son temps. Le silence revient peu à peu. Il lève la tête, parcourt la salle du regard, recherchant manifestement quelqu'un dans l'assistance.

– Mesdames, messieurs, merci d'être venus m'écouter, commence-t-il comme toujours, c'est bien que vous n'aviez pas autre chose à faire ! Aujourd'hui, je m'en vais parcourir avec vous la comparaison des deux tueurs en série qui ont le plus profondément marqué la mémoire de la France. Je veux parler de Marcel Petiot et de Gilles de Rais, que trois cent vingt et un kilomètres et cinq siècles séparent pourtant. Tous deux ont assassiné en nombre, Gilles de Rais, cent victimes au moins, sans doute beaucoup plus, Petiot, plus de soixante-trois, on ne saura jamais combien. Tous deux se sont attaqués à des êtres sans défense, le premier à des jeunes gens innocents, à peine pubères, issus de familles paysannes ayant du mal à les nourrir, l'autre à des fugitifs vulnérables poursuivis par la haine nazie. Cependant, ce sur quoi j'aimerais m'arrêter longuement est l'époque où ils ont perpétré leurs forfaits. Les années Gilles de Rais, 1430-1440, ont été celles du morcellement du royaume de France et de l'occupation des deux tiers de son territoire par des armées étrangères, celles des Anglais et de leurs alliés bourguignons. L'identité de la France était alors en déliquescence, presque dissoute. Le français était de moins en moins parlé, et le petit Dauphin s'était réfugié à Chinon. Quant aux années durant lesquelles a sévi Petiot, 1941-1943, inutile de vous rappeler que ce furent celles de l'occupation nazie, de l'exil de l'État à Vichy, mais surtout de la collaboration qui a souillé l'âme de la nation, altérant durablement son intégrité. Nous en subissons encore les conséquences.

Pauvre Jade qui aurait pu fulminer en constatant que ses idées avaient été pillées par son professeur, mais elle n'est pas là, voilà des mois qu'elle n'assiste plus à ces conférences. Elle a de plus en plus de mal à supporter le côté histrion de Nagral…

Au premier rang, la ministre de la Culture tend l'oreille, songeant à la possibilité d'exploiter l'éloquence de son ami dans sa prochaine campagne. À côté d'elle, son chef de cabinet lui souffle à l'oreille : « Pas sûr qu'on puisse lui faire confiance. »

– Nous ne nous rendons pas compte combien nous sommes sensibles à l'âme du peuple dont nous faisons partie. Au XIVe siècle, les populations d'Europe, assaillies par l'épidémie de la peste noire, ont sombré dans le désespoir, se livrant corps et âme aux monstruosités de l'Inquisition. Leur âme avait été entamée, leur Dieu, incapable de les défendre contre la maladie, disqualifié. Les hommes ne pouvaient plus croire qu'aux forces diaboliques. D'ailleurs, les deux siècles qui ont suivi, l'époque des procès des sorcières, ont été comme hypnotisés par la figure du diable. Autre exemple, les Indiens d'Amérique du Nord, battus au combat, décimés par les germes importés par les envahisseurs européens, ne sachant plus quelle puissance implorer, ont eux aussi sombré dans la dépression et l'alcoolisme. Sans ses divinités, un peuple périclite, s'effondre et disparaît. Et des exemples comme ceux-là, je pourrai vous en trouver dix, cent... Vous connaissez comme moi la célèbre théorie d'Edward Gibbon sur la décadence et la chute de l'Empire romain. Les sectes religieuses, tout particulièrement chrétiennes, enrôlaient des citoyens par dizaines de milliers, les convertissant à la haine de Rome et de ses dieux. Je trouve cette théorie très juste, j'ajouterai seulement ma part de psychologie. Le christianisme avait introduit pour la première fois la culpabilité dans l'espace politique avec l'efficacité d'une véritable révolution. Car, le savez-vous, aucune révolution ne peut survenir sans que dans chaque famille le germe nouveau ne soit introduit. Et l'innovation des chrétiens est d'avoir érigé la culpabilité en principe métaphysique, sacrifiant jusqu'à leur vie à un dieu mort pour le rachat des péchés de chacun. Dès lors, la partie était perdue, la culpabilité pénétrait chaque foyer, prenant aisément la place des vertus guerrières et de l'amour de la nation. D'ailleurs, le grand Renan l'avoue lui-même, peut-être à contrecœur : pour lui, Jésus a détruit l'Empire romain non par les armes, mais de l'intérieur des hommes, en disqualifiant chez chacun l'amour qu'il nourrissait pour la nation romaine...

C'est alors qu'on entend un fracas. Tous les auditeurs se retournent d'un même mouvement. Des jeunes tout vêtus de noir, le visage masqué, ils sont bien une vingtaine, ont explosé la porte avec leurs battes de base-ball. Ils s'avancent dans les deux travées en frappant contre les dossiers des sièges.

– Vous n'avez pas fini d'écouter ces conneries ? s'écrie un grand excité à l'allure athlétique.

Nagral range précipitamment les papiers étalés sur le bureau dans sa sacoche. Il comprend immédiatement que l'agression lui est destinée. Il veut filer par la porte qu'il connaît, derrière le rideau, mais il n'en a pas le temps. Déjà une poignée de trublions ont sauté sur l'estrade. Le grand excité, celui qui doit être leur chef, s'empare du micro :

– Vous n'avez pas honte de laisser la parole à ce vieux fasciste ? Détrompez-vous, voilà des lustres que la sagesse a déserté le crâne des vieillards ! Nous sommes le peuple en révolte contre les désordres du vieux monde… Regardez comme il tremble !

Et il brandit sa batte, menaçant Nagral qui, tout naturellement, lève les deux bras dans un geste d'autoprotection.

Rumeur dans l'auditoire. Des étudiantes se mettent à hurler. La ministre est entraînée vigoureusement par ses gardes du corps. On crie : « Lâchez-le ! » « Free Palestine ! » Il y a un tel tumulte que personne n'entend les mots qu'adresse le professeur Nagral à son agresseur :

– Tu peux tomber le masque, je t'ai reconnu !

L'autre interrompt son geste.

– Ferme ta gueule !

– Fiche le camp, espèce de débile, ou j'annonce à la cantonade que mon fils, en plus d'être une nullité, est atteint d'un fichu complexe d'Œdipe...

– Tu n'es qu'une ordure, réplique l'autre, un violeur, comme tous les vieux pervers à la tête des universités...

Nagral se précipite sur le micro pour mettre sa menace à exécution.

Dans la salle, des cris de terreur, on s'est levé, on se serre contre les murs, on attend anxieusement l'intervention des forces de police qui n'arrivent pas.

C'est alors que Sébastien Nagral, le fils du réputé professeur de criminologie Augustin Nagral, s'avance vers le public en serrant fort le micro dans sa main :

– Venez tous à la grande manifestation contre le fascisme dans la culture et dans les médias, ce soir, place de la République !

Et à l'adresse de ses comparses :

– Allez, les gars, on se tire !

# Les Basch

Huit jours plus tard.

Jade ne décolère pas. Ce matin, elle est folle de rage. Elle doit absolument s'expliquer avec Nagral mais il ne répond pas. Elle prend son téléphone, renouvelle l'appel pour la dixième fois. « C'est Augustin ! Non, ce n'est pas moi, mais mon répondeur ! Merci pour votre appel, je suis touché. Je le serais davantage si vous me laissiez un message… » Elle raccroche. Elle en a assez d'entendre la même ritournelle.

Que peut-elle faire ? Signaler à la cellule VSS (Violences sexistes et sexuelles) de Sciences Po le comportement de son professeur ? Et que va-t-elle leur dire ? Que grâce à sa vision, elle a acquis la certitude que le professeur Nagral abuse de son autorité pour séduire de toutes jeunes étudiantes ? Ils vont bien rigoler. Et puis, l'expérience de l'une de ses amies qui avait subi l'assaut sexuel d'un étudiant déchaîné l'avait refroidie. La « référente VSS » a expliqué à sa camarade : « Vous comprenez, vous n'avez aucune preuve... Si vous déposez plainte, on vous convoquera tous deux et ce sera parole contre parole. Vous vous serez mise à nu, on vous aura posé des dizaines de questions intimes et pour finir l'affaire sera classée sans suite. » Malgré le battage médiatique, le succès impressionnant du hashtag *SciencesPorcs* et ses dizaines de dénonciations, la philosophie de la maison reste ce qu'elle a toujours été : « Pas de vagues ! » D'autant que les dernières grosses affaires, les accusations d'inceste contre le président de la Fondation nationale des sciences politiques et le scandale médiatique qui a suivi, puis, plus récemment, la mise en examen du nouveau directeur de l'école pour violences conjugales, ont conduit la direction à tout faire pour éviter de nouveaux scandales. Jade n'a aucune envie de mettre le doigt dans un tel engrenage. Elle sait que ce type de démarche dévorerait toute son énergie.

Et cette question qui lui revient sans cesse : Que fabrique-t-il avec ce groupe d'excités en keffieh ? Sont-ils liés à son club de lecture de Céline ? Existerait-il une association secrète entre l'antisémitisme d'extrême droite et celui des militants d'extrême gauche... Ce serait un comble ! Elle se sent cernée.

Serait-elle en train de devenir folle ? Il faudrait qu'elle reparle à Sabine, qu'elle lui demande si elle se souvient des paroles qu'elle a prononcées durant son épisode étrange... Elle a tout oublié. Il faut dire qu'elle était ivre à ne plus tenir debout. Elle se reproche de s'être montrée aussi vulnérable. Voilà une semaine qu'elle s'est réfugiée sous sa couette. Par moments, elle se dit qu'elle pourrait revoir l'interne, ce docteur Taïeb aux yeux verts, ce jeune homme plein d'assurance, déjà fier de son avenir... Certainement pas ! Que pourrait-il faire pour la soulager ? Lui prescrire des tranquillisants ? Elle ne les prendrait pas ! Qu'il aille se faire foutre, ce con ! Non, ce dont elle a besoin, c'est de son travail !

Il faudrait qu'elle se remette à sa thèse, elle le sait. Oui, mais qui la lira désormais ? Qui commentera, chapitre après chapitre, ses découvertes, ses hypothèses ? Qui la mettra en garde lorsqu'elle s'aventurera dans une mauvaise direction ? Une émotion s'empare d'elle, les larmes lui montent aux yeux. Elle se reprend. Allez ! Nagral finira bien par lui répondre... Soudain, elle se redresse. Écrire sans lecteur, se dit-elle, pourquoi pas ? Voilà une nouvelle aventure ! Il lui faudra de l'énergie, c'est certain, mais c'est possible ! Et puis, elle sent confusément que la solution à ses problèmes se trouve dans cette thèse, dans cette époque, ces événements terribles qu'elle explore pas à pas. Au fil de son écriture se dévoilera peut-être son chemin... Parfois, on se laisse porter par les mots et ce sont eux seuls, au-delà de l'intention de l'auteur, qui délivrent le message qu'on attendait...

Elle reste encore un moment à ruminer dans son lit, puis se lève, prend une douche et se jette dans le chapitre suivant.

Janvier 1943, à Paris.

Après le chantage qu'avaient exercé Eryane et Saint-Pierre sur Petiot, les deux compères s'étaient mis à la recherche de Juifs riches. Ils avaient bien l'intention d'augmenter leur pactole. Et, comme d'habitude, c'est Eryane qui s'y était collée. Elle s'était pointée chez Ilse Gang, avenue Mac-Mahon. Elle lui avait d'abord annoncé que son amie, Lina Walbert – Walbert, c'est ainsi que se faisaient appeler les Wolf –, était arrivée à bon port, en Argentine, avec son mari et sa belle-mère. Pas plus tard qu'hier, le docteur Eugène lui avait montré la carte postale qu'il venait de recevoir de Buenos Aires, laconique, certes, mais prometteuse. « Voyage sans problème, sommes tous trois arrivés au soleil... » Elle affichait un large sourire, invitant l'autre à se réjouir avec elle. Ilse, qui avait bien perçu la fourberie de l'aventurière, n'avait pas bronché, ponctuant cette nouvelle d'un vague « Ah bon ». Eryane avait tenu à la mettre en confiance, lui disant qu'elle aussi était juive et qu'elle envisageait de partir dans le prochain convoi du docteur Eugène. D'ailleurs, il restait de la place pour deux personnes... Les Gang n'envisageaient-ils pas de quitter la France à leur tour ? Et elle argumentait. Chaque jour, on apprenait l'arrestation de familles entières. Les nazis allaient même chercher les malades dans les hôpitaux pour les déporter. À croire qu'ils avaient des quotas, qu'ils voulaient faire le plein de leurs wagons à bestiaux. Ça devenait urgent, elle devait bien le sentir... Ilse lui avait répondu qu'ils n'étaient pas assez fortunés pour s'offrir un tel voyage et que, en fin de compte, ils avaient placé leur destin entre les mains de la Providence. Et plus Eryane insistait, plus Ilse se méfiait.

– Je comprends vos réticences, chère madame Gang, nous autres Juifs avons toujours été poursuivis, chassés, spoliés, assassinés. Nous ne faisons pas facilement confiance. Si vous ne voulez pas tenter votre chance de quitter cette Europe maudite, permettez au moins à d'autres d'échapper à l'enfer.

– De qui voulez-vous parler ?

– Le jeune couple qui était à l'hôtel avec les Walbert, je les ai croisés une fois, là-bas, nous avions sympathisé. Pourriez-vous m'indiquer leur nom pour que je puisse leur proposer de fuir avec moi ?

– Je ne connais pas leur vrai nom, je sais seulement qu'ils se font appeler Baston...

Et la rabatteuse, déçue, avait quitté le bel appartement cossu du dix-septième arrondissement en lorgnant les meubles de valeur. Descendant l'escalier recouvert d'une épaisse moquette, elle se dit qu'à l'occasion elle passerait l'adresse des Gang à « Monsieur Henri », le patron de la rue

Lauriston. Il se chargerait des meubles et de la vaisselle et saurait certainement découvrir les économies dissimulées sous les lattes du plancher. Ça ne rapporterait pas grand-chose à Eryane, peut-être dix ou quinze mille pour les avoir signalés, mais c'était toujours ça ! Et elle sourit en pensant que cette pimbêche de Gang regretterait alors de l'avoir traitée avec dédain.

Elle se rendit aussitôt à l'hôtel du Danube, rue Jacob, qu'elle connaissait depuis l'affaire des Walbert. Elle se souvenait des hésitations de ce grand échalas de Maurice avant de se décider à la trousser dans un cagibi du sixième étage, celui des chambres de bonne. Quel crétin, ce type, pensa-t-elle, Dieu seul sait dans quel paradis il essaie encore d'échapper à ses dragons domestiques... Sa mère, en revanche, oui, c'était quelqu'un ! Il n'y avait pas intérêt à s'y frotter ! Heureusement qu'elle ne comprenait pas le français, sinon toute l'affaire aurait capoté.

À la réception, elle demanda à la directrice, mademoiselle Moulie, de lui indiquer la chambre des Baston. Elle grimpa au deuxième étage et n'hésita pas à toquer à leur porte. Elle comptait bien leur présenter le même boniment qu'à Ilse Gang.

Un homme jeune, la trentaine à peine, le visage fin, les cheveux clairs, des yeux malicieux, lui ouvrit la porte. Elle insista pour entrer, elle ne pouvait lui expliquer le but de sa visite dans le couloir. Lorsqu'il comprit que cette femme, qu'il avait du reste entrevue du temps où les Walbert étaient ses voisins de chambre, venait leur proposer de quitter la France, il s'exclama : « C'est le Messie qui vous envoie !... Avec mon épouse, nous étions précisément en train de nous demander comment nous tirer de cette souricière. » Il l'invita à s'asseoir et appela Marie-Anne. Une jeune femme sortit alors du cabinet de toilette, l'allure juvénile, on ne lui aurait pas donné vingt ans. Menue, la peau laiteuse, presque diaphane, et de grands yeux effrayés qui lui donnaient l'air d'un écureuil. Elle se présenta comme étant Mme Servais. Les trois commencèrent à discuter des modalités du départ.

– Bien sûr, ça coûte de l'argent, annonça Eryane.

– Combien ?

– C'est cher ! Mais je crois que vous avez les moyens.

– Dites-moi seulement combien...

– Cent mille francs !

– Cent mille ? En effet, c'est très cher.

– Par personne !

– Oh là, s'exclama Baston, c'est en effet très, très... cher !

Tant qu'à faire, il valait mieux augmenter les tarifs, se disait Eryane, peut-être pourrait-elle le dissimuler à Petiot et garder la différence...

– Mais il faut comprendre, cher monsieur, nous devons graisser la patte aux policiers et aux douaniers, procurer des faux papiers, des passeports, payer les passeurs, d'abord vers le sud, ensuite des complices qui vous permettront d'embarquer sur le bateau... Quant à nous, je vous assure que nous n'y gagnons rien. L'argent que nous vous demandons, c'est seulement pour payer les frais.

– Nous ? Euh... De qui parlez-vous ?

– De notre organisation, chargée de sauver les Juifs en danger.

Le jeune homme marqua un temps d'arrêt. Dans sa jeunesse, il avait été boy-scout dans une organisation sioniste de gauche. Quoiqu'il ne connût rien au judaïsme, il se sentait depuis une attirance pour ces pionniers un peu fous qui allaient s'implanter en Palestine, dans une terre ravagée par la malaria.

– C'est une organisation juive ? demanda-t-il à Eryane.

Jusqu'alors, elle n'avait pas pensé à cet argument, mais elle l'adopta sur-le-champ.

– Oui ! Et dirigée par un docteur, juif lui aussi, mais il le cache... Par les temps qui courent, vous comprenez...

– Il a changé de nom ?

– Oui.

– Tout comme nous, convint le jeune homme.

– Ah, réagit Eryane, vous ne vous appelez pas Baston ?

– Ni moi, Servais, ajouta Marie-Anne.

– Moi, dit l'homme, je m'appelle Basch, Siegfried Günter Basch... Vous comprenez que je ne pouvais pas garder ce nom.

– Ça fait vraiment allemand, sourit Eryane.

– C’est que je suis né à Charlottenburg.

– Ils vous auraient d’office intégré dans la Wehrmacht…

– Certainement pire encore ! Sitôt que nous avons pu, nous avons fui l’Allemagne, en 1933, avec mes parents, et nous avons longuement vécu à Amsterdam… Mes parents n’ont pas supporté la vie là-bas. Nous n’étions plus personne, nous n’étions plus rien. Ils sont rentrés en Allemagne… en 1938, c’est fou, non ?

– Et que leur est-il arrivé ? demande Eryane.

– Comment savoir ? Rien de bon, à mon avis !

– Et vous ?

– Moi, je suis venu en France avec ma femme et ses parents. Je connaissais quelques personnes à Paris, y ayant séjourné autrefois, mais les parents de Marie-Anne – en vérité, elle s’appelle seulement Marie…

– Appelons-la Marie !

– Je disais… la sœur de Marie, Ludwika, et leurs deux parents sont partis en zone sud le 5 août dernier. C’est la seule famille qui nous reste. Nous avons régulièrement des nouvelles, ils sont dans un l’hôtel, à Nice. Eux aussi sentent la corde se resserrer autour de leur cou. Décidément, il nous faut tous déguerpir.

– *Exactement !*

Le jeune couple Basch trouvait l’occasion de se confier à cette femme qui leur semblait bienveillante, juive de surcroît, alors que dans la tête d'Eryane s'était déclenchée la machine à calculer. Les deux Basch à Paris, si elle parvenait à faire remonter la sœur de Marie et son mari, et si elle parvenait à y adjoindre les deux parents, ça ferait six... Dix pour cent de six cent mille, cela ferait soixante mille au bas mot, sans compter le contenu des poches, des doublures et des valises... On peut donc multiplier par trois. Une bonne affaire, assurément ! Reste à savoir s'ils sont prêts à payer...

– Ce sont eux qui ont l'argent, je suppose.

– Qui ? Les parents de mon épouse ? Malheureusement, oui ! Je les ai prévenus cent fois qu'il était dangereux de se déplacer avec des sommes pareilles. Mais il faut dire aussi qu'il n'y a nulle part où déposer cet argent, nulle personne à qui l'on peut réellement faire confiance. Vous comprenez ? Nous sommes des bêtes traquées.

– Je le sais, murmura Eryane qui versa tout de même une larme. J'en suis une aussi !

– Que pouvons-nous faire ?

– D'abord, vous débrouiller pour poser la question à votre belle-sœur et à ses parents...

– S'ils souhaitent partir ? Mais je le sais, ils ne demandent que ça !

– Qu'ils le souhaitent, c'est entendu, maintenant il faut s'assurer qu'ils sont prêts à le faire. Comme on dit en français, « il y a loin de la coupe aux lèvres »...

– D'accord !

– Et demandez-leur s'ils disposent des liquidités pour le voyage.

– Bien sûr.

– Un conseil, encore…

– Oui ?

– Dites-leur de réaliser tous les biens dont ils pourraient disposer, automobile, meubles, objets précieux. Il vaut mieux partir avec des devises.

– Mais ils n'ont quasiment rien, seulement des vêtements.

– Et de l'argent ?

– Oui. Des diamants, surtout.

– Parfait, c'est le plus facile à dissimuler.

Et la machine à calculer s'était à nouveau déclenchée dans la tête d'Eryane… Vivement qu'elle puisse activer le tiroir-caisse !

– Quant à vous, vous ne pouvez rester plus longtemps ici. Savez-vous que la police allemande fait régulièrement des tournées dans les hôtels et dans les meublés à la recherche de Juifs ?

Elle pensait qu'il fallait mettre ses futures victimes à l'abri d'autres prédateurs…

– Je le sais, oui ! Mais où aller ?

– Une fois que j'aurai arrangé le transfert à Paris des parents de votre femme, je vous logerai dans l'immeuble où j'habite, rue Pasquier. Vous vous retrouverez tous là quelques jours avant votre départ.

– Comment vous remercier, chère madame… Madame ?

– Kahan ! Eryane Kahan !

– Kahan ? Vous êtes Cohen alors ! Je vous embrasse les mains, madame, c'est Dieu qui vous envoie.

– Oui ! répondit Eryane, sans broncher.

Elle savait qu'elle allait les expédier en enfer. Après tout, comme on dit chez les chrétiens, les voies de Dieu sont impénétrables…

Après quoi, elle entreprit de trouver un passeur capable de remonter à Paris les quatre parents de la petite Marie, l'épouse de Baston-Basch.

*

Audition de Robert Malfet

*L'an mil neuf cent quarante-cinq,*

*le douze du mois de janvier*

*Nous, Lacorre Sylvain, inspecteur principal de Police mobile à la 18e Brigade régionale de Police mobile en résidence à Nice, officier de Police judiciaire auxiliaire de M. le procureur de la République,*

*Vu la commission rogatoire ci-jointe, en date du 2 janvier 1945 de M. Ferdinand Gollety, juge d'instruction au tribunal de la Seine,*

*À nous transmise pour exécution le 8 janvier 1945 par M. Pierre Séguy, juge d'instruction de*

*Nice et relative à la procédure suivie contre Petiot Marcel, détenu, et tous autres...*

*Avons fait comparaître devant nous, au siège de notre service, assisté des inspecteurs Gouard, de la Police judiciaire de Paris, et Lavie, de notre brigade, le sieur : Malfet Robert, né le 23 novembre 1899, à Saint-Jost-Bruxelles, Belgique, chauffeur, demeurant 54 rue Rossini à Nice, actuellement détenu administratif, lequel, après avoir prêté serment de dire toute la vérité, rien que la vérité, a déposé comme suit :*

*...*

*« Chargé par M. Lamot, consul de Belgique à Nice, d'accompagner à Paris quatre personnes, deux messieurs et deux dames tous de nationalité étrangère, dont j'ignore le nom, je me suis rendu sur leur invitation 10 rue Pasquier à Paris, là où ils devaient aller.*

*À cette adresse j'ai fait la connaissance d'une dame portant de grosses lunettes, polyglotte, très bavarde, qui s'est présentée comme Mme Eryane, locataire de l'appartement où nous nous trouvions. J'ai eu un rendez-vous avec cette femme qui m'avait demandé mon adresse à Paris, disant qu'elle pourrait avoir besoin de moi dans l'avenir. C'est ainsi que je l'ai rencontrée au Weber, à la Madeleine, et au cours de notre conversation elle... m'a dit que les quatre personnes venues avec moi de Nice allaient partir en Amérique. Puis elle m'a demandé si parmi mes clients certains désiraient se rendre en Amérique, je pourrais les lui adresser en prenant rendez-vous avec elle. Et elle m'a donné son numéro de téléphone.*

*Elle disait connaître une haute personnalité israélite, un docteur en médecine de Paris qui s'occupait des voyages à destination de l'Amérique. Pour cela les voyageurs étaient conduits dans un port où ils prenaient un bateau direct pour l'Amérique. Toute sécurité leur était assurée. Devant les affirmations de cette femme j'ai eu confiance et je lui ai promis que si l'occasion s'en présentait je lui amènerais des clients.* »

*

Le jeune couple Basch, la sœur de Marie Basch et son époux, son père et sa mère…

Siegfried-Günter Basch, né le 19 septembre 1913, à Charlottenburg (Allemagne),

Marie Schönker, dite Holländer, née le 10 juin 1917, à Amsterdam (Pays-Bas), de Chaina et de Franziska Ehrenreich, son épouse,

Ludwika-Sara Holländer, née le 28 février 1912, à Cracovie (Pologne), sœur aînée de Marie,

Ludwig-Israël Arnsberg, né le 22 juillet 1902, à Francfort-sur-le-Main (Allemagne), son époux,

Chaina Schönker, dit Holländer, né le 28 décembre 1887, à Turzansk (Pologne), le père des deux jeunes femmes,

Franziska Ehrenreich, née le 5 mai 1885, à Łukta (Pologne), son épouse…

ont tous les six disparu corps et biens dans la fosse du garage du 21 rue Le Sueur, l'antre de Petiot.

# Jeux de mots

Procès de Marcel Petiot.

Audience du mercredi 27 mars 1946.

Ce jour-là, on procédait à l'audition des témoins. La foule était compacte devant le palais de justice, ceux qui espéraient encore une place, mais aussi des promeneurs par centaines… c'est que les chars de la mi-carême passaient par là. Des plaisantins, masqués, battant la grosse caisse, crièrent même « Petiot, avec nous ! », déclenchant l'hilarité. Si, dehors, l'ambiance était à la fête avec l'arrivée des premiers beaux jours et ce carnaval improvisé, dans la salle d'audience, c'était la même cohue que les jours précédents. Ce jour-là, les femmes étaient nombreuses. Tout au fond, les chéries des gardiens de la paix et les épouses des inspecteurs de la PJ, les fournisseuses des magistrats et même quelques ambulantes du quartier Saint-Lazare, toutes pipelettes endimanchées, qui ne ménageaient ni leurs commentaires ni leurs saillies. « Je m'y connais, moi, mon Jules, c'est çui qu'a alpagué le Petiot au métro Saint-Mandé, y m'a tout raconté ! » « Le mien, qui bosse au Palais, ben v'la-t'y pas que le Petiot lui a proposé dix mille balles pour qu'il passe une lettre à sa bergère... » « Et qu'est-ce qu'il a fait, ton julot ? » « Ben, l'a remis la lettre au juge Gollety, qu'est-ce tu crois ! » « Et il a gardé le fric ! » explose l'autre de rire. Elles étaient là depuis le début du procès, n'avaient pas raté une seule audience, du coup elles se connaissaient, étaient presque devenues amies, comme des abonnés au théâtre qui se retrouveraient à chaque représentation. Plus en avant, sur les chaises, des journalistes et des avocats échangeaient les nouvelles, de vraies informations, connues de tout le monde, et des fausses, pour induire en erreur, garder le véritable tuyau pour soi seul... « Cette femme Kahan qui va témoigner maintenant, paraît qu'elle est juive. » « M'étonnerait pas, répond l'autre, avec un nom pareil ! L'a beau être juive, n'empêche que c'était une souris grise ! » « Tu déconnes ? » « Elle bossait pour l'Abwehr, j'ai lu le dossier. » « T'as lu le dossier ? Fallait encore le trouver. Paraît que l'avocat général, il l'a même pas ouvert ! » « De toute façon, glisse un troisième, si on a fait appel à Floriot, c'est que le verdict ne fait aucun doute, croyez-moi, c'est la guillotine ! »

Eryane Kahan était le premier témoin de l'après-midi. Timidement, elle s'avança jusqu'à la barre, un murmure d'étonnement montait de l'assistance, accompagnant ses pas. C'est qu'elle avait de l'allure ! Un camaïeu de marron, le manteau de laine, de belle étoffe, le large col de fourrure, probablement du vison, la toque et le manchon, du même poil, bas noirs, chaussures à talons, la classe ! Sous le manteau, on apercevait un corsage élégant orné d'un modeste bijou, une broche scintillante de pierres, peut-être véritables, et aux mains des gants de peau d'un blanc immaculé. On distinguait mal son visage caché derrière de grosses lunettes fumées. Des cheveux frisés d'un blond vénitien un peu trop éclatant ruisselaient en un harmonieux désordre jusqu'à ses épaules. Témoin crucial, on attendait d'elle qu'elle confondît Petiot. Devant le juge d'instruction, elle reconnut avoir conduit onze Juifs à Petiot, comme bétail à l'abattoir. Mais en toute innocence, assurait-elle… jurant ses grands dieux qu'elle ignorait les sordides desseins du médecin.

Petiot s'exclama aussitôt :

– Elle est gonflée, la mère Kahan, de se pointer ici. Elle était de la Gestapo, elle vous l'a dit ?

– Silence ! tonna le président. Petiot, vous parlerez quand je vous donnerai la parole…

L'autre haussa les épaules, se retournant d'un air dédaigneux.

Interrogatoire d'identité. Le président lui demanda son âge. « Cinquante ans ! » répondit fièrement Eryane. Nouveau tohu-bohu dans l'assistance. C'est qu'on lui en donnait beaucoup moins. Il y a même quelqu'un dans la foule qui s'est écrié : « Mais non ! Vingt-huit ans ! » Elle adopta alors une attitude de femme du monde importunée par des voyous. D'une voix grave, avec un fort accent, elle expliqua d'abord qu'elle n'avait fait qu'essayer de sauver des coreligionnaires. On la sentait tendue, ses mains tremblaient, elle croisait et décroisait les jambes, extrayait de son manchon un petit mouchoir avec lequel elle se tamponnait les yeux. On aurait juré qu'elle était tellement outrée des soupçons qui pesaient sur elle qu'elle en pleurait. Sur une question du président Leser, elle raconta comment elle avait connu Petiot.

– Je suis israélite, monsieur le président, étrangère qui plus est, de nationalité roumaine, comme vous le précisiez vous-même tout à l'heure. Imaginez quel calvaire ont été pour moi les quatre années d'Occupation, poursuivie sans relâche par la Gestapo, forcée de fuir de logement en logement. J'ai échappé dix fois, vingt fois, aux nazis allemands et à leurs suppôts de la Gestapo française. J'ai finalement pu trouver refuge à Paris, chez Mame Goux, 10 rue Pasquier. Le docteur Saint-Pierre qui me soignait alors…

– On sait comment ! s'écria Petiot depuis son banc.

– Petiot, taisez-vous ! rugit le président. Poursuivez, madame Kahan… s'il vous plaît !

– Je disais… Ah oui… Mon médecin, le docteur Saint-Pierre, m'a confié qu'il connaissait un autre docteur qui organisait des passages pour l'étranger, plus particulièrement à destination des Israélites. Plus tard, une amie, Mme Gingold, m'a présenté la famille Walbert, j'ai appris depuis qu'ils s'appelaient Wolf en vérité. Je les ai simplement mis en relation avec Petiot. Je jure devant Dieu que je ne savais rien des véritables activités de ce docteur.

– Elle est gonflée, cette poufiasse ! fulmine Petiot. Et elle y mêle Dieu, par-dessus le marché !

Elle larmoyait, sortait un nouveau mouchoir de son manchon, s'en tamponnait le visage. Elle se mit à se balancer d'avant en arrière, respirant de manière saccadée, envahie d'angoisse. Elle attendit de se calmer pour reprendre avec véhémence :

– Oui ! Je n'ai appris le drame que par les journaux. (Un tumulte dans la salle accueillit cette déclaration. Elle rougit.) Je proteste de toutes mes forces contre les accusations dont j'ai été l'objet. Monsieur le président, on a prétendu que j'étais la pourvoyeuse de l'assassin Petiot, que je lui fournissais des Juifs à brûler, que j'étais sa rabatteuse. (Elle eut du mal à prononcer ce mot qu'elle avait visiblement appris pour l'occasion.) C'est scandaleux, c'est indigne ! (Rires dans la salle.) Ils prétendent même que j'étais un agent de la Gestapo... Moi, une Juive... quand même !...

– On en a vu d'autres ! bougonnait Petiot dans son coin.

Malgré l'outrecuidance des propos de la Kahan, on sentait que le président et l'avocat général la croyaient. Ils lui manifestaient leur sympathie, l'invitaient à poursuivre.

– Il ne me serait jamais venu à l'idée que cet homme. (Elle montrait Petiot du doigt.) Était capable de commettre des crimes aussi odieux… et pour de l'argent ! (Elle regarda Petiot dans les yeux avec un air de mépris.) Moi, je le considérais comme un bon Français, un excellent Français, même, un modèle, un sauveur de Juifs !

Petiot fit alors un mouvement vers elle, comme s'il allait se précipiter pour l'étrangler. Elle eut un geste de recul et s'effondra à nouveau en larmes.

Le président passa la parole à la défense. Me Floriot se dressa très lentement, arrangea sa robe avant de demander au témoin :

– Madame, vous aviez un amant, un parmi beaucoup d'autres, dois-je le préciser, un officier allemand…

Elle se tourna violemment vers lui. Ce n'était plus la pauvre petite Juive éplorée, mais la combattante, qui avait survécu aux mille vicissitudes de la vie :

– Pas allemand, monsieur l'avocat, autrichien !

Floriot lui présenta son plus beau sourire :

– Hitler aussi était autrichien, madame !

Remous dans l'assistance, qui apprécia l'à-propos de l'avocat.

– Dites-moi encore, poursuivit Floriot, Mme Goux, la propriétaire du 10 rue Pasquier qui vous a si gentiment accueillie, avait aussi un amant allemand… ou peut-être plusieurs, elle aussi… N'est-ce pas ?

– Je l'ignore. Posez-lui la question.

– Bien ! Pourriez-vous dire à la cour pour quelle raison vous êtes poursuivie par la cour de justice.

Eryane vacilla sous l'attaque. On vit ses mains trembler plus encore. C'est alors que l'avocat général Dupin surgit de son siège pour s'écrier :

– C'est de la calomnie. Cette femme témoigne en toute liberté. Si elle était en examen, elle ne pourrait pas se trouver à la barre.

Maître Floriot ne se démonta pas et répondit calmement à Dupin :

– Quel dommage ! Quel dommage, monsieur l'avocat général, que vos services soient si mal renseignés. Je pense que vous serez heureux de connaître le dossier ouvert contre Mme Rudolphina Kahan à la Cour de justice de la République.

Il lui tendit un morceau de papier :

– Je vous fournis amicalement le numéro de dossier. Tenez !

Et ce fut un nouvel incident d'audience. L'affaire semblait mal emmanchée pour l'avocat général. Le président décida d'une suspension. Il dut y avoir des conciliabules énervés dans les couloirs et les arrière-salles, mais lorsque l'audience reprit au bout d'une demi-heure, personne ne mentionna plus le dossier de Kahan à la Cour de justice. Aujourd'hui encore, on se demande la raison de ce silence soudain de la cour.

À la reprise des débats, le président voulut revenir vers Marcel Petiot pour lui demander de s'expliquer sur les accusations qu'on venait d'entendre.

– Petiot, voulez-vous répondre sans faire des manières, comme à votre habitude ?

Petiot ne leva pas les yeux, se contentant d'un bref :

– Mais certainement, monsieur le président !

– Pour quelle raison avez-vous assassiné les époux Wolf et la mère de M. Wolf ?

– C'étaient des agents de la Gestapo !

– Voyons, Petiot, intervint vigoureusement l'avocat général, tout le monde sait qu'il s'agissait de pauvres Israélites fuyant les persécutions nazies...

– Israélites ou pas, c'étaient des Boches !

– Allons ! Avant de partir dans votre chaudière, ces prétendus Boches avaient été résistants...

– Faux résistants ! Ils avaient un passeport allemand...

– Allemands, peut-être, mais fuyant le régime nazi. Ils se cachaient, vous le saviez.

Et là, Marcel Petiot éclata de rire, un rire sardonique, qui ne voulait pas s'interrompre, il riait, il riait...

– Oui, oui, ils se cachaient... Allez... (Il riait encore.) Ils se cachaient, tout comme moi quand je joue avec ma femme. Je me cache sous les draps...

Hou, hou... que je lui dis, je suis caché, essaie de me trouver !

Éclats de rire dans la salle. Coups de marteau du président, puis :

– Et les Basch, alors, pourquoi les avez-vous tués ?

Petiot fit un geste du revers de la main, comme s'il chassait un importun :

– Des Boches ! Tous des Boches ! Même motif, même punition !

– Allons, ceux-là n'étaient pas allemands mais hollandais.

– Des Boches, que je vous dis, des agents de la Gestapo, comme cette Eryane Kahan que vous protégez, honte à vous, elle aussi était un agent de la Gestapo. Si cette Eryane m'en avait amené cent, des Wolf, des Basch, des Boches, je les aurais supprimés tous les cent !

– Et que dites-vous de ce témoin, Mme Cadoret de l'Épine-Guen, contactée pour un de vos odieux « passages » et qui se refusait à vous faire confiance parce qu'un docteur ne peut avoir les mains aussi sales ? Une Boche, elle aussi ?

Marcel Petiot fulminait sous le coup porté par l'avocat général. Il le regarda d'un air méchant avant de répondre :

– Les mains sales... Allons ! Moi, au moins, je me suis pas sali la main en prêtant serment à Pétain, le maréchal Putain !

Le président vola alors au secours de l'avocat général :

– Vous savez bien, Petiot, que les magistrats ont été contraints de prêter serment, au risque d'être radiés des tribunaux.

– D'être radiés de la tribu, non ?

– Petiot, ne soyez pas insolent !

– Insolent envers qui ? Envers Pétain ?

Les deux magistrats se turent alors, comprenant qu'ils avaient affaire à plus fort qu'eux en matière de rhétorique.

Après cet échange, Eryane Kahan demanda encore la parole pour se disculper des accusations de Petiot et de son avocat, mais le président en avait plus qu'assez et mit brutalement fin à la séance.

Dans *L'Aube*, datée du 29 mars 1946, Jean Richard faisait un compte-rendu de l'audience du 27 mars. Il concluait ainsi son article :

*En réalité, derrière la comédie de cette audience, se devine l'incroyable tragédie qui trouve, en cette cour d'assises à peine solennelle, ses derniers échos ; car, malgré tout ce que peuvent avoir de bizarre, voire de cocasse et d'incertain, des témoignages comme ceux entendus en cet après-midi, on retrouve tout le drame, qui dura cinq ans, celui des Juifs traqués à mort et acculés par la terreur aux ultimes mesures d'évasion.*

Le journaliste avait raison ! C'était la première fois depuis la Libération que les Français entendaient concrètement parler de la Shoah, des horreurs qu'ont subies les Juifs déportés à Auschwitz avant d'être gazés puis brûlés, du rôle de la police française dans la rafle des Juifs, du rôle, surtout, de tous ces supplétifs à la Gestapo qu'on appelait « la Gestapo française »...

L'affaire Marcel Petiot fut le premier procès de la Shoah en France. Après cela s'installa un long silence. Il y eut bien les grands procès de Nuremberg (1945-1946), mais cela se passait en Allemagne, le procès d'Adolf Eichmann (1961), mais c'était à Jérusalem... En France, on parlait bien des résistants assassinés, on parlait des « déportés », sans préciser que la plupart étaient juifs, on n'abordait plus le rôle de l'administration policière et judiciaire dans le massacre des Juifs. Il faudra attendre la fin des années 1980, après quarante ans de silence, pour voir surgir la Shoah au sein des tribunaux français, avec les procès de Klaus Barbie (1987), de Paul Touvier (1994) et de Maurice Papon (1997).

L'apparition des fantômes de la Shoah au tribunal, voilà l'une des explications de l'attention passionnée des Français pour cette affaire.

Et dans *L'Aurore* du 29 mars 1946, on annonçait que le colonel Juan Perón avait été élu la veille à la présidence de la république d'Argentine, ce qui présageait un avenir radieux pour les nazis en cavale et pour les évadés de l'épuration… Ceux qui fuyaient la France, l'Allemagne et toute l'Europe de l'Ouest se retrouveraient bientôt dans l'hémisphère Sud.

On dit qu'Eryane Kahan y émigra au mitan des années 1950, qu'elle y retrouva Nicu Petrescu, son premier et unique amour, et qu'elle s'y établit dans les environs de Buenos Aires.

Elle avait alors soixante ans.

# Les Cadoret

Après l'épisode crépusculaire qui s'est terminé à la clinique gériatrique, Jade n'a eu aucune nouvelle de Sabine, pas même un appel téléphonique, rien… Ce lâchage en rase campagne lui laisse un goût amer. Elle est sans doute retombée sous la coupe de Nagral, pense-t-elle, ce ne serait pas étonnant… Peut-être ne faisait-elle mine de se soucier d'elle que sur ordre de son maître à penser… Elle fait un geste de la main pour chasser cette idée désagréable et s'installe devant son ordinateur. Son seul remède, elle en est convaincue, est l'écriture de sa thèse… une thèse qu'elle ne soutiendra peut-être jamais…

Son dernier chapitre portait sur la part qu'avait prise la redoutable Eryane Kahan dans la capture des victimes juives de Petiot. Cette semaine, ses recherches se sont précisément concentrées sur la « peste roumaine », comme elle l'appelle en secret. Foutue bonne femme au caractère d'acier, celle-là, pas comme Jade qui, au premier problème, fait des crises de folie jusqu'à se retrouver hospitalisée. C'est sûr, pense-t-elle, grandir dans un cocon, ça n'aide pas pour affronter les violences de la vie ! C'est fini, tout ça, se promet-elle, avant de se plonger dans la rédaction du chapitre suivant.

1943.

Depuis les défaites de Stalingrad fin 1942 et la débâcle de l'Afrikakorps de Rommel durant les premiers mois de l'année 1943, les Allemands devenaient de plus en plus nerveux. Ils ne dissimulaient plus leur violence. Pour chaque acte « terroriste », comme le déraillement d'un train ou l'assassinat d'un gradé de la Wehrmacht, ils exécutaient une centaine d'otages. La chasse aux Juifs se faisait maintenant au grand jour. La police et quelquefois les SS organisaient des rafles en pleine rue, capturant des passants, presque au hasard. S'il se révélait qu'ils étaient juifs, c'était direct Drancy, premier arrêt avant Auschwitz.

Au début du printemps 1943, les affaires de Petiot, d'Eryane et de toute la bande étaient florissantes. Ils avaient réussi quelques gros coups pour lesquels la complicité de la Gestapo de la rue Lauriston avait été nécessaire. Peut-être n'avaient-ils pas mesuré les conséquences d'une telle collaboration. Pour la première fois, de grosses pointures, extérieures à leur cercle de petits escrocs, des vrais professionnels, autrement dit, avaient été mis au courant de leur trafic. De plus,

Saint-Pierre, Francinet et Fourrier étaient devenus très visibles, dépensant sans compter, offrant des tournées dans les bistrots, organisant fêtes et orgies où coulaient à profusion champagne et whisky. Ce n'était pas le cas de Petiot, bien trop méfiant, qui ne changeait rien à son train de vie, se contentant d'investir en secret dans la pierre. Il en était déjà à son troisième immeuble dans Paris et ne comptait plus les maisons et les appartements dont il faisait l'acquisition dans l'Yonne. Quant à Eryane, véritable professionnelle de la dissimulation, elle continuait de fréquenter la pègre du café Georgette ou du Tronchet, tout en gérant un difficile équilibre entre Petiot, ceux de la rue Lauriston et les services allemands du Lutetia. Malgré les efforts du petit groupe pour laisser penser que la vie se poursuivait normalement, les rumeurs commençaient à circuler. Dans le milieu, on voyait bien qu'ils s'en mettaient plein les poches et bien des fripouilles rêvaient de partager la galette. Robert Malfet, le chauffeur qui avait transporté les parents des Basch de Nice à Paris, entendait lui aussi obtenir une part. C'est ainsi qu'il arriva, un début d'après-midi, devant le 10 de la rue Pasquier dans l'intention d'y rencontrer Eryane Kahan. Il grimpa les quatre étages et, tout essoufflé, sonna à sa porte. Vêtue d'une nuisette qui lui arrivait en haut des cuisses, elle l'invita à entrer. Elle était seule. Elle n'avait même pas chaussé ses lunettes et ses petits yeux de myope lui donnaient l'air d'un félin à l'affût.

Il la trouva potelée à son goût. Il eut envie de lui proposer une rencontre plus intime, mais il s'en garda bien, craignant de tout faire capoter. Tripatouillant son béret, il bafouilla :

– Vous m'aviez dit, m'ame Eryane, la dernière fois qu'on s'est vus, vous vous souvenez... vous m'aviez dit que si je rencontrais une famille de Juifs riches qui avait envie de se faire la malle, que j'avais qu'à vous prévenir...

– Entrez, Robert ! Dites-moi un peu, qui sont ces gens ?

Il restait debout devant la porte d'entrée, dans l'attitude du personnel de service devant la patronne.

– J'vous dirais bien, mais avant, je voudrais savoir si... enfin, si vous n'aviez pas oublié que je toucherais une p'tite commission...

– C'est sûr que je n'ai pas oublié, voyons ! Nous fixerons la commission lorsque je saurai ce qu'ils peuvent payer...

– C'est du bon sens, m'ame Eryane, du bon sens ! Ils peuvent payer, ça, j'vous le garantis, peut-être plus encore que vous ne pensez... Mais y a un petit problème...

– Un problème... Quel problème ?

– Sont pas juifs, m'ame Eryane, pas juifs du tout, c'est même des sortes d'aristos, des de Machin de Tartempion...

– Ça ne fait rien, soupira Eryane, s'ils sont dans la misère, on les aidera, pas vrai ? Et puis, si on réfléchit, on est tous un peu juifs, non ?

– Vous croyez, m'ame Eryane ? Moi, en tout cas, j'pense pas ! J'ai pas le nez crochu… (Il ajouta en ricanant :) La main non plus !

– Pour le nez, c'est certain ! sourit Eryane.

Malfet avait un gros nez rouge d'alcoolique.

– Alors, m'ame Eryane, je vous les présente quand ? Je dois vite rentrer à Nice, comme vous savez…

– Eh bien, disons demain, voulez-vous ?

Lorsqu'elle le reconduisit, alors que Malfet, ça se voyait, était pris d'une violente envie de la bousculer sur le canapé, Eryane pensait : Il pue l'ail et la vinasse, que faut-il supporter pour gagner sa croûte !

Le lendemain, il vint la chercher chez elle pour la conduire dans sa grosse Peugeot jusqu'à un café, près du carrefour des Gobelins, dans le treizième arrondissement. Un couple était debout au bar devant un verre de limonade. L'homme était grand, les cheveux clairs, son épouse, une brune aux yeux en amande avec de hautes pommettes, ne manquait pas de charme. Eryane lui trouva un petit air des femmes de chez elle. Les quatre partirent s'installer au fond de la salle. L'homme commença par se présenter : « Michel Cadoret de l'Épine-Guen, et Maria, mon épouse. » Sa poignée de main était franche et vigoureuse. « Enchantée ! répondit la Kahan. Vous connaissez Robert… Je m'appelle Eryane. »

Elle leur servit l'explication habituelle, le réseau d'évasion, l'obligation de discrétion… Mais elle aurait dû se méfier, ce n'étaient pas les clients dont elle avait l'habitude. Cette fois, elle avait affaire à des intellectuels, ça se voyait à leur attitude, leurs mains soignées, leur concentration lorsqu'ils écoutaient, les explications qu'ils exigeaient. Et puis, ils n'étaient pas comme les Juifs qu'elle draguait pour Petiot, ils ne portaient pas la terreur au fond des tripes. L'homme déclara qu'il voulait rejoindre la France libre, fuir en Espagne et de là atteindre Londres et les troupes du général de Gaulle. Eryane lui répondit que c'était parfaitement possible, que le réseau pourrait même lui trouver le moyen de l'acheminer jusqu'en Angleterre, ou même en Amérique, s'il préférait. Il tiqua. Pourquoi en rajoutait-elle ainsi ? On aurait dit la publicité d'une agence de voyages. Ça ne ressemblait décidément pas à un réseau de résistants… Il lui dit qu'il hésitait encore, qu'après tout, s'il ne parvenait pas à quitter le pays, il s'en irait rejoindre un maquis et se battrait en France. Ce qu'il voulait, c'était combattre les nazis et par n'importe quel moyen. Il commença à la bombarder de questions. Le réseau, lui expliqua-t-elle, était dirigé par un médecin, un ponte de la chirurgie parisienne, un humaniste dévoué à la cause, elle-même était infirmière et l'assistante de ce docteur. Ce réseau avait pour mission de sauver toute personne poursuivie par la Gestapo, des Juifs, des résistants, des communistes, des maquisards… « Des bandits, aussi ? » demanda Cadoret. Déstabilisée, elle leva la tête, le fixa dans les yeux. Qui était ce type ? Un indic peut-être… Elle ne l'avait jamais croisé rue Lauriston ni rue de la Pompe, elle en était certaine. Peut-être un véritable résistant, qui sait, un patriote… Elle se rengorgea : « Nous nous occupons de personnes dans le besoin, monsieur Cadoret ! » « Ah ! répondit l'autre, un peu comme la Croix-Rouge, alors… » Elle ne releva pas. Il voulut connaître le nom du réseau. « Vous comprendrez que je ne peux satisfaire votre curiosité, divulguer un nom pareil nous ferait à tous courir un grave danger. » C'est à ce moment-là que l'épouse, la gracieuse Maria, posa une question à son tour : « Ce médecin, ce patron de chirurgie dont vous parlez, pourrait-on au moins connaître son nom ? » Le rouge monta aux joues d'Eryane. « Je ne peux vous donner que son nom de résistant, on l'appelle "docteur Eugène"… » Ils devenaient agaçants avec leurs questions de plus en plus précises. Elle se dit alors que le seul moyen de les ferrer serait de les contraindre à verser une avance. Elle annonça qu'elle n'accepterait de discuter plus avant de leur désir de partir que s'ils s'engageaient en versant une avance sur le coût du passage.

– Combien ? demanda Cadoret.

– Cent mille !

– Mais si, après nos échanges, nous renoncions à notre départ ?

– Je vous restituerais évidemment la somme.

– Entendu ! Je confierai donc quatre-vingt-dix mille francs, c'est tout ce dont je dispose, à M. Malfet qui a toute ma confiance. Si nous ne parvenions pas à nous entendre, il me restituera mon avance, on est d'accord ? demanda-t-il en fixant le gros Robert.

– Certainement, répondit l'autre.

– Quoi qu'il en soit, avant de m'engager plus avant dans une telle entreprise, je veux d'abord rencontrer ce docteur Eugène.

– Ah ! Ce ne sera pas facile ! Ses obligations hospitalières lui laissent peu de temps. De plus, il se montre très peu en public. Étant donné ses responsabilités dans le réseau, le maximum de discrétion s'impose.

– Je ne mettrai jamais ma vie et celle de ma famille entre les mains de quelqu'un que je ne connais pas !

– Entendu ! consentit Eryane. Je vais lui poser la question.

Puis, sentant qu'il fallait mettre un peu de liant dans une conversation tendue, elle lui demanda :

– Puis-je vous demander, monsieur Cadoret, avez-vous un métier ?

– Je suis peintre.

– Peintre ? Euh… vous voulez dire…

– Oui, je peins des toiles, avec un certain succès, je dois dire. Connaissez-vous Picasso ? C'est un peu la même inspiration, vous voyez…

Une semaine plus tard, Malfet conduisait les époux Cadoret au 10 rue Pasquier. Le salon luisait comme un sou neuf, le parquet avait été ciré, les meubles époussetés, les livres rangés dans la bibliothèque. Eryane voulait donner la sensation d'un monde en ordre. Petiot arriva un quart d'heure plus tard, revêtu cette fois d'un large imperméable, un chapeau mou lui cachant la moitié du visage, déguisé en résistant.

– Fait pas chaud pour un jour de printemps… ronchonnait-il en se frottant les mains.

– C'est cette pluie, aussi… Je vous prépare une bonne tisane, docteur ? lui proposa Eryane.

La conversation roula sur la rigueur des temps. Les difficultés d'approvisionnement avaient entraîné la maximisation du pillage allemand, si bien qu'à Paris il devenait difficile de trouver même le minimum nécessaire, du pain, du sucre, sans parler du beurre ou des œufs qui étaient devenus denrées rares. Les gens couraient d'épiceries vides en crèmeries fermées, obsédés par la nourriture, et finissaient par se perdre dans la jungle du marché noir.

Ils en vinrent bientôt à ce qui les avait réunis là. Petiot prit son ton autoritaire qui n'acceptait pas de discussion :

– J'ai appris par mon assistante que trois personnes partiraient, votre épouse, vous et votre enfant.

– Mon fils est à peine âgé d'un an…

– Je compte tout de même trois personnes ! Vous le savez, c'est cinquante mille par personne, ce qui fait cent cinquante mille. Vous ne pourrez emporter que le minimum de bagages, pas plus de cinquante kilos au total. Vous devrez aussi réaliser tous vos biens et voyager avec le plus de devises possible. La vie est très chère en Espagne !

– Ah bon ? s'étonna Cadoret. Personne ne m'a jamais dit une chose pareille.

Petiot roula des yeux et tonna :

– Eh bien, je vous le dis !

– J'ai même entendu que la vie y était bien plus facile qu'à Paris.

Petiot le fixa de ses yeux globuleux :

– C'est faux !

Maria, l'épouse de Michel Cadoret, observait avec insistance les mains de Petiot. Elles étaient épaisses, puissantes, les ongles noirs… Des mains de paysan, pensa-t-elle, pas de chirurgien !

– Avant le départ, ajouta Petiot, vous serez conduits dans une clinique, c'est une sorte d'institut de beauté, où vous demeurerez quarante-huit heures. Durant ce temps, vous ne pourrez communiquer avec personne. C'est là que je vous donnerai vos faux papiers, passeports, visas, documents, lettres de recommandation… C'est aussi là que je vous administrerai les vaccins nécessaires à votre passage en Espagne…

Si l'entrée en Argentine, pays lointain, pouvait à la rigueur expliquer l'obligation de vaccination, pour l'Espagne ça passait mal, surtout auprès d'esprits critiques comme les Cadoret.

– Des vaccins qu'on n'exige qu'en Espagne ?

– Oh, vous savez, par temps de guerre, on trouve tout un tas de tracasseries pour refouler les réfugiés...

– Ah !

Maria examinait le docteur Eugène. Elle lui trouvait un air patibulaire, bien loin de l'allure des professeurs de médecine qu'elle avait pu fréquenter durant ses études... et puis ses cheveux gras, mal peignés, sa barbe de trois jours et cette excitation étrange... Cet homme serait-il drogué ? Elle remarqua ses pupilles très dilatées, le tremblement de ses doigts.

– Docteur Eugène, lui demanda-t-elle, vous connaissez le peyotl ?

Petiot ne put résister à l'occasion d'étaler ses connaissances...

– Ce cactus sans épines qu'on trouve au Mexique ? Mais certainement ! Les Indiens de là-bas, les Huichols, les Mayas aussi, le prennent lorsqu'ils partent à la rencontre de leurs dieux. Il paraît que c'est une plante qui permet à l'esprit de voyager loin du corps.

– C'est ça ! Vous semblez bien connaître ! Vous avez déjà vu à quoi ça ressemble ?

– Mais oui ! répondit Petiot, agacé. Ce sont comme de petites boules vertes qui s'amassent en grappes. C'est d'ailleurs de ce cactus qu'on tire la mescaline, un excellent produit, très actif, et naturel, qui plus est, pas comme tous ces médicaments de synthèse qui se répandent depuis la guerre...

– Vous en prenez aussi ? demanda Maria à brûle-pourpoint à l'assistante du docteur qui semblait plutôt être sa maîtresse.

– Moi ? demanda Eryane, gênée, qui interrogea Petiot du regard avant de s'exclamer : Non ! Grands dieux non !

Michel Cadoret de l'Épine-Guen se leva, très digne, aida son épouse à enfiler son manteau et se dirigea vers la porte. Le médecin marron et la fausse assistante les regardaient, interloqués.

– Merci, docteur, pour toutes ces précisions. J'informerai M. Malfet de notre décision.

– Attendez... balbutia Eryane.

– Merci pour l'accueil, chère madame.

On entendit leurs pas descendre l'escalier.

– Ah, les salauds ! pesta Petiot.

La Peugeot démarra vivement. C'est qu'elle fonctionnait à l'essence normale, pas au gazogène. Comment un modeste chauffeur comme Malfet parvenait-il à s'approvisionner ? se demanda Cadoret. De qui obtenait-il ses bons d'essence ? Toute l'affaire ne lui semblait pas claire. Ils roulèrent un moment en silence et lorsqu'ils stoppèrent à un carrefour devant un agent qui réglait la circulation, Cadoret dit fermement à Malfet :

– Arrêtez-nous là. Vous me remettez mon avance, Robert.

– Certainement, monsieur Cadoret ! Mais pourquoi ? Vous n'avez pas pu vous entendre avec le docteur ?

– Drôle de docteur, dit Maria, je n'ai jamais vu un chirurgien avec des ongles aussi sales.

– Ah oui ? Il est ainsi ? Je ne l'ai jamais rencontré, vous savez...

– Je n'accepterais pas un instant de me laisser faire une injection par ce cloporte ! ajouta Cadoret.

– Mais... il paraît que c'est un grand docteur... qu'il porte toujours un nœud papillon...

– Je crois plutôt que ce sont deux drogués, ajouta Maria. Avez-vous seulement observé leurs yeux ? Et lui, l'agitation de ses mains...

– Ma femme est médecin, ajouta Cadoret à l'adresse de Malfet, même qu'elle se spécialise en neurologie.

– Neurologie... euh... c'est quoi la neurologie ?

– Ce sont les docteurs qui s'occupent des nerfs, vous comprenez ? Ça veut dire qu'en matière de drogués, elle s'y connaît.

Pauvre Malfet, qui venait de perdre trente mille francs et deux journées de travail !

*

Suite de l'audition de Robert Malfet

*L'an mil neuf cent quarante-cinq,*
*le douze du mois de janvier*

*Avons fait comparaître au siège de notre service, le sieur Malfet Robert, né le 23 novembre 1899, à Saint-Jost-Bruxelles, Belgique, chauffeur, demeurant 54 rue Rossini à Nice, actuellement détenu.*

*Après avoir prêté serment de dire toute la vérité, rien que la vérité, il a déposé comme suit :*

*« À l'hôtel de la rue Parrot une dame Frottie que je connaissais comme voisine d'hôtel... m'a présenté un M. Cadoret et sa femme. J'ai expliqué à ces personnes la possibilité qui m'était donnée par Eryane et leur ai fixé rendez-vous avec cette femme après entente avec elle.*

*...*

*M. Cadoret demandant beaucoup d'explications sur le voyage insista pour que le docteur lui fût présenté. C'est alors qu'un rendez-vous a été pris et que le docteur fut présenté 10 rue Pasquier, par Eryane à M. et Mme Cadoret.*

*Je n'assistais pas à cet entretien et je n'ai jamais vu ce docteur. Après cette présentation, M. Cadoret ne fut pas satisfait puisqu'il me confiait qu'il trouvait drôle qu'un docteur ait les mains aussi sales. Il refusa les passages et réclama son avance que je lui ai rendue aussitôt.*

*...*

*Je vous affirme à nouveau n'avoir jamais vu le docteur car Eryane prétendait qu'en raison de son importance il était impossible de le rencontrer pour une simple présentation.*

*Je vous ai dit toute la vérité sur mon activité de "convoyeur" d'Israélites et aussi sur ce que je connais de l'affaire du "docteur" et de Mme "Eryane" à laquelle, je le répète, j'ai été involontairement compromis. Si j'ai aidé des Israélites à trouver un lieu de refuge, c'est par intérêt, en premier lieu, mais aussi parce que je savais que j'assistais des humains pourchassés. Jamais il ne m'est venu à l'idée que mon aide pouvait leur être néfaste, bien au contraire, ma conscience était tranquille. Si, je vous le jure, la pensée que les personnes que j'avais accompagnées rue Pasquier pouvaient être en danger m'avait seulement effleuré, je me serais refusé à toute aide. J'ajoute, comme je vous l'ai déjà déclaré, que ce sont ces quatre Israélites qui m'ont conduit eux-mêmes rue Pasquier et c'est ainsi que j'ai fait la connaissance de Mme Eryane dont je ne pouvais déceler l'intention criminelle.*

*Je ne vois plus rien à vous dire sur cette affaire. »*

*Après lecture faite, persiste et signe, avec nous*

*L'inspecteur principal de Police mobile : Lacorre Sylvain*

*

Après cette mésaventure qui faillit coûter la vie au jeune couple et à leur bébé, Michel Cadoret de l'Épine-Guen réussit malgré tout à rejoindre l'Angleterre par une autre filière. De là, il partit intégrer les Forces françaises libres en Algérie. Revenu à Londres, il participa en 1944 au débarquement en Normandie. En 1946, après un court passage à Paris, il s'installa à New York pendant une quinzaine d'années. Ses toiles, d'inspiration expressionniste, connurent le succès durant les années 1950 et 1960. Dans le milieu artistique, on disait de lui qu'il était « le plus américain des peintres français ». Son épouse, Maria Chrabolowska, était juive d'origine polonaise, ce qui explique peut-être leur hâte à quitter le territoire en 1943. Il partit pourtant seul en Angleterre, sa femme et leur jeune fils s'étant réfugiés dans une propriété que possédaient les parents Cadoret près de Cerny, en Seine-et-Marne.

# Au Lutetia

Quelques jours plus tard, un soir, dans l'appartement de l'avenue Paul-Doumer, sonne le portable de Jade. C'est Nagral :

– Vous voulez savoir ce que je pense de vos derniers chapitres, je présume…

Elle s'était pourtant promis de ne plus le contacter, plus d'e-mail, plus d'appel téléphonique, ni de SMS. Elle s'était immergée dans son travail de thèse. Mais ce matin, n'y tenant plus, elle lui a adressé les chapitres qu'elle venait de terminer. Après cela, assise sur son lit, immobile, elle fixait son portable, comme hypnotisée.

En début d'après-midi, elle a sursauté en entendant la sonnerie. C'était son père, il ne l'appelle jamais durant la journée :

– Ça va, ma chérie ?

– Pas trop en ce moment, papa, tu le sais bien.

– Tu ne devrais pas te faire du mouron à cause des humeurs de ton professeur. Si tu ne peux plus le supporter, j'imagine que des dispositions existent, dans ta fac comme dans les autres, pour que le président t'attribue un autre directeur de thèse. Tu exposeras au nouveau directeur le travail déjà accompli, il te proposera sans doute quelques modifications et puis tout ira bien, tu verras… Je ne comprends pas pourquoi tu te prends la tête à ce point…

– C'est gentil de prendre de mes nouvelles, papa, mais c'est beaucoup plus compliqué que ça…

– Alors, tu pourrais m'expliquer. Veux-tu que nous en discutions ce soir…

Elle s'en est tirée par une pirouette :

– Pardon, papa, mais j'ai un double appel, je dois répondre.

Et elle a repris sa position en lotus sur sa couette. Nagral n'a appelé que vers 19 heures.

– Je vous invite à dîner ? lui a-t-il proposé.

– J'ai horreur des restaurants !

– Alors un verre dans un bar ?

Il lui a fixé rendez-vous au Lutetia, « ses salons où on peut parler tranquillement avec une douce musique de fond »… Elle se demande si le choix de cet hôtel est un message. Le Lutetia… elle connaît ! En juin 1940, l'Abwehr, le service de renseignement de l'armée allemande, y avait pris ses quartiers, bientôt rejoint par la *Geheime Feldpolizei* (GFP), « la police secrète de campagne », qui passerait en 1942 sous la coupe de la Gestapo. C'est dans cet hôtel qu'avaient grouillé les meutes d'agents et d'espions nazis, organisant pillages et coups de main contre Juifs et résistants. À la Libération, de Gaulle avait réquisitionné le Lutetia pour le consacrer entièrement, ses trois cent trente chambres, ses restaurants et ses grands halls, et jusqu'à ses escaliers, à l'accueil des rescapés des camps de concentration. Les autobus à plateforme, les mêmes qui avaient transporté les Juifs raflés les 16 et 17 juillet 1942 jusqu'au Vel' d'Hiv', avaient déversé devant l'entrée du 45 boulevard Raspail des armées de fantômes recouverts de capelines de soldats. Après les SS et leurs bottes luisantes qui avaient claqué leurs talons sur les marbres et les planchers cirés, avaient défilé, hagards, des centaines de milliers de traîne-savates pouilleux en pyjama rayé. De Gaulle espérait sans doute réhabiliter la réputation de ce grand hôtel qu'il appréciait, l'ayant fréquenté avant-guerre.

Jade n'y avait jamais mis les pieds.

Elle franchit la porte à tambour encadrée de deux grooms en uniforme et une bouffée d'angoisse la saisit aussitôt à la gorge, comme si les âmes errantes des disparus, celles des déportés qui n'étaient jamais revenus, se jetaient sur elle pour l'implorer… Elle sent le sol se dérober, s'immobilise près d'une colonne, s'y appuie et glisse doucement à terre. Deux maîtres d'hôtel se précipitent, l'aident à se relever quand, sortant d'un couloir, surgit Nagral.

– Laissez ! leur dit-il. Je vais m'en occuper… Ne vous inquiétez pas, c'est ma nièce…

Jade se cramponne à son bras jusqu'au grand salon où il l'installe sur une banquette. Lorsqu'elle reprend ses esprits, elle lui lâche :

– Votre nièce ? Franchement, je n'aimerais pas être de votre famille...

Il ne répond pas, se contente de lui sourire.

– D'ailleurs, avez-vous une famille ? Je ne pense pas ! Vous vendriez père et mère... Qui vous ferait encore confiance, hein ? Pas vos femmes, je le sais, ni vos élèves, je m'en suis rendu compte... Votre fils ne vous adresse plus la parole... Et vos parents et vos maîtres, je me demande comment vous les avez trahis... d'un coup de poignard dans le dos, à coup sûr...

Il la regarde toujours, sans ciller.

Sur un fond de brouhaha de conversations, une musique de jazz diffuse en sourdine. La salle est immense, le plafond très haut, elle imagine ici même, quatre-vingts ans auparavant, les collabos lever leurs coupes de champagne en compagnie des SS, les Lafont, Bonny, Joanovici, Szkolnikoff... Et Eryane Kahan, et Herbert Wesling, avec les Oberg, Bömelburg... Elle sent monter une envie de vomir. Elle explose :

– Votre comportement, là, avec moi... est inadmissible... Inadmissible ! Savez-vous que j'ai pensé vous dénoncer ? Je vais vous dire : vous êtes... vous êtes... un pervers, tout comme Petiot... le même ! Lui séduisait de pauvres réfugiés juifs pour les dévaliser, vous séduisez des jeunes filles sans défense pour profiter ensuite de leur détresse. Tout comme lui, vous êtes un abuseur de faiblesse...

Et les invectives fusent ainsi un long moment. Jade ne décolère pas. Il faut dire que la rancune accumulée depuis cette nuit de folie avec Sabine se déverse ce soir d'une traite, en flot continu. Lorsqu'elle s'interrompt pour tremper ses lèvres dans un verre d'eau, Nagral lui dit en souriant :

– C'est bon ? Vous avez terminé ? Pouvons-nous parler à présent ?

– Parce que vous trouvez que je ne parle pas ? Eh bien, je vais parler. Écoutez-moi, écoutez-moi bien, je vais parler et déparler...

Et elle lui sert le contenu de ses visions. C'est qu'une fois apparues, elle ne peut les retenir longtemps, il lui faut les sortir, les « mettre au monde », comme elle dit... Si elle les garde secrètes, les images se représentent sans cesse devant ses yeux, y compris la nuit, durant ses rêves, se transformant en cauchemars... et la pression devient vite insupportable, jusqu'à la rendre malade. Le seul moyen de s'en débarrasser, elle le sait, est de les raconter à la personne auxquelles elles sont destinées. Et cette personne, c'est lui, Nagral. Alors, elle lui débite tout de go qu'elle l'a vu à deux reprises, la première, dans son club de Bagatelle avec ses amis, les adorateurs de Céline... Il fait une moue d'incompréhension, elle lui rappelle, amère :

– « Le Juif est la plaie de l'Humanité, l'ennemi de toutes les nations »... Ça vous évoque quelque chose ? La banderole déployée au-dessus de vos têtes dans ce bistrot de Bagatelle…

Elle remarque qu'il rougit.

– Vous n'allez pas nier, tout de même…

Il fait non de la tête.

Et elle poursuit, lui décrit la seconde vision, cette nuit terrible, dans le jardin de la maison de Saint-Rémy, lorsqu'elle l'a vu enlacer la sulfureuse Khadi, l'embrasser à pleine bouche, la conduire par la main jusqu'à la maison de Sabine…

– Savez-vous que cette étudiante que vous avez troussée sur le canapé de votre femme – ou peut-être sur le lit conjugal – fait partie de la bande qui me poursuit en m'accusant d'être sioniste ? s'énerve-t-elle à nouveau. L'autre jour, ils étaient six, le visage caché sous des keffiehs, ça m'a fichu une sacrée trouille, j'étais seule face à cette bande de fantômes. La Khadi, là, que vous cajoliez sans vergogne, s'avançait vers moi, menaçante, brandissant une matraque en caoutchouc… Vous le saviez, n'est-ce pas, qu'ils ont voulu me frapper ? Certainement puisque vous faites partie de leur groupe, peut-être même que vous les cornaquez par-derrière, ça vous ressemble assez…

Une fois ses visions exposées, sa colère déchargée, Jade s'apaise, presque aussi soudainement qu'est survenue sa crise. Elle explique maintenant à Nagral qu'elle a le sentiment qu'il n'aime pas son sujet de thèse.

– Si vous partagez les idées politiques de Céline, si vous trouvez juste le combat de ces nervis antisémites qui me poursuivent de leur haine, c'est votre droit, mais alors pourquoi m'avoir acceptée en doctorat ? Dans le seul but de me faire souffrir ?

– Pour vous protéger ! répond-il.

Elle est décontenancée.

– Me protéger ? Me protéger de quoi ?

– De vous-même ! Jade, vous êtes comme vous êtes, avec vos fulgurances, vos idées arrêtées, aussi, vos convictions inaccessibles au raisonnement... À la fois fragile, le cœur à nu et en même temps déterminée, opiniâtre, arc-boutée sur vos certitudes en béton. J'aimerais que vous puissiez aller au bout de votre travail. C'est si rare dans votre génération, des jeunes gens qui serrent les dents, décident d'aller jusqu'au bout...

Elle se demande s'il cherche à nouveau à la séduire, pour la retourner, pour qu'elle renonce à l'accuser.

– Ah oui ? Vous voulez me protéger en m'expédiant vos nervis ?

– Renseignez-vous, ma petite Jade, la semaine dernière, ils sont venus interrompre mon cours...

– Ah !

– Acceptez cette sensibilité exacerbée qui vous déborde parfois, utilisez-la pour laisser apparaître vos idées, comme vous le faites admirablement, mais admettez aussi vos faiblesses, supportez qu'on vous protège, parfois de vous-même...

Elle se rebiffe.

– Et Khadi ? Oui, Khadi, la pasionaria en keffieh, elle est aussi née de mes faiblesses ?

– Non, répond Nagral avec franchise, Khadi, ça fait partie des miennes.

– Alors vous admettez, vous admettez avoir séduit votre étudiante...

– ...

– Vous ne répondez pas.

– Je reconnais mes faiblesses, admettez les vôtres... Et renonçons à nous juger mutuellement. De cette manière, nous pourrons nous replonger dans votre travail.

C'est à ce moment que Nagral lui parle des problèmes qu'il ne parvient pas à surmonter avec son fils, son seul enfant, qui accompagnait le groupe de militants d'extrême gauche venus dévaster sa conférence. Pour la première fois depuis qu'elle le connaît, elle remarque une réelle émotion sur son visage.

Jade est touchée, pas véritablement convaincue, mais ébranlée. Elle a froid à présent. Elle commande au garçon un chocolat chaud, le boit lentement, entourant le bol de ses deux mains. Maintenant, elle a l'air d'une enfant.

Nagral lui rend compte de sa lecture des deux derniers chapitres, il les a trouvés rigoureux sur le plan historique, de cela il est satisfait, mais se demande où est passée la flamme des chapitres précédents. On dirait qu'elle se retient. Y aurait-il quelque chose qu'elle ne parvient pas à expliciter ? Qu'elle n'oserait pas penser jusqu'au bout ?

– Savez-vous où m'a conduit mon travail ? À deux découvertes. La première est la compréhension fine du fonctionnement mental du docteur Marcel Petiot. Beaucoup ont écrit qu'il était fou. À mon sens, il ne l'était pas... pas normal non plus, d'ailleurs ! Hors du commun parce que relié à des forces invisibles. C'est cela qui explique sa surprenante absence de sens moral. Il ne relève pas de la loi commune, mais d'une autre, inconnue de ses contemporains, édictée par les puissances auxquelles il s'est voué. En vérité, s'il fallait le classer, je dirais de lui qu'il était un païen militant. C'est vrai que je n'ose pas l'écrire, vous avez raison. J'ai peur de passer pour une folle. Quant à la seconde découverte, elle concerne la perception fine de l'antisémitisme de la France de Vichy que ses actions ont laissé apparaître. Là aussi, je ne sais pas vraiment l'expliquer. Si vous pouviez m'aider...

De retour chez elle, Jade rumine les faits historiques qu'elle ne sait comment relier à son travail de thèse. Les Juifs, on l'oublie souvent, sont l'un des peuples de la France, ils font partie de son substrat comme les Gaulois de langue celtique, les Francs de langue germanique ou les Aquitains qui parlaient une sorte de basque. Arrivés avec les Romains, les Juifs se sont fondus très tôt dans ce creuset que les historiens appellent « gallo-romain », tout en préservant, autant qu'ils l'ont pu, leurs rites et leurs coutumes. Mais pour eux, la vie en France n'a pas été un long fleuve tranquille ! Elle compte sur ses doigts… Il y en a eu treize ! Treize expulsions… Ils se sont fait virer de France treize fois depuis le VIe siècle. La première remonte à l'an 533, par Childéric, le fils de Clovis, parce que les Juifs refusaient de se convertir au christianisme, la seconde, cent ans plus tard, par Dagobert, pour le même motif, la troisième par Philippe Auguste en 1182 pour les dépouiller de leur or… et ainsi de suite. Mais c'est sur la septième qu'elle bute, celle de 1394, par Charles VI, le père du « gentil Dauphin » de Jeanne d'Arc. Il leur a accordé un délai de quarante-cinq jours pour quitter le royaume. Ils ont alors vendu leurs biens à vil prix et ont essaimé, qui en Allemagne, qui en Avignon, certains même à Jérusalem… Elle se demande si ces faits ont une relation avec l'apparition de Jeanne d'Arc, née en 1412… Ça a l'air fou, comme ça, mais elle y pense, sans encore savoir l'expliquer.

# Jodkum et Berger

Printemps 1943. Le principal problème des Français était devenu le STO, le Service du travail obligatoire, les jeunes hommes en âge d'accomplir leur service militaire allaient partir travailler deux ans en Allemagne. Bientôt cette obligation allait concerner toute personne âgée de vingt à cinquante ans, homme ou femme... Suite à l'hécatombe de leurs soldats en Union soviétique, les Allemands avaient gratté les fonds de tiroir, mobilisé leurs dernières réserves. Du coup, il n'y avait plus personne pour maintenir la production agricole, pour faire tourner l'industrie du pays, pour assurer la fabrication des tanks et des canons, surtout. Ils durent faire appel à la main-d'œuvre des pays occupés. Entre le million de prisonniers qu'ils avaient mis au travail et les centaines de milliers de bénévoles, auxquels il fallait maintenant ajouter les astreints au STO, la France fut l'un des meilleurs contributeurs à l'effort de guerre allemand... en troisième position, après l'URSS et la Pologne, bien sûr. Pour accélérer le mouvement, on voyait fleurir des affiches sur les murs des villes, jusqu'aux provinces les plus reculées – « Français, l'Allemagne vous offre du travail ! » –, promettant de l'argent, des congés payés, des allocations, des assurances sociales… « Français, renseignez-vous, à la *Kreiskommandantur*, à la *Feldkommandantur* ou au *Bureau d'embauche allemand.* »

Le 14 juillet 1943, les obsédés qui lisaient encore *L'Action française*, et ils étaient nombreux, trouvaient en première page un article signé par un certain Louis-François Auphan, intitulé : « Sans les Juifs ».

« *En juin 1940, les Juifs étaient les maîtres du cinéma français. Ses producteurs s'appelaient…* » Suivaient des dizaines de noms parmi lesquels : « *Grégor Rabinovitch, Pierre Braunberger, Maurice Lehman, Bernard Natan (de son vrai nom : Tanenzaft), Henri Ullmann, Aron Lévy-Strauss…* » Arrivaient ensuite les noms des principaux adaptateurs, compositeurs de musique, comme « *Jean Wiener, Paul Misraki, Kurt Weill, Michel Levine* » et tant d'autres, et des metteurs en scène, « *Léonide Moguy, Robert Siodmak, Max Ophüls, Jean Benoit Lévy, Marie Epstein, Anatole Litvak* »…

*Mais au cours de l'année 1940, il est apparu aux Français qu'un redressement intellectuel et moral était indispensable s'ils voulaient sortir leur pays du tréfonds de l'abîme où la République l'avait précipité... C'est ainsi que fut promulgué le statut des Juifs qui évinça ceux-ci de la presse, de la radio, du théâtre, de l'édition et aussi de ce cinéma qu'ils considéraient comme leur fief.*

*...*

*Plus de trente mois ont passé depuis qu'ils ont été priés d'aller exercer ailleurs leurs talents divers. Faisons le point... Le cinéma français est-il mort ou mourant ? Comment va-t-il ?*

*Les connaisseurs comme les habitués répondront sans hésitation qu'il va mieux, beaucoup mieux qu'avant. Ils préciseront que la majorité des films sortis des studios français au cours des années 1941-1942 étaient d'une qualité bien supérieure à ceux qui étaient produits avant la guerre.*

*...*

*De tels résultats obtenus malgré des difficultés sans nombre nous incitent à penser que sans les Juifs le cinéma français est... en pleine renaissance. Un magnifique avenir lui est promis.*

« Sans les Juifs »... Décidément, cette passion française de l'expulsion des Juifs de France ne datait pas d'hier ! En 1940, Jade en prend maintenant conscience, avait débuté la quatorzième.

Au 10 de la rue Pasquier, deux jours après le départ précipité de Michel Cadoret de l'Épine-Guen et de son épouse, eut lieu une explication houleuse entre Eryane Kahan et le docteur Petiot, se rejetant l'un l'autre la faute de leur échec.

– Vous êtes une gourde ! hurlait Petiot. Vous ne les aviez pas préparés à m'accueillir... Vous le saviez, pourtant, les gens sont méfiants, alors on les réchauffe, on les bichonne, jusqu'à ce qu'ils s'attendent à rencontrer non pas un passeur, mais quelqu'un d'important, de très important... un sauveur, une sorte de messie... (Il gonfle la poitrine.) Oui ! Il fallait dire du bien de moi, me présenter comme un grand médecin, un cador, un ponte de la chirurgie... Non ! Ils me considéraient comme leur serviteur, ces aristos de mes deux ! Ils ergotaient comme s'ils se trouvaient au marché aux puces... alors que j'étais en train de leur sauver la peau !

– De leur sauver la peau... Ben voyons !

– Oui, de leur éviter la capture par les Boches ! Et eux, que faisaient-ils ? Ils marchandaient ! (Il se mit à les imiter.) Et combien ça coûte ?... Et vous êtes sûr qu'on exige des vaccins en Espagne ?... Et leurs questions sur le peyotl, hein ? C'est vous qui leur avez soufflé ça, n'est-ce pas ? Comment pouvaient-ils savoir que je m'intéressais aux drogues naturelles, hein ?

– Vous avez beau gueuler, Petiot, s'ils se sont barrés, c'est qu'ils n'ont pas eu confiance en vous. Regardez-vous donc un peu... Vous avez l'air d'un fou !

– Et vous, vous êtes une vieille pute !

Eryane n'aimait pas qu'on lui rappelle son passé, pas très lointain, du reste. Elle s'efforça de contenir sa colère. Il hurlait si fort... Elle craignait les réactions des voisins, aussi.

– Calmez-vous, vous allez faire une crise d'apoplexie.

– Une pute, oui, c'est ce que vous êtes en vérité ! En France, il y a un dicton qui dit « jeune pute, vieille prude », mais en Roumanie, ça doit être « jeune pute, vieille pute »... Sale pute !

– Vous voulez que je vous dise, Petiot, pour quelle raison ils ont renoncé à leur passage ? Vous le voulez vraiment ?

– Et comment vous le sauriez ?

– J'ai discuté avec Malfet. Après notre rencontre, il les a raccompagnés chez eux en voiture. Vous savez ce qu'ils lui ont dit ? Que le bonhomme, là, Eugène ou quel que soit son nom, il ne devait pas être docteur, on n'a pas les mains aussi sales lorsqu'on est chirurgien.

– Les mains sales ? Les mains sales ? Crétins ! Avant les opérations, je me lave les mains.

– Parce que vous êtes chirurgien maintenant ?

– Foutez le camp, vieille pute !

– Je vous signale, Petiot, que vous vous trouvez chez moi.

– Foutez le camp de mes affaires, je ne veux plus vous voir ! Et ces deux crétins, vous savez ce que je vais en faire ? De la chair à saucisse. Je vais les abattre comme des chiens...

– Vous ne devriez pas, Petiot, siffla-t-elle entre ses dents, vous allez vous faire repérer. Je ne dis pas, si vous les aviez à disposition dans votre clinique pourrie, vous pourriez leur faire une piqûre, leur expédier des fléchettes empoisonnées ou leur faire respirer les gaz de votre invention… Mais ceux-là, vous les avez ratés… Ça m'étonnerait beaucoup qu'ils aient envie de vous revoir. Et puis le bonhomme, là, il a vingt ans de moins et une tête de plus que vous. Allez savoir s'il n'est pas armé, par-dessus le marché… Tâchez de vous faire oublier, plutôt, et priez qu'il ne signale pas notre existence à la police…

Il ne s'était pas calmé, non, il fulminait au contraire, mais il ne criait plus.

– En tout cas, je ne veux plus entendre parler de vous… L'argent du bon docteur Petiot… pfui… parti, envolé… C'est fini ! Le bon gros argent que vous avez accumulé grâce à moi. Vous êtes bien tous pareils… Sale race !

– Parce que c'était votre argent ? Ah oui ?

– Foutez le camp, je vous dis…

– La sortie est par ici !

Il prit son chapeau, son imperméable et claqua la porte de toutes ses forces.

Une fois seule, Eryane tomba dans le fauteuil. Elle tremblait de rage. Après tout, se dit-elle, ce con était comme tous les hommes, il ne pouvait pas assumer ses erreurs. Mais elle avait beau comprendre, elle ne décolérait pas. Elle se leva, partit à la cuisine se verser un verre de whisky et commença à tourner en rond. Les jurons lui vinrent en roumain : *Hahaleră !* (« ordure ! »), *Vagabondul dracului !* (« satanique clochard ! »), *Bolnav psihic !* (« malade mental ! »)... Ne plus travailler avec lui, pas de problème ! C'était même une bénédiction. Ce n'était pas si facile de berner de pauvres gens... juifs, de surcroît, juifs comme elle. Ça, elle ne voulait pas y penser ! Mais une amertume lui remonta dans la gorge. À cause de ce *jigodie* (« bâtard ») elle devrait renoncer à une grosse, une très grosse rentrée d'argent. En travaillant pour lui, avec les treize passages qu'elle avait réussi à organiser, elle s'était fait, en un peu plus d'un an, dans les six ou sept cent mille francs, sans compter ce qui revenait à Saint-Pierre... Mais lui, l'autre bellâtre, il balançait son fric par les fenêtres, alors qu'elle, elle planquait le sien chez une copine, roumaine comme elle, qui tenait une guinguette en bord de Seine à Conflans-Sainte-Honorine... Dorénavant, il allait falloir piocher dedans pour survivre, à moins de trouver un autre filon. Et pendant ce temps, ce taré de Petiot se goinfrerait tout seul ? Pour elle, cette idée était une véritable torture... Non, non et non ! Ça n'arrivera pas !

Elle enfila son imperméable, il pleuvait à verse, prit un parapluie, se couvrit la tête d'un chapeau d'homme et se rendit directement boulevard Raspail, à l'hôtel Lutetia. Durant près d'une heure, elle dut attendre Herbert Welsing qui s'occupait, lui avait-on dit, d'une affaire importante. Elle ne manquait pas de saluer en allemand les gradés qui passaient et repassaient devant le canapé où le planton l'avait installée.

Welsing l'entraîna dans un bistrot. Ils se posèrent sur la banquette du fond, tournant le dos à la salle. Il commença tout de suite à la tripoter. Elle n'en avait pas envie. Décidément, les hommes sont tous des porcs !

– Herbert, lui dit-elle, ne m'as-tu pas dit que si je travaillais un peu pour vous, vous sauriez être reconnaissant ?

– C'est certain !

Et il plongea la main dans son corsage.

– J'ai entendu parler d'un réseau organisant la fuite des Juifs hors de France, ça vous intéresse ?

– Hein ?

Il n'arrêtait pas pour autant de lui pétrir les nichons.

– Ça vous intéresse ?

– Je connais quelqu'un que ça intéressera forcément, et même que ça l'intéressera au plus haut point.

– Ça pourrait me rapporter dans les combien ? Deux cent mille ?

– Deux cent mille, je ne crois pas, mais on pourra négocier à cent mille ou un peu plus, si le tuyau se révèle efficace…

– D'accord ! On peut le rencontrer maintenant, votre bonhomme ?

– Il faut d'abord que je le prévienne. Demain, peut-être, si je parviens à lui parler au téléphone. Son bureau se trouve rue des Saussaies, au numéro 11. Nous pouvons dîner ensemble, ce soir, si tu veux...

Le même jour, Petiot, qui avait obtenu l'adresse des Cadoret par Robert Malfet, arrivait devant leur porte sans crier gare. Il ne pouvait se résoudre à un échec. Il sonna longuement. Personne ne répondit. Il entendait pourtant pleurer le bébé. Il insista. Finalement Maria, la femme de Michel Cadoret, entrebâilla la porte :

– Ah, c'est vous ? Monsieur Malfet ne vous a-t-il pas prévenu que nous renoncions à notre voyage ?

– Malfet ? Ah oui !... Il a bien fait !... Malfet, bien fait... Hein ?

Et il partit de son rire sardonique. Maria éprouvait une véritable répulsion envers ce drogué à moitié fou. Elle s'apprêtait à fermer la porte quand son mari apparut derrière elle.

– Que voulez-vous ? demanda-t-il de sa grosse voix à l'étrange visiteur.

– Puis-je entrer un instant ?

Petiot, très excité, tête basse, piétinant, leur expliqua qu'il était encore temps de changer d'avis. Il lui restait des places dans son prochain convoi, le couple lui était sympathique et il voulait les faire profiter de cette opportunité. Comme les Cadoret ne répondaient pas, il proposa une ristourne.

– Et pour le petit, je ne vous ferai pas payer une place entière…

– Allons ! Je ne vois pas pourquoi, le railla Michel, le même travail pour réaliser le passeport, les visas…

– Oui, mais…

– Nous sommes comme vous, cher docteur Petiot, nous avons décidé de rester en France… Tout comme vous !

Petiot le regarda fixement comme s'il souhaitait l'hypnotiser. Cadoret ne soutint pas son regard. Il se leva, se dirigea vers la porte.

– Nous vous remercions, cher docteur Petiot, pour votre démarche…

Et il ouvrit la porte en grand. À un voisin qui traversait le couloir, il lança :

– Encore un colporteur dont il n'est pas facile de se débarrasser…

Petiot fila, tête basse, le chapeau rabattu sur les yeux.

Le lendemain.

Herbert avait dû passer une nuit agréable car il avait obtenu non pas un mais deux rendez-vous pour Eryane, rue des Saussaies, l'un avec Robert Jodkum, chef de la section 131 des Affaires juives à la Gestapo, l'autre avec Friedrich Berger, section 530, chargé, sous les ordres directs du SS Hauptsturmführer Alfred Wenzel, de la répression des Juifs et des résistants. Dans l'après-midi, il la conduisit lui-même dans son coach Hotchkiss 1938 aryanisé, c'est-à-dire volé avec la bénédiction de l'État à un avocat juif qu'il avait, pour le remercier, expédié à Drancy.

Eryane avait soigné son apparence, chemisier de soie largement décolleté, élégant tailleur gris d'une grande marque de couturier, large chapeau évoquant les vedettes de Hollywood... avec ses lunettes fumées, elle en jetait ! Elle avait décidément quelque chose de Greta Garbo. De plus, elle s'était aspergée d'un puissant parfum aux senteurs insistantes, au point qu'on aurait pu la suivre à la trace à travers les couloirs de la Gestapo... « *Hallo, mein Kapitän !* » pouvait-on l'entendre dire à tout officier qu'elle croisait.

À Jodkum, qu'elle trouva particulièrement raide et peu sensible au charme féminin, elle expliqua qu'elle avait entendu parler d'un réseau qui exfiltrait les Juifs repérés par la Gestapo. Elle se disait avec raison qu'ils seraient énervés d'apprendre qu'on subtilisait leurs victimes sous leur nez. Elle précisa que ce réseau était dirigé par un médecin qu'on appelait « docteur Eugène ». On ne l'apercevait que rarement, si bien qu'il était difficile de dire à quoi il ressemblait. À sa question, elle répondit qu'elle ignorait le véritable nom de ce docteur, mais connaissait le lieu de regroupement d'où partaient les expéditions. Et elle donna l'adresse du salon de coiffure de Fourrier, 25 rue des Mathurins. C'est alors que Jodkum y alla de sa diatribe :

– Ce docteur Eugène, un foutu mauvais Français ! Un terroriste, communiste, sans doute, franc-maçon, juif, même, peut-être…

Se rappelant qu'elle se trouvait à la section des Affaires juives, Eryane ajouta :

– Juif, sans doute, c'est du moins ce que j'ai entendu dire…

– Salopard de *Jude* !

À sa question sur la prime à laquelle elle s'attendait, Jodkum énonça sentencieusement que la Gestapo s'enorgueillissait d'être généreuse avec ses informateurs. Elle demanda une avance, il se raidit encore davantage.

– Pas avant d'avoir vérifié vos informations, madame… Madame ?

Elle lui fit son plus beau sourire :

– Appelez-moi Eryane, tout simplement.

Il se leva, claqua des talons en tendant le bras.

– Je ne manquerai pas de vous prévenir, madame Eryane, des suites que nous allons réserver à votre dénonciation.

Dénonciation ? Quel sale type ! Acte citoyen, plutôt !… Elle sortit de là un peu dépitée. Elle sentait qu'elle n'avait pas véritablement capté l'attention du SS fier de lui-même. C'est qu'elle aurait voulu voir Petiot capturé sur-le-champ, frappé par les Boches, couvert de plaies sanguinolentes, la tête plongée dans une baignoire d'eau glacée…

Elle fulminait encore. Ah, il ne perd rien pour attendre ! Elle monta directement au quatrième étage.

Friedrich Berger, c'était un autre style d'homme. D'abord, quoiqu'on l'appelât *Obersturmführer* (lieutenant), il était en civil. Costume de belle coupe, cravate de soie précieuse, pochette au veston, ses vêtements juraient avec sa tête de malfrat qui avait bourlingué, cicatrices sur le visage, lèvres épaisses et humides, cheveux tirés en arrière à la manière des gangsters de Chicago. Mais Eryane fut surtout frappée par son regard, totalement immobile, qui lui donnait l'air d'un serpent aux aguets. Elle comprit qu'il ne fallait pas trop s'approcher de cet homme. Elle lui servit la même marchandise qu'à Jodkum mais, sachant qu'il était aussi chargé de la répression des résistants, elle l'agrémenta de nouveaux détails :

– Et ce docteur Eugène, dont je vous parle, il ne se contente pas de faire passer des Juifs, il s'occupe aussi des résistants qui se sentent repérés et même, m'a-t-on raconté, des déserteurs de l'armée allemande qui cherchent à éviter le front russe…

– Quoi ? aboya Berger.

– Comme je vous le dis.

– Des déserteurs allemands ?

– Oui.

– Ce ver de terre… (Il roulait les *r* et y prenait plaisir.) Je le découperai en morceaux que je jetterai à mes chiens.

Elle était assise en face de lui, derrière l'énorme bureau de ministre. Il se leva et vint poser ses fesses sur l'accoudoir du fauteuil d'Eryane.

– Chère madame Eryane...

Elle ne put retenir un mouvement de recul.

– Vous... vous... vous ne me croyez pas ?

Berger éclata de rire.

– Nous sommes la plus grande police du monde ! Même les Soviétiques avec leur NKVD ne nous arrivent pas à la cheville. Vous savez pourquoi ? Parce que nous ne travaillons pas pour l'État, nous sommes l'État. *Gestapo*, *Geheime Staatspolizei*, ce qui signifie...

– Police secrète d'État !

– Vous parlez l'allemand ?

– Assez bien, je crois. J'aime l'Allemagne !

– Chère madame, si vos renseignements s'avèrent corrects, vous verrez que l'Allemagne vous aime aussi ! Mais si je découvre que vous avez cherché à me tromper...

Il rapprocha son visage à quelques centimètres de celui d'Eryane :

– Je vous étranglerai de mes mains.

Et il montrait ses deux mains qu'il avait énormes, comme des raquettes de tennis, pensa-t-elle.

Ce ne serait pas Eryane si elle ne parvenait à tourner la situation en sa faveur.

– C'est que, monsieur l'officier, je traverse une passe difficile. Je vis seule, loin de ma famille, et je viens de perdre mon travail...

Il se fit soudain compréhensif.

– Ah ! Et quel est donc votre métier ?

– Rien de plus banal, monsieur l'officier, je suis secrétaire... Une excellente secrétaire, selon l'avis de tous, mais l'entreprise vient de fermer...

– Une entreprise de ?

– Euh... d'évacuation de déchets...

Berger éclata de rire à nouveau.

– Mais... nous faisons le même travail, madame ! Je me charge de débarrasser la France de ses déchets sociaux !

– Alors, si vous pouviez me consentir une avance... je veux dire... sur la prime que je toucherai lorsque vous aurez vérifié mes informations...

– C'est contraire au règlement, chère madame. Mais vous m'êtes sympathique et pour vous montrer qu'il est toujours avantageux de travailler avec nos services...

Il fouilla dans son tiroir, en tira une liasse de billets et les tendit à Eryane sans même la regarder.

– Vous me préviendrez si vous parvenez à mettre la main sur ce docteur Eugène ?

– *Natürlich*, chère madame !

Il se leva pour la raccompagner jusqu'à la porte. Elle ne s'était pas rendu compte qu'il était si grand. Au moins un mètre quatre-vingt-dix... Sur le pas de la porte, il dressa son bras et hurla :

– *Heil Hitler !*

– *Heil Hitler*, monsieur, répondit Eryane non sans humour.

Eryane avait tout de même réussi à lui soutirer cinquante mille francs. Ce sera pour mes frais, se dit-elle, il me faut un nouveau manteau !

Elle était en passe d'assouvir sa vengeance car, dès le lendemain, les deux molosses qu'elle avait excités par ses dénonciations se mirent en chasse. Étrangement, ils utilisèrent tous deux le même subterfuge pour piéger Petiot : l'appât. L'un de leurs agents allait se faire passer pour un fugitif pressé de disparaître à l'étranger et s'adresser chez le coiffeur dont Eryane avait fourni l'adresse. Une fois le contact établi, la Gestapo n'aurait plus qu'à se ruer sur place pour appréhender les membres du réseau, et surtout son chef, le fameux « docteur Eugène ». Jodkum, qui était sans doute le plus pingre, résolut de recourir à un Juif – au moins celui-là, il n'aurait pas besoin de le rémunérer ! Le bougre pourrait même lui rapporter de quoi augmenter son trésor de guerre. Il fit donc sortir du camp de Compiègne, moyennant une rançon de trois millions et demi de francs – une fortune à l'époque –, le malheureux Yvan Dreyfus, fils d'une riche famille lyonnaise. Il lui promit une liberté totale s'il acceptait de l'aider à mettre la main sur un réseau de passeurs. Comment ? En servant d'appât, tout simplement. Acculé, Dreyfus ne pouvait qu'accepter. Jean-Aimé Guélin, ancien avocat et petite frappe qui servait d'indicateur à la Gestapo, conduisit donc le pauvre homme à Fourrier dont l'adresse avait été communiquée par Eryane. Il le déposa à deux cents mètres du salon de coiffure et lui dit : « Ton rôle est très simple, petit ! Tu joues le mouton et dès que tu aperçois le loup, tu nous préviens !… Bonne chance ! » Sitôt en présence du docteur Petiot, Dreyfus, qui était un véritable résistant, l'alerta. « Attention ! Je suis un faux fugitif ! En vérité, je suis contraint par la Gestapo de jouer ce rôle. Ils sont à vos trousses, ils vont démanteler votre réseau… Nous sommes certainement suivis… » Ils l'étaient en effet, mais les Allemands ne savaient pas qu'il était impossible de suivre Petiot la nuit, il y voyait comme en plein jour. Il entraîna Dreyfus dans une course éperdue et perdit les Boches dans les allées du bois de Boulogne. Une fois parvenu rue Le Sueur, il se demanda ce qu'il allait faire de ce Juif qui ne lui avait rapporté que quarante-cinq mille francs à peine. Eh bien… la même chose que les autres ! « Même tarif ! » décida-t-il après quelques instants de réflexion. Après tout, juif ou pas, c'était quand même un agent de la Gestapo, non ? C'est de cette remarque que Petiot tira l'argument qu'il resservit trois ans plus tard, tout au long de son procès. Il n'avait jamais tué de Juifs, non, seulement des agents de la Gestapo, comme ce foutu Dreyfus…

Yvan Dreyfus, né le 30 novembre 1907 à Paris, domicilié 284 rue Vendôme à Lyon, disparut le 22 mai 1943, au 21 de la rue Le Sueur, probablement de la même façon que les Wolf, les Basch et tant d'autres fugitifs qui avaient fait confiance au docteur Petiot.

Friedrich Berger fut plus malin, il fit appel à l'un de ses indicateurs, qu'il savait fricoter dans des affaires louches, et lui promit une importante somme d'argent s'il acceptait de jouer lui-même l'appât. L'homme s'appelait Charles Beretta et ne craignait ni les coups de poing ni les coups tordus. Il résolut d'aborder le réseau Petiot par son dernier maillon. Début mai 1943, il aborda Pintard, celui que l'on surnommait Francinet, dans un bistrot du faubourg Saint-Martin où il savait que l'autre prenait souvent l'apéritif. Ils partagèrent des verres et lorsque Francinet fut suffisamment éméché pour éprouver des élans de sympathie, il lui confia qu'il était résistant et qu'il venait de s'échapper d'une prison allemande. Si les Boches le reprenaient, il serait condamné à mort ou déporté en Allemagne.

– Tu ne connaîtrais pas un moyen de passer en Espagne, des fois ?

– Faut voir, répondit Francinet en lui tapant dans le dos. T'inquiète, je vais me renseigner.

Francinet en parla à Fourrier qui, sitôt qu'il le put, en référa à Petiot. Une semaine plus tard, il retrouva Beretta dans le même café et lui annonça qu'il pouvait lui présenter quelqu'un.

– Qui ça ? Comment s'appelle-t-il ?

– Tu verras ! Sois demain à 15 heures à la sortie de métro Havre-Caumartin. Je pense que l'homme que tu vas rencontrer pourra t'aider.

Le lendemain, il le conduisit jusqu'au salon de coiffure. Là, Fourrier lui promit d'arranger son départ pour l'Espagne et de lui fournir papiers d'identité, visas et même lettres de recommandation pour une somme totale de deux cent mille francs. En ces temps où l'on sentait poindre la fin de l'Occupation, les tarifs ne cessaient d'enfler. Avant son départ, précisa-t-il encore, il lui faudrait réaliser tous ses biens. Fourrier pourrait s'en occuper s'il le souhaitait. Et il lui donna un nouveau rendez-vous, trois jours plus tard. C'est alors que Beretta rencontra le fameux docteur, qui lui fit les mêmes recommandations et lui demanda d'apporter tous ses papiers d'identité ainsi que deux photographies.

– Munissez-vous de tout l'argent que vous possédez, monsieur Beretta, et même de celui qu'on pourrait vous prêter. Ce n'est pas le moment d'avoir des pudeurs de jeune fille ! En Espagne, la vie n'est pas facile et il se peut que vous restiez longtemps sans trouver de boulot...

– C'est entendu, docteur ! Comptez sur moi !

Et, désignant Fourrier, Petiot ajouta :

– Demain, vous devrez faire à ce monsieur un versement de cinquante mille francs, en acompte.

Sinon, nous ne pourrons pas nous occuper de vos papiers…

– Il n'y a pas de problème ! Demain, je rapporterai l'argent.

Le lendemain, le docteur n'était pas là, mais au moment précis où Beretta sortait l'argent de sa poche pour le remettre à Fourrier, Friedrich Berger, le géant gestapiste, manteau de cuir et chapeau mou, suivi de deux nazis en uniforme, casqués et bottés, la mitraillette au flanc, prêts à tirer, surgirent dans la boutique. Ils appréhendèrent Fourrier et Beretta. Conduit rue des Saussaies, malgré ses protestations, Fourrier fut déshabillé et travaillé au corps, coups de matraque là où ça fait le plus mal, gifles qui humilient, injures, crachats et menaces. Ils se relayaient pour frapper de plus en plus fort. Le bon petit gros ne mit pas longtemps à lâcher le nom et l'adresse du docteur Petiot, 66 rue Caumartin.

Le 23 mai 1943, donc, il devait être 19 h 30 lorsque les habitants du paisible immeuble entendirent les sifflets sur le trottoir, le bruit de bottes dans les escaliers, les coups violents frappés à la porte du bon docteur. La concierge dressait le cou dans l'escalier, les voisins du deuxième étage étaient sortis sur le palier. Chez lui, Marcel Petiot se préparait à partir pour Bobino en compagnie de Georgette, son épouse. Il buvait un café avec son ami René Nézondet qui lui avait apporté les tickets d'entrée obtenus par combine. Lorsque Georgette ouvrit la porte, Berger la bouscula, la plaqua contre le mur et explosa dans le salon.

– Docteur Marcel Petiot ? aboya le géant.

– C'est moi ! répondit crânement Petiot. C'est à quel sujet ?

Berger le saisit par le revers de son vêtement, le souleva littéralement de terre et, visage contre visage, hurla :

– Y a pas de sujet !

Les SS lui passèrent les menottes, ainsi qu'à Nézondet qui avait eu pour seul tort de se trouver là. À Georgette qui écarquillait les yeux, l'homme en noir vociféra une explication :

– Votre mari est un dangereux terroriste qui met en péril l'ordre public. Nous allons lui poser quelques questions.

Une autre femme aurait tant voulu assister à cette arrestation, on s'en doute, Eryane Kahan, dont la rage avait bien du mal à se dissiper, malgré les semaines écoulées.

*

Trois ans plus tard, au procès de Marcel Petiot, on entendit Charles Beretta, l'appât de Berger, comme témoin de l'accusation. Il essaya de se faire passer pour un fugitif lui aussi piégé par la Gestapo. Tout le monde avait compris, néanmoins, que le jour de l'arrestation de Petiot, cela faisait déjà six mois qu'il était un agent actif des services allemands, ce type d'agent qu'on appelait *Vertrauensmann*, « homme de confiance », mot qu'on abrégeait en général en *V-Mann* ou *V-Männer* au pluriel.

La Gestapo recrutait des *V-Männer* tels que Beretta par dizaines de milliers dans les pays occupés. Les effectifs de la police SS étant trop faibles pour assurer la sécurité d'un Reich enflant à vue d'œil, ils chargeaient ces supplétifs du travail quotidien, filatures, infiltrations, captures, exécutions… C'étaient la plupart du temps des repris de justice, arrêtés pour des délits de droit commun, puis retournés et embauchés. Mais il y avait aussi parmi eux d'anciens résistants, des communistes et même des Juifs. Ils recevaient de nouveaux papiers d'identité, un *Ausweis*, une autorisation de circuler partout, de jour comme de nuit, et souvent une arme. Ces hommes présentaient pour les services allemands des avantages considérables, ils connaissaient les réseaux ou étaient capables de les infiltrer, ils parlaient français et n'avaient aucun scrupule.

Ils étaient grassement payés et prélevaient un pourcentage sur les biens saisis. Quelquefois, lorsqu'ils avaient démontré leur efficacité, ils étaient promus et pouvaient même rejoindre les rangs de la Gestapo. C'était du reste le cas de Robert Jodkum, qui n'était pas allemand, à l'origine, mais alsacien, installé à Paris de longue date. Il avait été enrôlé dans la Gestapo dès 1940. On pourrait dire de lui qu'il avait réussi sa carrière de *V-Mann* puisque, au moment où Eryane l'a rencontré, il était devenu chef du bureau IV-B-4, « Service des affaires juives et des étrangers », c'est-à-dire représentant à Paris d'Adolf Eichmann, le grand maître des déportations et des exterminations.

Quant à Friedrich Berger, c'était un ancien espion infiltré dans la Légion étrangère française. En 1940, il tenta de se glisser dans les services secrets de Vichy, mais fut découvert et condamné à mort. Libéré par les Allemands, il se lança dans les trafics et le marché noir. Déjà à cette époque, il était réputé pour sa brutalité. Arrêté par la Gestapo pour trafic, il fut invité à rejoindre ses rangs en tant que *V-Mann*. C'est à partir de là qu'il se révéla comme organisateur de réseaux d'indicateurs particulièrement efficaces. Outre ses rapines et les véritables hold-up qu'il organisait avec sa bande, il traquait les Juifs, les résistants et les réfractaires au STO. En ce mois de mai 1943, il commençait à goûter cette activité totalement protégée par la Gestapo.

Berger avait arrêté Charles Beretta pour trafic et marché noir, puis l'avait recruté, lui aussi, comme *V-Mann*.

Dans *La Gazette provençale* datée du 29 mars 1946, on pouvait lire un compte-rendu de l'audition de Beretta.

Extrait :

*Le témoin suivant arrive accompagné par un garde. On vient de l'extraire de la prison de Fresnes. Il est en effet inculpé d'intelligence avec l'ennemi, bien qu'il prétende avoir fait partie de la Résistance depuis 1941. C'est le nommé Beretta. Il avait, prétend-il, formé le projet de passer en Amérique du Sud et était entré en rapport avec Pintard et Fourrier.*

*Il versa deux acomptes, l'un de 50 000 francs, l'autre de 45 000. Il commençait, paraît-il, à se douter qu'il avait affaire à des escrocs quand il fut arrêté par la Gestapo. Rue des Saussaies, on lui demanda : « Pourquoi vouliez-vous partir à l'étranger ? J'étais dans une impasse. J'ai dit ce qui s'était passé. » Fourrier, arrêté à la suite de ses indications, donna l'adresse de Petiot. « Quant à moi, dit Beretta, à sept heures du soir, j'étais relâché. »*

*(Tout le monde sait que la Gestapo ne relâchait jamais un suspect impliqué dans une affaire liée à la Résistance...)*

*Beretta nia une nouvelle fois avoir été un indicateur, mais Me Floriot lut des déclarations du témoin à la police avouant qu'il avait accepté de servir d'auxiliaire à la Gestapo. Il avait fait arrêter de nombreux Israélites et fait connaître à la Gestapo les noms d'une dizaine de résistants qui avaient, par la suite, été fusillés. Des murmures d'horreur montaient de la salle... Me Floriot lut ensuite des pièces d'origine allemande qui semblaient établir que c'était bien Beretta qui avait tendu un piège à Petiot en mai 1943 et qu'il était l'agent qui avait permis l'arrestation du docteur et de son rabatteur Fourrier...*

*Beretta nia, quoique sans grande conviction.*

# Sociographe

Après son arrestation par le SS Berger, Petiot fut incarcéré à Fresnes où il subit les interrogatoires de la Gestapo, coups de matraque, limage de dents jusqu'à la gencive, électricité, serrage du cou à l'aide d'une sorte d'étau hérité du Moyen Âge qu'on appelait jadis « la garrotte »... Que leur a-t-il avoué ? En vérité, nul ne le sait. Il a prétendu, cela va sans dire, que malgré les pires tortures il n'avait pipé mot. Il aurait convaincu ses geôliers qu'il remettait les candidats au passage à un certain Martinetti au métro Étoile, et que son rôle s'arrêtait là, aurait juré qu'il ne savait rien du réseau spécialisé dans l'exfiltration des ennemis du Reich, qu'il n'en était qu'un simple rouage. Et les Allemands auraient gobé une telle couleuvre...

Jade, non !

Durant son procès, les témoignages de résistants détenus dans la même cellule que lui à Fresnes semblaient corroborer les déclarations de Petiot. À la barre, ils l'ont décrit en homme courageux, âpre aux souffrances et à la douleur, animé d'une haine farouche de l'Allemand. Mais lui ? Qu'a-t-il rapporté à ses geôliers des confidences que lui livraient ses camarades de cellule ? Il y a tout lieu de penser qu'il a servi d'informateur à la Gestapo durant le temps de son incarcération. Toujours est-il qu'il ne fut relâché que huit mois plus tard, le 13 janvier 1944, « faute de preuves », lit-on dans les rares comptes-rendus – comme si les SS se souciaient de preuves lorsqu'ils voulaient détenir un suspect ! On sait aussi qu'ils exigèrent une caution de cent mille francs pour sa libération, somme dérisoire si on la compare aux trois millions et demi qu'ils avaient soutirés à la malheureuse famille Dreyfus. Petiot a également prétendu que la Gestapo n'a jamais découvert l'existence de son antre, son hôtel particulier du 21 rue Le Sueur. Cet hôtel se trouvait pourtant à quelques minutes à pied tant du 84 avenue Foch, le quartier général de la Gestapo, que du 93 rue Lauriston, les bureaux de la Carlingue, la Gestapo française de Lafont et Bonny… Naïveté surprenante chez les professionnels du renseignement qu'étaient Jodkum et surtout Berger, ancien agent secret qui se distinguera la dernière année de l'Occupation en dirigeant le bureau de la Gestapo de la rue de la Pompe… Des hommes de cet acabit ne se seraient pas renseignés sur leur suspect, n'auraient pas cherché à reconstituer ses trajets ? On peut nourrir quelques doutes.

Et la police française et la justice de l'épuration auraient-elles été aussi naïves que les Allemands ? Avec la distance du temps, il est tout aussi difficile de croire que le virtuose de l'enquête de police qu'était le commissaire Georges Massu, le policier aux 3 257 arrestations, ait pu se contenter des explications de Petiot... Encore plus difficile d'imaginer que Ferdinand Gollety, le juge d'instruction qui venait d'être désigné parce qu'il était réputé pour son attachement méticuleux aux faits et sa totale absence de compassion pour les criminels, ait pu se laisser abuser par de telles fadaises.

Il paraît plus probable que Petiot, après avoir avoué certains de ses méfaits, ne mentionnant que ses assassinats de Juifs, ait négocié pied à pied avec la Gestapo qui avait finipar l'autoriser à retourner rue Le Sueur pour se débarrasser des cadavres qui pourrissaient dans son garage. Sans doute les Boches l'avaient-ils gratifié de quelques macchabées supplémentaires provenant de leurs propres exactions ? Tels avaient été, sans doute, les termes de l'accord : « On te laisse sortir mais, en échange, tu te charges aussi de nos cadavres ! » Ce qui, du reste, expliquerait les protestations de Petiot lors de son procès, clamant que les corps de la rue Le Sueur n'étaient pas ceux de ses propres victimes, mais d'autres, déposés là par son « groupe »... Quant à lui, il voulait parler de son groupe de résistants, son réseau imaginaire pour lequel il avait inventé le nom surprenant de « Fly Tox ».

« Fly Tox », expliquera-t-il, parce qu'il supprimait des mouchards, autrement dit « des mouches »... Encore un de ses jeux de mots !

Sitôt libéré par les Allemands, après un bref séjour à Auxerre pour se refaire une santé dans sa Bourgogne natale, Petiot est rentré à Paris en février 1944 pour se débarrasser des corps. Encore en prison, il avait chargé son frère Maurice de les ensevelir sous des dizaines de kilos de chaux vive – et cela quasiment sous les yeux des Allemands ! Comment croire que ces derniers n'avaient pas découvert la planque et les activités cachées du docteur et maintenant de son frère ?

On n'ose imaginer la puanteur de l'endroit lorsqu'il remit les pieds dans son refuge. Et ce n'est que deux semaines plus tard, alors qu'il avait progressé dans sa besogne, qu'il commit l'erreur de bourrer sa chaudière de fragments de corps, des bras, des jambes, des demi-troncs... avant de rentrer tranquillement dîner en compagnie de sa gentille épouse dans son domicile de la rue Caumartin. Manque de chance, le conduit d'une des deux chaudières s'était bouché. L'épaisse fumée nauséabonde s'échappant de la cheminée alerta les voisins, déclenchant l'arrivée des pompiers puis de la police le samedi 11 mars 1944. On connaît la suite, la cavale de Petiot durant cinq mois, caché dans Paris au 83 rue du Faubourg-Saint-Denis, au domicile d'un de ses anciens patients, Georges Redouté, un modeste peintre en bâtiment à qui il raconta qu'il était un grand résistant poursuivi par les nazis. De là, il circulait tranquillement dans Paris sous l'identité d'Henri Valéry, nom du médecin à qui il avait acheté son cabinet de la rue Caumartin en 1934. Il est allé jusqu'à s'enrôler dans les FFI – où mieux se cacher qu'au quartier général de ses poursuivants ? Là, à la caserne de Reuilly, il fut rapidement promu au grade de médecin-capitaine. Sa fonction principale était d'interroger les suspects pour identifier les véritables collabos. Il paraît qu'il excellait dans cet emploi, parfois même un peu trop, profitant du pouvoir qui lui était octroyé pour dévaliser les appartements des personnes soupçonnées. On ne se refait pas ! Finalement débusqué par les limiers du commissaire Lucien Pinault, le successeur de Massu, il fut appréhendé le 31 octobre 1944 dans les escaliers du métro Saint-Mandé-Tourelle. Dans ses poches, trente et un mille francs et des poussières, son petit 6,35, une balle dans le canon, prêt à tirer, une carte d'adhérent au Parti communiste datant d'une vingtaine de jours, une série de papiers d'identité aux noms d'Henri Valéry, une carte de l'armée au nom de Wetterwald alias Valéry, une autorisation de circuler au nom de Gilbert, une carte de tabac au nom d'Angelo de Frutos… On ne trouva sur lui aucun papier au nom de Petiot. Malgré la barbe épaisse qu'il s'était laissé pousser, on le reconnut à ses yeux exorbités et à sa chevelure folle.

L'enquête de police, d'abord sous la direction du commissaire Massu, puis du commissaire Pinault, fut particulièrement fouillée, l'instruction, qui dura près d'un an, sous la direction du juge Gollety, minutieuse, et l'acte d'accusation sans ambigüité. Petiot était renvoyé aux assises pour vingt-sept assassinats. Après le nom de chaque victime figurait la précision : « accompli avec préméditation et guet-apens dans le but de dérober vêtements, objets personnels, papiers d'identité et fortune ».

Après trois semaines de procès, le 6 avril 1946, Marcel Petiot fut condamné à mort pour l'assassinat de 24 victimes sur les 27 retenues au départ. Son recours en grâce ayant été rejeté, il fut guillotiné le 25 mai 1946 à 5 heures du matin dans la cour de la prison de la Santé. Dans les journaux du lendemain, on pouvait lire qu'il n'avait montré aucune peur à l'annonce de son exécution imminente, aucune angoisse à la vue de la guillotine dressée. Il en profita tout de même pour injurier le juge Gollety venu lui annoncer le rejet de sa demande de grâce (« Ta gueule, tu me fais chier... ») et l'avocat général Dupin (« C'est à cause d'idiots comme toi que j'ai été condamné ! »). Il n'avait rien perdu de son cynisme et de son insolence. Puis il se prêta tranquillement aux préparatifs habituels. On eût dit qu'il était indifférent au sort qui lui était réservé.

Tout cela ne faisait que confirmer l'idée de Jade selon laquelle Petiot relevait d'une autre loi, soumis à d'autres puissances que ceux qui le jugeaient. À une dernière question posée par l'avocat général, – « Petiot, avez-vous une révélation à faire avant de mourir ? » –, il répondit par cette phrase : « Je suis un voyageur qui emporte ses bagages. »

Sans doute Petiot, grand lecteur, passionné de littérature policière, connaissait-il le mot de Landru à son avocat qui lui demandait, lui aussi, d'avouer ses crimes, au pied de l'échafaud : « Cela, maître, c'est mon petit bagage... » Mais Jade est plus attirée par la référence théâtrale. Il avait vu la fameuse pièce de Jean Anouilh, *Le Voyageur sans bagage*, créée au théâtre des Mathurins en 1937. Dans cette pièce, le bagage dont était dépourvu le voyageur était sa mémoire puisque cette pièce relate l'histoire d'un amnésique à la recherche de sa propre identité. Petiot voulait sans doute dire par là que, pour sa part, il avait de la mémoire – beaucoup de mémoire ! – et qu'il l'emportait avec lui pour se venger au-delà de la mort des responsables de ses souffrances. C'était donc une sorte de malédiction adressée aux survivants.

Après avoir entendu le verdict de la cour, n'avait-il pas hurlé à l'adresse de son frère : « Il faudra me venger ! »

Il va de soi qu'il refusa la messe et la dernière bénédiction du prêtre. Il mourut tel qu'il avait été sa vie durant, en païen militant, en véritable sorcier de Chéu.

*

Le 27 mai 1946, on pouvait lire dans *Les Dernières Dépêches de Dijon* :

*Le jour se lève... et Petiot, narquois, sourit au bourreau*

*Les aides de « M. de Paris »* (c'est ainsi qu'on appelait le bourreau) *ont écrit samedi matin, dans la cour de la prison de la Santé, le dernier chapitre de la monstrueuse histoire criminelle qui débuta en 1941, rue Le Sueur, et dont le docteur Marcel Petiot est le triste héros.*

*Réveillé à 4 h 20 dans sa cellule où il paraissait dormir, le médecin qui dépassa dans les annales du crime les Landru et autres tueurs célèbres... ne manifesta aucune émotion apparente... Il était 5 heures lorsque s'ouvrit la porte qui communique avec la cour d'entrée.*

*À quelques mètres, la guillotine dressait ses deux grands bras dans l'aube. Petiot n'eut aucun geste de recul. Il dévisagea quelques secondes le bourreau et ses aides et l'on vit s'esquisser un ultime sourire narquois.*

*À 5 h 06, le couperet tombait dans un bruit mat. Quelques instants plus tard, un fourgon emportait au cimetière d'Ivry le cercueil de bois blanc dans lequel on avait en hâte déposé les restes du supplicié.*

*

Jade a travaillé très tard sur son manuscrit. Ce qu'elle subodorait dès le début, l'idée d'un Marcel Petiot traversé dans son corps et dans ses actes par l'agonie d'une France décérébrée, à l'identité effacée, d'un Marcel Petiot devenu, à l'entrée des Allemands dans Paris, tout à la fois la dénonciation et la face grimaçante de la soumission de son pays, cette idée lui est devenue une évidence.

Au fond, derrière l'insaisissable serial killer, Petiot était aussi une sorte de politique qui se rêvait une destinée. Ce qu'il n'obtint pas dans les urnes – qu'il avait pourtant essayé un temps en devenant maire de Villeneuve-sur-Yonne – lui arriva par ses crimes. Il devint effectivement un phénomène public... et surtout le symbole de toute une période de l'histoire de la France.

En 1945, la disparition des Juifs par dizaines de milliers dans la France occupée était passée presque inaperçue.

Jusqu'à la libération du camp d'Auschwitz, le 27 janvier 1945, personne en France – enfin, presque personne ! – ne soupçonnait l'étendue du génocide de la Shoah. On se doutait bien que les Juifs fourrés dans les wagons à bestiaux à coups de crosse ne partaient pas en villégiature, mais de là à imaginer une entreprise industrielle de meurtres, la destruction programmée et systématique de tout un peuple... il y avait un blanc, une césure, une impossibilité de penser. Et lorsque, quelques mois avant la Libération, les crimes de Petiot vinrent à être dévoilés, tous les journaux y allèrent d'un article par jour. Du coup, des dizaines de lettres signalant la disparition de Juifs commencèrent à pleuvoir dans les commissariats de police et dans les mairies. Après les dénonciations durant la guerre arrivaient à présent les signalements de leur disparition. Tel Juif s'était évaporé, ne s'agissait-il pas d'une victime non répertoriée du docteur Petiot ? Par la magie Petiot, les Parisiens prenaient soudain conscience de l'absence de leurs voisins juifs. Jade a retrouvé une grande partie de ces lettres dans les archives, la plupart aboutirent à une enquête, qui démontrait à chaque fois que les disparitions faisaient partie de l'entreprise nazie d'éradication de la « race juive ».

En un mot, en 1946, au moment où débutait le procès, l'affaire Petiot était devenue la conscience française de l'Holocauste.

Jade relit ses dernières pages. Elle se souvient de ce jour qui lui paraît si lointain, elle présentait son sujet de thèse au professeur Nagral... C'était il y a plus de deux ans... Elle lui proposait l'idée du « sociographe », ce personnage singulier devenu une sorte d'antenne, captant les signaux d'un monde en train de disparaître, un médium des malheurs du pays. Elle en est certaine aujourd'hui, dans le corps et l'âme de Petiot s'étaient inscrits les hurlements silencieux d'une France privée de ses frontières, de son armée, dirigée par une élite aux ordres de l'ennemi, abreuvée durant des heures chaque jour par une propagande à laquelle nul ne pouvait adhérer, une France où les paroles, les discours, les textes se répandaient en une manière de novlangue… Petiot avait en quelque sorte incorporé cette absurdité.

Le concept de « sociographe » permet à Jade d'expliquer parfaitement le comportement de Petiot, son professeur sera fier d'elle. Malgré la perversité du personnage, dans son esprit Nagral reste son maître, c'est-à-dire celui sans lequel elle n'aurait jamais pu déployer sa propre pensée.

Il est 6 heures du matin. Elle met un point final à sa thèse avec la sensation d'être parvenue à une conclusion et rejoint son lit. Elle s'endort aussitôt.

C'est une rue en forte pente. À Paris. Elle longe un grillage qui la sépare d'une épaisse végétation. Elle poursuit son chemin vers le carrefour qu'elle aperçoit plus haut. Elle voit passer une voiture noire qui roule à grande vitesse. Dedans se dessinent des silhouettes d'hommes, la tête couverte de keffiehs. Un grand bruit, comme une détonation. Devant, elle aperçoit la voiture qui s'arrête brusquement en dérapant contre le trottoir. Les hommes, vêtus de noir, un drapeau vert en guise de ceinture, jettent des bouteilles d'essence enflammée à travers les vitres du rez-de-chaussée. Des explosions suivies de bouffées de fumée, encore des explosions, puis on voit les flammes surgir des fenêtres. Elle entend les hurlements au loin, voit les passants qui s'arrêtent, n'osent pas s'approcher. Certains filment avec leur smartphone, d'autres appellent… les secours, la famille, des amis… Et puis une très grosse explosion fait voler en éclats les vitres de tout le bâtiment. Une bonbonne de gaz, pense Jade. Dans la rue, les gens se bouchent les oreilles. Les flammes lèchent maintenant la façade du bâtiment, sortent des fenêtres du premier étage, du deuxième… Les quatre hommes de la voiture se tiennent à l'affût devant la porte d'entrée, pointant leurs kalachs. Sort un barbu, la tête couverte d'un large chapeau. C'est un rabbin. Il ouvre la bouche pour crier… Il est aussitôt cueilli par une rafale qui lui cisaille la ceinture. D'autres hommes sortent à leur tour, fuyant la fournaise de l'incendie. Et les rafales se multiplient. Ils tombent comme des mouches, des hommes avec des kippas, un châle de prière sur l'épaule, des femmes qu'elle voit hurler sans les entendre. Un adolescent tout vêtu de blanc comme un marié est cueilli d'une balle en pleine tête et s'écroule. Un enfant s'est faufilé et descend la rue en courant, se dirigeant vers elle. L'un des hommes en noir l'aperçoit, l'ajuste et tire. Elle entend siffler les balles. Mais il l'a raté. L'enfant réussit à s'échapper et se jette contre elle. C'est un petit rouquin, le visage encadré de papillotes, elle le voit parler, n'entend pas ce qu'il dit. Elle le fait passer derrière elle pour le protéger. Elle le sent se blottir contre ses jambes. On entend déjà les sirènes, les pompiers, la police… Les quatre hommes sautent dans leur voiture noire et filent vers le carrefour… Les pneus crissent. Le feu crépite, la chaleur parvient jusqu'à elle, lui monte aux joues, la fumée l'oppresse, l'empêchant de respirer. Quelque chose goutte, comme s'il pleuvait. Elle regarde. Un ruisseau de sang s'écoule doucement jusqu'au caniveau.

Elle reconnaît le jingle de France Info… Une voix à la radio… « L'attentat contre une synagogue aux Buttes-Chaumont est le plus meurtrier depuis celui de 2016 sur la promenade des Anglais à Nice où quatre-vingt-six personnes avaient trouvé la mort. Cette fois, c'est une synagogue familiale située dans un appartement en rez-de-chaussée qui a été sauvagement attaquée aux armes de guerre. Les fidèles ont été surpris alors qu'ils fêtaient une bar-mitzva, la "communion" juive. Le jeune garçon fait partie des victimes, c'était le jour de son anniversaire. Il avait treize ans. »

Jade se réveille en sursaut, haletant, en larmes, secouée de hoquets. Elle tremble de tous ses membres, incapable de détacher les yeux de ses mains qui s'agitent. Elle a beau se raisonner, se dire que ce n'était qu'un cauchemar… pas étonnant avec toutes ces horreurs dans lesquels elle est plongée depuis des mois pour sa thèse… Rien n'y fait, elle pleure toutes les larmes de son corps.

Cette fois, elle est certaine d'avoir assisté en direct à un pogrome en plein Paris… Il est à peine 9 heures ce samedi matin. Elle branche la radio, France Info, écoute tout le journal, cherche sur Internet, tape des mots-clés… « synagogue », « attentat »… Rien !

Elle pense au petit rouquin qui la regardait les yeux suppliants et ses larmes redoublent d'intensité. Elle ne le connaît pas, mais son visage était si net, ses traits si précis… Il était réel, elle en est certaine. Sabine dirait peut-être que c'est l'enfant qu'elle aura un jour, qui sait… Et voilà qu'elle sent dans ses narines l'odeur de brûlé de son rêve. Elle ouvre la fenêtre. L'avenue est calme ce samedi matin, les voitures rares, un beau soleil baigne la canopée qu'elle aperçoit de son cinquième étage.

Alors, elle branche la télé, zappe entre les chaînes d'info en continu… Rien que les nouvelles de la veille répétées indéfiniment… Pas d'attentat en ce début de week-end.

Mais dans sa tête, elle entend la première explosion de son rêve. Ça avait explosé avant l'arrêt de la voiture noire. Elle revoit maintenant le long tube qui sortait de la fenêtre arrière. Elle comprend. Ils avaient d'abord tiré une roquette au RPG pour faire exploser la fenêtre. Il n'est pas possible d'avoir une vision aussi précise d'un événement qui n'a pas eu lieu… Elle ne comprend pas.

Soudain, tout s'arrête, comme si quelqu'un avait retiré la prise de courant, l'univers se fige, le son est coupé. La télé fonctionne toujours, mais Jade ne l'entend plus, ne la voit plus, juste un vague miroitement. Un bourdonnement dans ses oreilles… Et puis le silence ! Elle sent que ça recommence, son « phénomène »… Cette fois, ce n'est pas une image qui s'impose à sa vue, mais une voix qui résonne, grave, éraillée, celle d'un homme âgé. La voix lui dit :

– *Beaucoup entendent, ils ne sont pas nombreux ceux qui écoutent. Vous croyez savoir et ne savez plus croire.*

Elle voudrait répondre, dire qu'elle ne comprend pas, elle voudrait demander à la voix de répéter, mais aucun son ne sort de sa bouche. Elle est paralysée.

À nouveau le silence. Elle est debout, les mains cramponnées à la table. Que signifient ces deux phrases ? Son cœur frappe dans sa poitrine, pulse à son cou, à ses tempes. Et la douleur redoutée survient, brutale, comme si elle venait de prendre une balle dans la tête à son tour. Un cri lui échappe. Puis à nouveau le silence.

Le son de la télé revient lentement. Pour se rassurer, elle se dit que ce n'est pas grave, rien qu'une réaction à son cauchemar, une crise comme les autres. Non, pourtant, c'est la première fois qu'elle entend une voix. La voilà devenue comme Jeanne. Qui lui parle ainsi ? De qui provient cette voix ? Elle lui trouve un nom : « le vieux ». Que lui voulait-il ?

Et c'est comme un éclair qui la traverse. Elle se met à trembler, ses jambes flageolent, ses dents jouent des castagnettes… Elle comprend qu'elle s'est fourvoyée depuis le début. Ce pogrome n'a pas eu lieu, il aura lieu ! Elle en est certaine… Jusque-là, elle croyait travailler sur un événement historique, les crimes du docteur Petiot entre 1942 et 1944 à Paris. En vérité, ce qui l'agissait de l'intérieur était un événement à venir, celui qu'elle a vu en rêve. Elle imagine les conséquences qu'il aura sur les Juifs de France.

Elle qui pensait que Petiot était un demi-fou à la membrane poreuse, pénétré par les bouleversements de l'époque… Ce n'est pas seulement Petiot qui est comme ça, mais elle-même, « la sociographe », qui a laissé s'inscrire dans son corps, dans son âme, et jusqu'aux dernières fibres de son travail de thèse, un mouvement social en train d'agiter le pays. Alors qu'elle pensait travailler sur le passé, elle était possédée par les ébranlements à venir d'une nation vacillante.

Elle se demande maintenant si la passion qu'elle a traversée depuis le début de sa thèse n'était pas l'annonce de la quinzième expulsion des Juifs de France. Elle serait donc une sorte de pythie. Et une phrase lui vient à l'esprit qu'elle ne comprend pas tout de suite, une phrase qu'elle garde en mémoire :

« Il n'existe pas de passé, pas de présent non plus. Toute pensée est prédiction annonçant ce qui est sur le point d'advenir. »

*Je remercie chaleureusement le personnel des Archives de Paris, et tout particulièrement sa directrice, Mme Béatrice Hérold, qui m'ont facilité avec compréhension l'accès aux archives de l'affaire Marcel Petiot.*

# Table

DU MÊME AUTEUR (*suite*)

## ESSAIS

Ethnomythologiques, *Stock, 2022*
Secrets de thérapeute, *L'Iconoclaste, 2021*
Jésus le Guérisseur, *Flammarion, 2017*
Les Âmes errantes, *L'Iconoclaste, 2017*
Les Secrets de vos rêves, *Odile Jacob, 2016*
Quand les dieux sont en guerre, *La Découverte,* coll. « Les Empêcheurs de tourner en rond », *2015*
L'Étranger… ou le pari de l'autre, *Autrement, 2014*
Philtre d'amour. Comment le rendre amoureux ? Comment la rendre amoureuse ?, *Odile Jacob, 2013 et Odile Jacob Poche, 2015*
Tous nos fantasmes sexuels sont dans la nature. Psychanalyse et copulation des insectes, *Fayard,* coll. « *Mille et une nuits* », *2013*
Ethno-roman, *Grasset, 2012, prix Femina de l'essai 2012*
La Nouvelle Interprétation des rêves, *Odile Jacob, 2011 et Odile Jacob Poche, 2013*
Du commerce avec les diables, *Les Empêcheurs de penser en rond, 2004*
Nous ne sommes pas seuls au monde. Les enjeux de l'ethnopsychiatrie, *Les Empêcheurs de penser en rond, 2001 et Points Seuil, 2007 et 2015*
Médecins et sorciers *(avec Isabelle Stengers), Les Empêcheurs de penser en rond, 1998 et La Découverte, 2012*

L'influence qui guérit, *Odile Jacob, 1994*
Le Sperme du diable. Éléments d'ethnopsychothérapie, *PUF, 1988*
La Folie des autres. Traité d'ethnopsychiatrie clinique, *Dunod, coll. « Psychismes », 1986 et 2013*

*Cet ouvrage a été composé*
*par Nord Compo*
*et achevé d'imprimer en décembre 2025*
*par CPI FIRMIN-DIDOT (27650 Mesnil-sur-l'Estrée)*
*pour le compte des Éditions Stock*
*21, rue du Montparnasse, 75006 Paris*
*stock@editions-stock.fr*

**Stock** s'engage pour l'environnement en réduisant l'empreinte carbone de ses livres. Celle de cet exemplaire est de :
450 g éq. $CO_2$
Rendez-vous sur www.editions-stock-durable.fr

PAPIER CERTIFIÉ

*Imprimé en France*

Dépôt légal : janvier 2026
N° d'édition : 01 - N° d'impression : 186631
46-51-2506/8